キノキイ ベイベエ

ウエモトメグミ

装画　常田朝子
装丁　木村裕治
間野　成（木村デザイン事務所）

キンキィ・ベイベェ

This Charming Man

シンジと俺は、まるでロードランナーとワイリーコヨーテだった。スマートで足が速いロードランナーは、ワイリーコヨーテをまいて走る、BEEP・BEEPとあざ笑いながら。憎まれ役は観客から失笑を買い、それでも虎視眈々と主役の足元をすくうべく悪知恵の限りを尽くすけれど、結局いつも足蹴にされ、薄っぺらくなって宙に吹き飛ばされる……。当然観客は美形の味方、無様な悪役は、潰されてはじめて存在価値を得る。俺は文句なく、ワイリーに位置づけられてきた。別にシンジを陥れようなどと思ったことは一度もない、だって奴は、俺の弟だから。シンジだって、兄貴の俺を、足蹴にしているつもりなど毛頭ないのだろう。けれども容姿の出来不出来は、明らかに、ふたりの無意識に相反する感情を生みつけた。シンジには優越感を、俺には劣等感を。この不公平がどんなに幼心を傷つけることか、揃って美か醜かに片寄った家庭に育つ者には決して分かるまい。もしお袋の腹の中で生後のことが読めたなら、当然自分の意志で成長を止め、子供が欲しいという一方的な両親の願望とともに生ゴミとしてかき出されてやったのに……。男でよかった、女より若干風当たりは弱い。けれども容貌のせいで苦杯をなめさせられるたび、俺はいつも心で呟いてしまう。もし、シンジより後に生まれていたなら。奴が長男で、俺が次男で、見かけも性格も美意識も、なにもかもそっくり逆転していたなら。シンジはツイていたのだ、それはもって生まれたものが大きい。周囲は望んで踏み台となる。シンジはぬかりなく踏み台の心をつかんでいるから、踏み台は、奴の重みや踏みしめられる痛みを感じないままだ。今まで、いちいちシンジの足の裏の感触を確認してきた俺が言うのだから間違いない。奴の重みに耐える屈辱には、物心ついた頃から慣れてはいるものの、お陰で俺は、ひどくつまらないうえ捻《ひね》くれた男になってしまった。画面の中でぺらぺらになって吹き飛ばされるワイリーに憐憫し、軽快なロードランナーを憎んだ。シンジは興味なさそうに、俺の横であくびしていた。

両親は明らかに、美男ゆえ曲がったところなく育つシンジを可愛がっていた。俺が親でも当然同じ気持ちになったはずだ、生まれ落ちた日から道化に決定した俺と、泣いてぐずる姿すら絵になるシンジとなら、もちろん誰だって後者に心動かされる。口さがない親類たちの集まりは苦手だった、親より露骨にシンジに目をかけ、俺を蔑むからだ。拗ねて輪から外れると、難しい子だと決めつける。祖母の家の近所にあるアヒルの池は忘れられない。いつも水面に浮かぶ薄汚れた鳥の群れを眺めて、ぶつけどころのない怒りを抱え、涙を乾かしていた。

外でも家でも、ふたり並ぶことが嫌いだった。それは今でも変わらない。人目は容赦なく、俺をシンジの引き立て役に仕立てる。世のならいで、俺は奴にないものを磨くしかなかった。ところがちょっとばかり方向を間違えてしまい、取り憑かれたように勉強ばかりしていたせいか、小学校を卒業する時点ですっかりそれに飽きてしまった。満点のテスト結果に周りは感嘆するけれど、それだけのこと、決して俺自身の魅力が満点になったわけではない。けれどもシンジは違う、奴は存在しているだけで、頭など空でも（頭は空であればあるほどいい、半端な知性もどきなど、よけいな心配ごとに表情が歪められるだけだ）、周囲を幸せな気持ちに導くのだから。俺にしてみれば、猛烈な理不尽を、否応なく常時突きつけられているようなものだ。お袋には当たってばかりいた。どうして俺なんか生んだのさ？　お袋は、目に涙をためて抗議する長男を、不憫の眼差しで見つめる。なぜなら俺は、二枚目の親父を懸命な努力でモノにしたお袋似だからだ。シン、そんなこと言わないで。両親は、自分たちでシンタロウと名づけておきながら、長い呼び名に嫌気がさして蔑ろにするから、ますます子供は捻くれる。俺は、望んだ返事をくれはしない、自分にそっくりな醜い女に苛立ち、椅子を蹴って部屋にこもる。シンジは、俺とお袋のやりとりを、いつも不思議そうに眺めていた。兄貴、なんかあったの？　構わないでくれ、俺はお前が嫌いなんだ。口も利きたくないし、もちろん顔も見たくない。

いや違う、俺は自分がいちばん嫌いなんだ、お前より背が低くて、お前ほど痩せていなくて、お前みたいに顔の整っていない自分を認め、お前と比較され続けて生きる苦痛には耐えられない……。実にくだらない、けれども当人にとっては出口のない悩みだった。醜い鳥ほどきれいな声を出すっていうじゃないか、せめて歌が上手ならよかった、ギターが弾ければよかった、ピアノを操ることができる取り柄が欲しかった。親は教室代を提供してくれたけれども、どれも中途半端なまま投げ出して終わった。シンジのギター熱は、成長し、サンプリングに興味が移るまで続いた。金と才能は同じだ、ある所にはクソの如く集まる。弟は横社会のヒーローだった。奴がジョニー・マーを懸命に真似ても、曲目などどうでもいい聴衆に囲まれていたのにはちょっと同情したけれど。

一方不器用な長男は、鬱屈した気持ちを紙にぶちまけるしかなかった。中原中也、谷川俊太郎、アルチュール・ランボー、ジャン・コクトー……天才たちの紡ぐ言葉は幼い頭に哲学を閃《ひらめ》かせたような気がした、激しい勘違いは、俺に授業を放棄させた。稚拙な言葉を数学のノートに書きなぐっては悦に入る、お陰で数学の教師には見放され、物憂げな国語教師だけが目をかけてくれた。かび臭い図書室は、背伸びして文学談義に熱くなる文芸部員たちがいつも陣取っている。不気味なオタクたちの勧誘をうるさく思いながら、気ままに本を読み散らし、上手くつながらない言葉をもどかしくもて余していると、おずおず女子が近づいて来る……。皆シンジを得たいがため、俺に満面の愛想で橋渡しを頼む。これで俺に捻くれるなという方が無理だ。けれど、醜貌ゆえ親切でしか人の心をつかめない俺は、日和見が慣れっこになっているから、シンジに明かせない胸の内を聞いてやる。それに疲れると奴に言ってやった、なあ、あの子、お前のこと好きらしいよ。シンジは優しい性格だが、寄って来る女子を全員相手にするほどお人よしでもない。ああ、あの子ね……悪いけど俺、好みじゃないんだ。シンジはつまらない話にギターの練習を中断させられると、機嫌が悪くなるから、ありのままを女の子に伝えるしかない。目の前で泣かれたりなんかしたら、いったい俺ってなんなんだと思う、阿呆らしくてやってられない。最も憂鬱だったのが二月十四日だった。もらえるチョコレートの数云々ではない。事情を知ったクラスメイトから向けられる、哀れみの視線が痛かった。中学の三年間、この日は運び屋だったから、奴と高校が離れて心底ほっとしたのを覚えている。俺の十代は、これ以上ないほど屈折しながら、筆の勢いに任せた言葉の渦に葬られた。国語の教科書に載る小説さえ短絡的な倫理やら教訓やらを返上しつつあったから。シンジはギターをかき鳴らして春を謳歌していた、容貌のみでは渡りきれない縦社会への突入に、精一杯抵抗するかの如く。しかし好きな女の子に振り向いてももらえない俺と、異性の好意を振り払うのに懸命なシンジと、いずれも辛いことには違いないから、これも俺たち兄弟には公平な青春だったと言えるのかもしれない。

兄貴、悪いけど金貸してくれよ。見かけと勘に頼って世渡りしているシンジは、自分で金を作るのが下手糞だ。本当に悪いと思っているのか？　今に始まったことではないから首を横に振ると、シンジはこの世の軋みをすべて背負ったような顔をする。こんな目で見られたら、きっと女はひとたまりもない。何度も同じ手を使われている男の俺でさえ、間抜けにも胸が痛くなってしまうのだから。結局言いなりに貸してやって、やり切れない気持ちを抱えて台所へ向かう。レモンをふたつに切っていると、シンジは口笛を吹きながら、自転車の鍵を鳴らして通りすぎる。女に乗せてもらうことに慣れたシンジに、車の免許は必要ない。奴の胸にかかるホイッスルを見て俺は舌打ちする、畜生、今さらクローム・ハーツなんかに手を出すから、俺が金を貸す羽目になるんだ、ＵＫかぶれのくせに。けれども冷静になればあきらめもつく。しかたない、俺の首にかかれば、悪趣味な体育教師にしかならないし。

「なあ、いっしょに行かないか？　彼女と別れてからずっと出かけてないだろ。部屋でひとり酒ばっかじゃ悪酔いするぜ」

タンカレーの瓶をもつ俺に、シンジは自転車の鍵を投げるが、受け取らなかったので音を立てて床に落ちる。

「ヤだよ、どうせうざくなった女の面倒見ろっていうんだろ？　今日買ったＣＤも聴きたいし、俺は行かないよ」

「へえ、なに買った？」

「マーシー・プレイグラウンド」

「やっとヒップホップから抜ける気になったんだ。さすがに飽きた？」

「たまにはね。リスニングでチェックして気に入ったから」

「ふうん。けどＣＤなんかいつでも聴けるだろ？　行こうよ、せっかくの週末だし」

「せっかくの週末ならお前も回しに行けよ。どこへ行っても、女のトラブルでクビになりやがって」

「俺が悪いんじゃないよ。顔の不味い奴らが勝手に妬んでるだけさ。けど反省してる、今度こそ、真面目にレコード回すからさ。だから今日はつき合ってよ、俺が働いてない夜ぐらい」

「よく言うよ、よっぽど今すぐ切れたい女がいるみたいだけど、お前の女の泣く顔見るのはごめんだね」

シンジは自転車の鍵を拾い、俺を玄関まで引きずる。いいじゃん、近所だしさ。色違いのビルケンシュトックをつっかけ、俺たちは自転車に跨がった。ちらっとシンジは横に並ぶベスパを見る、なあラッドバイカー（シンジは乗せて欲しいとき、わざとらしく猫撫で声で俺をこう呼ぶ）、これに乗せてはくれないよな？ 当たり前だろ、お前の用事なんだから、お前が連れて行けよ。奴のさらりとした長髪が頬に当たって、俺は自分の癖毛に苛立つ。シンジは「ウォーキング・ザ・ドッグ」を口笛で吹きながら自転車をこいでいるから行き先が分かった。愛くるしいシーズーのいる店だ。自転車を止めていると、もう犬は足元できょとんとしている。シンジは笑顔で小さい毛の塊を抱き上げ店の扉を押す、俺はその後について行きながら、いったい今夜奴が捨てる女は誰なのか視線を泳がせる。犬が渡され、柔らかく暖かい重みを抱き止めた。こいつはとてもおとなしい。真相は知らないけれども、これだけ通って一度も声を聞いたことはないから、恐らく声帯が潰されているに違いなかった。注文を奴に任せて空いたソファーに座り、勝手な想像に胸を痛めながら生き物に頬ずりする。犬は途端に体をよじり、腕から離れて、毯の如く床をはね、女主人の元へ帰って行った。シンジに何事か耳打ちされて、彼女はくすくす笑っている。奴はいつも、こうして最初の酒はおごらせてしまうのだ。いい加減女も気づけばいいのに。しかし好きでしているのなら、俺もただ酒にありつくまでだ。

「で、どの子？」

「ああ、まだ来てないよ。なんかさ、いい子だけどマジなんだよな、重たくって」

「またそんなこと言って。可哀想じゃないか」

「嫌だよ、追っかけられるのって怖いよ」

「なんで？　ストーカー入ってるわけ？」

「そんなんじゃないよ。俺も彼女のこと嫌いじゃないけど……。でも、まっすぐな目で見られるのって怖いもんだぜ。ヘビーだよ」

「お前捻くれてるな」

「しっ」

シンジは唇に人差し指を突き立てて俺の言葉を遮る。いかにも奴好みの痩せた女が、俺たちを眺めていて、こちらに近寄ってきた。

「座れよ」

「ズルいわ、人を連れて来るなんて」

「だって、ふたりでうだうだ未来のない繰り言を並べててもしかたないじゃん」

「あたしバカみたい、帰る」

「待てよ。もう電話しないでくれるよな?」

シンジの言葉は女の顔を夜叉に変えた。彼女は憎しみを込めて弟を睨みつけた。

「そのひとことのためにわざわざ呼び出したわけ?　もちろんよ、頼まれたってかけないわ」

お前らファックだ、なんの因果でこんな気まずい場面にいちいち立ち会わなければならない?　俺は奴の兄貴だから?　周囲の視線と目のやり場に困って女主人を見るが、いく度となく繰り広げられる光景に彼女はすっかり飽きていた。唇の動きが俺たちを罵倒する、バカキョウダイ。畜生、俺を奴といっしょにするな。

「兄貴、追ってくれよ」

「冗談だろ?　お前につき合わされて来てやったのに、そのうえお前が今捨てたばっかりの女を追えとはなんだよ?」

自転車の鍵を放って、シンジは上目遣いで媚びる。お願いだよ、兄貴から謝っておいてくれよ。

「分かったよ、乗りかかった船だからな」

結局言われるとおり馬鹿兄弟だ。しぶしぶ鍵を受け取り、間抜けな兄貴役を演じる。シーズーがきょとんと俺を見送る、シンジの表情はもう肩の荷が降りているから現金だ。

ビルケンを引きずって扉を開けると、女は、高いヒールを自棄糞《やけくそ》に鳴らしながら歩いていた。俺は自転車に鍵を刺し、慌てて後を追う。簡単に追いつき、彼女を通り越して、目の前に自転車を止め行く手をふさいだ。女は一瞬驚いたが、すぐにひどい男の連れと悟り、眉をひそめた。

「どうせあいつが、あなたに追えって言ったんでしょ?」

「うん……。あのさ、別れて正解だよ。君はシンジにはもったいない」

年季の入った慰めの言葉は、ただでさえでかい女の目を、さらに剝かせた。

「……もしかして、お兄さん?」

「そうだけど」

「声がそっくりね。雰囲気もなんとなく似てる」

「そりゃそうさ、同じ腹から出てきたからね」

女は表情を和らげた、俺は思う、またか。シンジの尻拭いをするたび、相手は決まって俺の中に奴を見つけるからたまったものではない。俺は心底うんざりしていた。据え膳と言えなくもないが、いちいち比較された揚げ句、シンジの魅力を再確認して去って行くのだから、欲望を処理する手段と割り切らねば神経がイカれる。けれども今夜はそんな気にもなれなくて、女に頭を下げ(なぜ俺が謝らないといけないんだ?)、自転車に跨がる。重いと思ったら、女が後ろに乗っていた。ねえ、どこか連れて行って。むしゃくしゃしてるの、あなたもでしょう? あんなクソ男が弟のために、見ず知らずのあたしに頭なんか下げてさ。脱いだ靴のストラップを指に引っかけ、ミニのワンピースの裾を豪快に捲《まく》って、素早く柄のタイツを脱いだ、もう彼女は裸足だ。毒々しい色のペディキュアが目を刺す。迷ったが、そのまま乗せて行くことにした。シンジは、いつの間にか店の外にいた。足元の犬といっしょにきょとんとしながら、自棄糞に風を切る俺たちを眺めていた。

俺は相手の愚痴をほとんど一晩中聞いてやり、脚以外には指一本触れずに彼女と別れた。女のソノ気が剝き出しで困った。相手などどうでもよく、違う男に抱かれて憂さ晴らしを決めたかったのだろう。もちろん俺も動物だから、いい女からのあからさまな誘いをかわすのには苦労した。なんとか二軒目をやり過ごすと、もう看板を下げる店ばかりだ。ため息を吐《つ》く俺に女は言った、ねえ、ヤらない？　悪いけど、そんな気分じゃないんだ。それに、自転車でホテルに行くなんて。そう？　シンジなんか、あたしの車がなきゃいつもそうだから、全然気にならないわ。それにあなた、シンジのお兄さんでしょ？　なら、責任取って今夜は一緒にいてよ。一体なんの責任なんだろう？　もたげる疑問を頭から追い払い、背中で弾む女の小さな胸の感触に力を振り絞って、自転車をホテル街に飛ばした。とにかく疲れていて横になりたかったからだ。本当は家に帰りたい、しかし彼女を置き去りにするわけにもいかない。女は歌っていた、アイム・イン・ラブ、スウィート・ラブ、ドンチュー・エバー・ゴー・アウェイ……。ああもうこの際、アニタ（・ベイカー）でもアレサ（・フランクリン）でも好きにしてくれ。もちろん、少しは成り行きに任せればいいとも思っていた。けれども、欲望より自尊心が強く脳を支配しているから、しどけない女の姿にも疲労がつのるばかりだ。奴のお下がりなんかもうごめんだ、たとえしかたなく致すことになっても、コンドームは二重にして、どんなに非難の視線を浴びたって、すぐさま体を洗い清めてやる。女は枕元のボタンを慣れた手つきで操作して、密室系ブラックの有線を鳴らした。そういえばシンジは最近よく愚痴っていた、あいつら脳ミソ沸いてるよ、年中やることばっかねっとり歌い上げやがって。それに熱を上げる女もどうかしてるね。ああ嫌だ、今つき合ってる奴ってブラザーの声に夢中なんだ、耳栓が欲しいよ。シンジの言葉には一理ある、内向的な音に魂の解放など望めない、今となっては、ソウルなんて口にするのも気恥ずかしい。ゴスペルだってジーザスが恋人でなければ無意味だ……。ふいに女は自分の足首から下を撫でた。痛い。裸足で自転車だったから、傷だらけだった。洗ってやるよ。俺は彼女を風呂場へ促した。脱ごうとするから慌てて止めた。頼むよ、服は濡らさないようにするから。シャワーで血を流した、固まっているところだけは、撫でて流してやった。俺はTシャツとGパンを濡らし、相手はミニのワンピースだったから脚以外は濡れずに済んだ。洗面台に座らせて、跪《ひざまず》いて濡れた部分を拭いてやるうち、不覚にも欲情してきた。優しいのね。今にも彼女の中に舌を突っ込める姿勢だ。知らないうちに手の力が強まり、目の前の脚をなめたい衝動にかられた。しまった、この女とはできることならヤりたくなかったんだ、むらむらしてどうする。優しくなんかないさ、あの阿呆ったれを弟に持った因果で、尻拭いに慣れてるだけだよ。俺はタオルを投げて、続きは自分でやってくれと言い捨て、ベッドに倒れ込んだ。ありがとう、私のためにつき合ってくれて。謝る小さな声、ファスナーを下げる音、背中越しの息遣い……。途端に彼女の体と心に触れたくなった。しかし振り向くと、心身の疲労からか彼女はもう睡魔に取り憑かれていた、頬に涙の筋を光らせながら。小さな胸は平らに伸び、裸の脚の間からは、血に染まった糸が覗いていた。この女、生理のくせに、俺に突っ込ませるつもりだったのか？　生理の臭いが鼻を突いて、再び背中を向けざるを得なかった。まったく、俺の人生なんてこんなもんだ。結局眠れないまま朝を迎えた。そして、チェックアウトの三十分前になったら、残した女を起こしてやってくれと、フロントで退屈を持て余す婆あに頼んで、金を払って、けばい建物を後にした。

「あいつ、どうした？」

疲れた顔の俺に事を察したシンジは、申しわけなさそうに、グラスに満たされたオレンジジュースを差し出した。

「取り敢えず話聞いて、さっきまで側にいてやったよ。まだ寝てるんじゃないかな？　言っておくけどやってないぜ、兄弟が兄弟になってばっかじゃ洒落にならないよ」

「そうだろうな。ごめんな、兄貴」

「今さら謝られても遅いよ、せっかくの休みなのに、気分が悪いったらないね。借金はする、女の面倒は見させる、おまけに無職じゃあ、お前本当に人間のクズだよ」

シンジはぴくっと眉を動かしたが、当たり前すぎる俺の言葉に肩を落とした。

「分かってるよ。兄貴の言う通りさ」

「分かってやってるなら、なおさら質《たち》が悪いよ。頼むから、今すぐ俺の前から消えてくれ」

飲み干したグラスの底でテーブルを叩くと、シンジはきれいな顔を歪め、まだ俺の手の温もりが残る自転車の鍵をつかんで出て行った。こんなに朝早くどこへ出かけるのか、けれども俺の知ったことではない。ぐったりと部屋へ戻り、手に入れたばかりのCDを、うるさい一曲目を飛ばしてセットして、音量を絞る。アイ・スメル・セックス・アンド・キャンディか……。そうだな、俺だって昨夜、匂いだけなら嗅いだのかもしれない。曲が終わり切らないうちに、意識は心地よく遠のいていく。

カーテン越しの日差しに睡眠が中断されて時計を見る。ああ、もうこんな時間か。部屋から出ると、シンジの部屋から携帯電話の呼び出し音が聞こえる。あいつ、出かけたままなんだ……。

「シン、何か食べる?」

お袋がしかめっ面の息子の機嫌をとる。もう事態は子供の頃とは違う。両親は、一応普通に働く俺を露骨に贔屓し、アウトローのシンジは蔑ろにしているからおかしい。俺は出鱈目に新聞をめくり、いそいそと食事の準備をするお袋の背中を眺める。彼女の外見に、自分の行く末を悟らされそうで、慌てて新聞で視界を遮った。こんな女に似たから一生道化なんだ。親父、なんでもっといい女につかまらなかったんだよ……。渋い顔で煙草を吸う俺に、お袋は熱いお茶を差し出す。

「シンジは?」

「出かけたよ。行き先は知らないけど」

「あの子はいったいなにを考えてるのかしら……。ちょっと働いたと思ったら、すぐ辞めて来て、ああやって一生ふらふらしているつもりなのかしらね?」

「うーん……。ああなったら、ヒモになるしかないな」

「シン、ヒモにはヒモなりの才能がいるのよ。あの子にそんな頭があると思う?」

お袋の真実を突いた台詞に驚き、俺は思わず吹き出した。彼女はとことん楽天的で、それはちょっとだけ俺にも遺伝していて、だからぐじぐじと自分を呪いながらも今まで生きてこれたわけだ。まあ冗談はこれぐらいにして、シン、あなたからもシンジに言ってやってよ。お袋は背中を丸めてお茶を啜った。俺はもう奴に助言する気などさらさらないが、自分にそっくりな不憫な親の姿にしかたなく頷き、昨夜食卓に上ったはずの、食い損ねた赤い刺し身を口に放り込んだ。

冴えない気持ちで部屋に戻り、それでも出かける準備をした。シンジの言うことは当たっていた、暇に任せて、自己嫌悪を肴に部屋で飲んだくれてばかりいたら人間失格になってしまう。それに、家の中ではなにかと奴のことで親父やお袋に絡まれてつまらない。簡単に爽快な気分になれることといえば買い物だ。女みたいだけれど、欲しいものを手に入れる至福を味わいたくて、あれこれと行く店を思い巡らせ機嫌が直った。ポール・スミスで身を固め、オレンジのベスパに鍵を刺す。シンジは無免許だから、俺のもち物の中でこいつだけは拝借されずにいる。よう、ご機嫌はどうだ? パトリック・コックスの爪先でスターターを蹴り下げると、ぶるんと震えて相棒は応えた。いいぞ、この前メンテしたばかりだし、盗まれないよう工夫もしたし。グリップを強く握ってアクセルを全開にした。モッズを気取るならフーやキンクスが筋だけど、ネオモッズにさえ間に合わなかった俺は、ジョニー・マー奏でるところの旋律を口笛でなぞって（モリッシーの気持ち悪い声だけは、さすがに真似する気になれない）、相棒を急かして風を切る。

休日とあって、広さを誇るセレクトショップも、どこから湧き出たのか人でごった返していた。セールじゃないんだからと思いながら、障害物に顔をしかめて店内を徘徊する。どいつもこいつも、ひとりでは行動ができないのか？　いちゃつくふたり連れの群れがうざくて、また心が捻くれてしまう。これでは物色不可能だ。あきらめて、空いているコーナーに移動した。酒落た灰皿や時計やオブジェやらの中で、首からぶら下げる灰皿にまた目が戻った。もうこいつのブームは去ったが、灰皿にしてはカワイくない値段だったので、買わずじまいだったのだ。でもクローム・ハーツのホイッスルと比べれば何十分の一じゃないか、今日こそ手に入れよう。手を伸ばしたら、横にいた奴に目的の品物を攫《さら》われた。思わず相手の顔を確かめる、今朝までいっしょだった元シンジの女が、にやにやして俺を見ていた。

「これ買うのに、二十分は考えてたわね？」

「……なにしてんの、こんなところで」

「知らなかったの？　家からずっとつけてたのに」

「そうなのか？」

「よくシンジを送ってたから、家は知ってるの。お礼言おうと思って出てくるの待ってたら、バイクに乗ったから、どこ行くのかなあと思ってスパイダーでついて来ちゃった」

「不気味なことするなよ」

「ごめんね。……あたしもなんか買おうかな、つき合ってくれる？」

「えーっ、女の買い物は長いからなあ……」

「そんな小さい物買うぐらいで、二十分も悩めるほど暇なくせに」

「悪かったな。君、礼を言いに来たんだろ？　なら、さっさと言ったらどうだよ？」

「そうだったわね。どうもありがとう。あのとき起こしてくれれば、後つけたりしなかったのに」

「だって、よく寝てたから」

「つい熟睡しちゃうのよね、アレのときって。でも、黙って出て行かれるの嫌い」

「ああそう、ごめんごめん」

女の姿は不快な気分を思い起こさせ、せっかく直っていた機嫌がまた悪くなってしまった。どこにいたってシンジが離れてくれない、あいつは俺に取り憑いた悪霊か？　それでも女が微笑んでいるから、露骨に嫌な顔もできなくて、灰皿を奪い返してレジに向かう。女も当然のようについて来る。ひとりにしてくれとも言えない、成り行きで行動を共にすることになった。ぷんとハッカの匂いが鼻を突いた、なにつけてるんだろう、記憶にない香りだ……。イメチェンしたいの、清楚な感じがいいな。女は俺の疑問をよそに、ラルフ・ローレンやら、アニエスb.やらに引っ張って行き、飾り気のないブラウスやニットを胸に当てるが、どうもぴんとこない。似合う？　うーん……君が欲しいなら、いいんじゃない？　俺の返事に女は品物を棚に戻す、やっぱり変よね。分かった、いつものところへ行くわ。俺は前を通りながらも一度も入ったことのない、ドルチェ&ガッバーナに連れて行かれた。女が豹柄のワンピースを試着している間、販売員に勧められるまま、座り心地のよい椅子に腰を降ろす。まあ、よくお似合いですわ。顧客の彼女は、試着室の扉を開けた途端、店中の販売員たちから喝采を浴びた。確かにとても似合っていた。傷ついた脚は、濃い色のタイツがスタイリッシュに覆い隠している。けれども俺は、この異様な空気に負け、一刻も早く立ち去りたい気持ちになった。女が支払いにかかったので、俺はここぞとばかり、先に外へ出た。

「お待たせ」

「うん」

「ねえ、あの店行かない？」

「いいよ。休憩しよう」

ふたりはすぐ向かいのオープンカフェに腰を降ろした。全身がむず痒い、イタリア高級プレタの後に、格好ばかりフランスを真似た喫茶店なんて、絶対俺の行動パターンにはないものだから。後があるとするならいったい次は？　もうどこへでも連れて行ってくれ、俺が発疹してぶっ倒れる前に。女は長い煙草を指にはさんで、なにも入れずに注文のコーヒーを啜る。表情が暗い。どうせシンジのことばかり考えているに違いない。

俺たちは気まずく黙って、視線を通わすこともできない。

「君、香水なにつけてるの？」

沈黙に疲れた俺は、三本目の煙草に火を点けながら口火を切った。

「なにも。どうして？」

「ハッカの匂いがするから」

「ああ、匂う？　お父さんに会いに、仕事場へ行ってたのよ」

「お父さんの職場って？」

「ハッカ工場」

「へえ。そこのお嬢さんか。どうせ小遣いでもせびりに行ってたんだろ？」

「失礼ね。家じゃ継母と連れ子が幅利かしてるから、親子の対話をしに行っただけよ」

「……ごめん。お父さんは、今日休みじゃないんだね」

「うん、忙しいみたい。ハッカって需要が多いでしょ？　競争相手も少ないし、それなりに儲かってるらしいわ。お兄さん、養子に来てくれる？　理系は得意？」

「俺は文系だよ」

「じゃあ営業は？　弁は立つ？」

「苦手だよ、性格上できない職業さ」

「仕方ないわね、じゃあ経営しか残ってないわ。あなたのお家、ご商売してるんでしょ？帝王学は叩き込まれてるんじゃないの？」

「シンジが君に家のことをなんて言ってたかは知らないけど、人なんか使うほど大袈裟なことはしてないよ。息子に跡を継いで欲しいわけでもなさそうだし。それに、どうして俺が君の家の養子にならなきゃいけないのさ？　君が好きなのは、俺じゃなくてシンジだろ？」

「冗談だってば、マジにならないでよ。だってあのバカに任せちゃ、経営破綻がオチだもの。だいいち、あたしはフラれたんだし」

女は、足元の、買ったばかりの服が入った紙袋を蹴った。ねえお兄さん、あたし、なにが足りなかったんだと思う？　俺は、外気のせいで冷めるのが早いコーヒーを飲み干して、こぼれ落ちそうなでかい目を潤ませながら、ろくでなし男の兄貴に詰め寄る女を眺めた。

「シンジに？」

「うん……」

「さあ、それはシンジに聞きなよ。俺はシンジじゃないから分からない。君のことも知らないし」

「でも兄弟でしょ？　お兄さんなら、あたしのどこが気に入らない？」

「お兄さんなんてやめてくれよ、俺はあのクソ弟の面倒だけで精一杯さ。このうえ、妹までできちゃかなわない」

「だって、名前知らないんだもの」

「シンタロウ。君は？」

「レイコ。……えっと、シンタロウさん、あたし、今までのシンジの彼女の中で、いちばんのブス？」

「君はきれいだよ。なにもシンジじゃなくたって、持ち札はいっぱいあるだろ？」

「今あたしの手の中に札があったとしても、全部捨て札ってとこね。じゃなきゃ、二日連続であなたの世話にはならないわ」

これ飲んだら、帰るから、レイコは、くしゅん、と音をたてて鼻を啜った。泣いていたのかもしれない。俺が覗き込むと、慌てて胸に刺したサングラスで目を覆い、西日が眩しいからといいわけした。俺はとうとう彼女の手を握ってしまった。拒否されるかと思ったのに、レイコは強く俺の手を握り返した。またしてもシンジと兄弟だ、しかしそれでもよかった。彼女の目的は奴への面当てだけなのかもしれない、でも構わなかった。今日一日だけの関係だっていいんだ、恐らく男を見る目は鍛えられた彼女が、色男でも金持ちでもない俺に抱かれたいなんてちょっとどうかしているけれど、レイコは昨日からそれを望んでいる。先のことなんか憂えるな俺、なにも考えるなレイコ、すべては取り越し苦労だ……。俺はレイコの手を引っ張った。どこへ行くの？ 彼女は急に積極的になった俺に少し驚き、表情を不安で曇らせるからファックなことを思い出した、彼女のヴァギナはきっとまだ血まみれだ。

「君、生理だったね」

つかんだ手を放そうとしたのに、レイコは強く握って放さない、立場は逆転した。

「だから？　なめられないからヤなの？　それとも、汚れるから？」

「……だって君が嫌だろ？」

「ううん。あたし、生理のときって、逆に欲しいぐらいよ」

大きな声で生々しい会話をばらまくふたりは注目の的で、失笑を浴びて退散するしかなかった。俺たちはもう箸が転げてもおかしい。腹を抱えながらそれぞれの足へ向かった。オレンジのベスパと、真っ赤なスパイダーが路上に並び、夕日に車体を染めながら、ゆっくりと長い坂道を登って行った。


シンジは、その日も翌日も家に戻らなかった。携帯電話も置きっ放しだから、さすがに心配になり、仕事帰りに、通り道のシーズーの店へ立ち寄った。この店の女主人なら、見かけたかもしれないと思ったからだ。俺を見て、女主人はだらしない顔で手招きする。

「あんたの弟、あたしん家にいるわよ」

どんぴしゃな返事に力が抜けた。まったく芸のない奴だ、家族中でいちばん鈍い俺に、行き場をすぐ悟られるなんて。

「とんだ迷惑かけて悪いね」

「全然。うちの子の面倒見てくれてるし、それに……」

「うちの子？　君、子供いるの？」

「犬よ、犬。それにね、あんたの弟って、……女が離れなくて当然だわ。あの歳であんなに色男じゃ、まったく先が思いやられるわね」

「もうとっくに家族の頭痛の種さ、あいつは子供の頃からああだから。それより、家に連絡を入れるように言ってくれないかな」

女主人は思い出し笑いですっかり自分の世界に入っているから、シンジへの伝言を伝えて、俺は早々にこの場から引き上げようとした。飲んでかないの？　お兄さん。おごるわよ。お兄さんだと？　どいつもこいつも、俺を勝手に兄貴にしやがって。ネクタイをほどいて振り回しながら、面白くない気持ちを抱えて歩いていたが、考えるのが嫌になってシンジを頭から追い払った。レイコの血まみれのヴァギナに突っ込んだことを思い出す。彼女がイくときの声がおかしかった。シン・タロウと言ったからだ。シンジと呼びそうになり、慌てて後ろにタロウとつけたに違いない。だからレイコの中にさんざん出し入れしたあとの指を、仕返しに味見させてやった。彼女は不思議な味がすると言いながら、俺の指を喉元まで突っ込んで噛んだ。俺が詩人を気取っていた十代なら、昨夜のことはとっくに創作の肴だ。しかたない女とのしかたない関係にせつなくなっていると、突然足元になにかが纏わりついた。

「兄貴」

シンジが、自転車の籠に絵の道具を満載して、目の前にいた。シーズーが鼻息荒く俺の周りをくるくる回っている、その姿がおかしくて、俺たちは言うべきことを傍らに置き、しばらくげらげら笑った。

「お前、あの店の女の所にいるらしいな」

涙を流しながら尋ねると、シンジもひーひー喉を鳴らして返事する。

「うん。寄ったのか?」

「ああ。どこへ行こうと勝手だけど、お前どうするんだよ、好きなのか?」

「好きは好きだけど……。よく分からない」

「またかよ?　どうして好きかどうかも分からない女と一緒にいるのさ?　しかも彼女、

俺たちよりずいぶん年上だろ？　女の華は短いんだから、よけいなことして人生台なしにしたらどうするつもりさ？」

「ご心配なく。彼女の華ならとっくに終わってるよ、人妻だから」

「なおさら心配だって！　旦那はどうしてるんだよ」

「単身赴任中だってさ」

「お前とうとうイカれたのか？　さっさと別れて家に戻れよ、お袋も心配してるし」

「なんだよ、消えてくれって言うから消えてやったのに、つき合い切れないよ。当然旦那が帰って来れば出て行くさ、長くいるつもりはないし。さっきこれを取りに戻ったとき、ちゃんと言ってきたよ。『俺しばらくヒモになります』ってさ」

シンジは飄々とした顔で絵の道具を叩き、犬を抱き上げて道具の上に置いた。

「……まさか、ありのままを話したんじゃないだろうな？」

「そこまで馬鹿じゃないさ。人妻だってことは内緒だから、兄貴も黙っててくれよ。お袋、その場にぶっ倒れそうだったけど、俺が彼女の家の電話番号置いていったら、泣きながら『あんまり相手に迷惑かけるんじゃない』って言ってた。親父にはぶん殴られた」

頰にかかる髪を掻き分けると、親父の掌《てのひら》の跡が、痛々しく張りついている。

「じゃあ、店に行くから」

「待てよ。俺、レイコと」

俺がレイコの名を出すと、シンジは穏やかならぬ顔で自転車を止めた。

「寝たのか？」

「ああ」

「そうか」

シンジは俺に背中を向け、それ以上なにも聞かずに自転車を走らせた。俯《うつむ》いた目に飛び込む、奴のビルケンの白が眩しくて、ペダルを踏む足元の残像がしばらく目の前にちらついていた。

家に戻ると、お袋が泣きながら俺に一部始終を報告したが、すでに知っていたので上の空で聞き流した。親父は怒り心頭で部屋にこもったままだ。あんまりお袋がうるさいから、もうこれだけ聞けばいいだろと言い捨てて階段を上がった。お袋は俺の背中に毒突いた。男の子なんか生むんじゃなかった、親の話なんか聞いてもくれない。なに言ってるんだよ、俺が女なら想像を絶する不幸だ。お袋自身が身に染みて知っているくせに。

シンジの部屋の扉を開けると、ぷんと絵の具の匂いが鼻を突く。使い切ったスケッチブックのページを捲《めく》っていると、いちばん最後のページに、陰鬱な表情のレイコがいた。恐らくレイコは、シンジのそばで、ずっとこんな顔をしていたのだろう。見るに忍びなく、スケッチブックを閉じた。途端に胸の携帯電話が震えた、ずいぶん久し振りだ、こんな時間に電話が鳴るのは。しばらく呼び出されることもなかったから、もっていることすら忘れかけていた。慌てて電話を取り出し、アンテナを口にくわえて引っ張り出す。シンタロウ？ レイコの声が俺の口元を緩めた。ヤった余韻で俺の番号を訊ねただけだと思っていたからだ。

「うん」

「昨日、楽しかったわ」

「うん」

「また会ってくれる？」

「うん」

「ねえ、どうして『うん』しか言ってくれないの？」

「ごめん、考えごとしてたとこだったから」

「そう」

レイコに今のシンジの状況を話すべきか？　てっとり早く盛り上がるには違いないが、それでは墓穴掘りも同然だ。せっかく、彼女は気をよくして俺に近づいているというのに。浮かんだ考えを姑息にもしまい込み、片手で奴のアナログの棚をいじった。

「休みって、いつ？」

「週末。サラリーマンだからね」

「へえ。シンジのお兄さんだから、似たようなことしてるのかと思ってたのに」

「まさか。兄弟揃ってプーじゃ、親に殺されてるよ。君は仕事なにしてるの？」

「学生よ」

「そうだったのか。じゃあ、真面目に勉強しなきゃダメだよ」

「年上だからって、偉そうに。あたしが耳を傾ける説教は、今のところお父さんとジブラだけ」

「……あれ？　ジブラって説教系だったっけ？」

「どうだっていいじゃない。彼、素敵だもん」

「君はバッドリスナーだね。命を賭けてライムしてるラッパーのメッセージが聴き取れないようじゃ、真のBガールにはなれないよ」

「Bガールねえ……。けどあたしって、最初に音ありきよ。カッコいいバックトラックに合ったフローがあればいいわ。これでもバッドリスナー?」

「じゃあ、とっととカラオケウィル・スミスでもかけて、布団かぶって寝なよ」

「いいわねえ、大好きよ、パーティ系」

レイコはへこたれなかった、笑い声が回線越しに弾けた。彼女の声はカワイくて、電話を握る手が震えた。子供の気まぐれに振り回されている俺は、まったく阿呆だ。レイコはおやすみと言って、キスの音を送って寄越した。焦って返事をしようとしたら、照れ臭いのか、ぷつりと電話は切れる。しかたなく棚に視線をさまよわせているうちに、昔俺とシンジに、モッズを教えてくれた人のことを思い出した。

近所の大学祭に出かけた鼻たれのふたりは、刺激を求めて校舎をうろついていた。暗幕が吊られた教室に、「『さらば青春の光』上映会」とあった。扉の前に座った男は、体にぴったりと張りついたスーツ姿で、あくびをしつつ入場者から金を集めている。彼は痩せていた、26インチのGパンを楽に履けそうなほど。どきどきしながら金を渡すと、コーラかオレンジジュースがあるから好きな方を選びなと教えられ、ケツの青い兄弟は、並んでぬるいコーラを啜った。正直なところ、内容のすべてを理解するのは幼なすぎて無理だったけれど、俺たちなりに、アメリカにはない屈折した暴走に酔った。やがて教室は明るくなり、唯一子供の相手をしてくれた集金役の男に、興奮して感想をぶちまけた。男は原題が「四重人格」だということを教えてくれた。これからポエトリーリーディングなんだ、残って聞けよ。俺も読むから。当然子供たちは言うことを聞き、ついさきほどまでは60年代のイギリスだったのに、一瞬にして十年遡ったアメリカに連れ去られる矛盾に立ち合うしかなかった。けれども、手作りなりの精一杯のエキゾティシズムをしつらえた中、理解不可能な形而上学に自己陶酔するたび、彼の腰で刺々しく揺れるサイドベンツは、中学生の餓鬼をうっとりさせるのに十分だった……。

俺はアナログを抜き取りプレイヤーに乗せた、シンジとよく聴いたスミスは、今でも胸の奥をつんとさせる。「四重人格」の文化衝撃《カルチャーショック》以来、ベスパを乗り替え、モッド風スノビズムを取り入れたつもりでいた。けれども、マンチェスターブームにも、オアシスにも、どうしたことかのめり込めなかった。スミスは好きだ。からりと晴れたと見せかけながら屈折したギターと、鬱々と自意識過剰を発酵させたヨーデルの組み合わせは絶妙だ。だから俺はここから一歩も前には進めない。米国音楽へと興味は移行した。ビースティにキレた、グランドロイヤルを追いかけた、Xラージで身を固めもした。しかし結局形からしか入れなくて、己れの無節操さを再確認するばかり、どこにも行き着けはしない。シンジのイギリスかぶれは「四重人格」以来現在進行形で、わりと一貫していた。半分は回すためにコレクションしているというのに、黒い声が苦手だから、仕事が少ないと嘆いていたっけ。ノーザンソウルを愛せない弟だって、所詮フェイクだ。

かつて谷川俊太郎を救って駄目にしたのはフォークだったけれど、俺とシンジを救って駄目にしたのはスミスだったのかもしれない。救われていると思っていたのに、ジョニー・マーとモリッシーが、阿呆兄弟を底無しの堕落思想へと突き落とした。いや、正確にいえば、俺たちの背中を押したのはビートルズだ、どういうわけかお袋は、ジョンよりもポールに夢中で、子守歌はいつも「レット・イット・ビー」だった。あいつの、聖母の名を借りた無責任な台詞を毎晩聴かされたせいだ、物心つかない餓鬼ふたりは、鵜呑みにしてしまったじゃないか……。俺はプレイヤーを止め、再びスケッチブックを捲って、最終ページを破り取った。この絵自体は好きではないが、なにか彼女を感じさせるものを、部屋に置いておきたかったからだ。俺の周りにあるたったひとつのそれが、シンジが描いた絵だなんて、皮肉にもほどがあるけれど。

レイコと俺は、盛りのついた猿の如く、会うと必ず欲望をぶつけ合っていた。けれども彼女が内心どう思っているかは分からない。あいつは、イカれてるのかと勘違いさせるほど俺を欲しがる。並んで歩けば真顔で俺の尻を撫でるし、車を運転しながらでも、片手が空けば助手席の俺のペニスを弄んでいるから、いつも運転席ぎりぎりに寄らされていた。悪い気はしなかったけれど。しかしレイコのセックスへの執念は、本当に俺自身に惚れているのか疑問を抱かせる。ヴァギナの奥底で渦巻くものが男を求めているだけなのではないか、と。

学生で、親から半端じゃない額の小遣いを貰っているらしいレイコは、当然バイトなどしていなくて、暇に任せて俺の胸の電話を震わせた。俺は、腐った床を踏み抜かぬよう歩く慎重さで、レイコとつき合っていた。子供は心なくいらないものを捨てるから、と自分に言いきかせるしかない。その日限りで終わっていたはずだったんだ。相手は魅力溢れる恐るべき餓鬼で、なによりシンジの女だったんだから。けれどもレイコの内面は、見かけと少し違った。確かに成り金趣味は丸出し、くわえ煙草で赤いスパイダーを体の一部の如く操る姿は生意気すぎる。おまけに表情は、抑え切れない己れの性に黒光りしている。もしそんな馬鹿娘ぶりを、中身をまったく知らないまま目にしたなら、胸がときめくなんてとんでもない、唾を吐き捨てたい衝動に駆られるのがオチだ。しかし彼女は、家庭が複雑なせいか妙に肝が座っていて、ドライではなかった。俺はそんなレイコが好きだったが、やはりシンジと関係があった過去が頭から離れてはくれない、レイコはとっくにシンジの名を口にしなくなったというのに。そのせいで、とうとう墓穴を掘る羽目になった。

その日は朝から、霧のような雨がしつこく路上を濡らしていた。重い頭に浮かぶのは皮肉ばかりで、不機嫌に録画したビデオを眺めていると、スパイダーの排気音がしてレイコが現れた。ベスパに乗れない日なので、迎えに来てもらったのだ。

「ご両親は?」

「出かけてるよ」

「残念だわ。会いたかったのに」

「シンジにだろ?」

鬱陶しい天気だったから? 画面のマルコム・マクダウェルが、ヒステリックに杖を振り回していたから? それとも、昼間に摂取したアルコールのせいで、脳の麻痺が加速の一途だったから? どうにも気分が優れなくて、うっかりと禁句が口をついた。

「なんて言ったの、今」

なぜ素直に謝ることができなかったのだろう？　その日の俺は、クスリが切れたジャンキーの如く苛立っていた。いちばん自分に理解を示してくれているはずの女に、性愛でつながった者同士にしか通用しない八つ当たりを繰り返す。分かってくれよレイコ。俺は愚かにも、気持ちを言葉で確認することに懸命だった。

「レイコ、なんで俺といるわけ？」

「またそんなこと言う、好きだからに決まってるじゃん。他に理由なんてある？」

「違うよ、俺が知りたいのは、どうして俺を好きになったのかってことさ。シンジの兄貴だから？」

「いい加減にしてよシンタロウ」

レイコは椅子にどすんと座ってリモコンを握り、テレビを消した。

「どうしてあたしが信じられないの？　そりゃ確かに、きっかけはシンジに違いないけど、もうあの人は関係ないでしょう？」

「そうだな。シンジがいなきゃ、会うこともなかったんだよな。どうせ体だけなんだろ、俺たち？」

「ああそうでしょうよ、そのとおりだわ。なによ、シンジシンジって。あなたの弟コンプレックスにつき合わされるたびにこっちは嫌な思いをするわ、一生自分を憐れんでれば?」

ぱちんと頬にレイコの平手が弾けた。反射的に彼女の胸ぐらをつかんだものの、頭の中は瞬間真っ白だった。レイコは動じなかった。いったい俺はなにしてる? 結局彼女になにが言いたいんだ? 睨み合ううちに脱力し、俺は椅子に突き放された。

「帰る」

返事ができなかった。部屋と玄関と車と、扉の閉まる音がみっつ、そしてスパイダーのエンジン音が遠ざかる。本当なら俺の部屋に上がって、レイコが置き忘れたアッシャーを聴きながら体を重ねて、気怠い空気を背負ったまま睦まじく出かけるところだった。なぜそんな簡単なことが実現しなかったのか。俺には、降りしきる雨のせいにしかできない。

シンジはある晩、ふらりと家に顔を出し、お袋の作る飯を食った。シーズーは玄関にちんまり座って、奴が来るのを待っている。お袋は、久し振りに顔を見る次男より、この犬に異常な関心を寄せてずっと構っていた。なんかさあ、あいつがここん家の子供みたいだよな。シンジは笑って洗面所へ行き、歯を磨くと、二階へ上がった。兄貴、ちょっと。呼ばれて階段を上がると、シンジは例のスケッチブックを手に、破られた箇所を眺めている。早速盗みはバレた。

「ごめん、それ、俺が」

「……レイコとつき合ってんの?」

「悪いか?」

本当はあの日からぎこちない、けれどもシンジに話すのは悔しい。バツの悪さに耳を赤くしながら、俺は開き直る。

「いいや、全然。けど、兄貴にあいつは荷が重くないか?」

「荷が重い?」

「……重くなさそうだな、ならいいよ。でも、絵は返してくれないかな? 今日はこれを取りに来たっていうのもあるし」

「もちろん。勝手に自分のものにして、ごめんな」

「気にしなくていいさ、そんな下手糞な絵なんか眺めてないで、どんどん会えよ。好きなんだろ?」

シンジは背中を向け、弦の切れたギターを傍らに押しやって、アナログをさくさくと探った。明日、久し振りに声がかかったから回すんだけど、よかったらレイコと来なよ。絵を渡すと、シンジは屈託ない笑顔で俺を誘った。俺はシンジのせいで泣いていたレイコを思い出し、胸が痛んだ。奴の未練は、自分の描いた彼女だけに見えたからだ。

「どうせブリットポップだろ?」

レイコが行くと言うわけはない、シンジどころか俺に会う気があるかも怪しいので、牽制するしかなかった。

「もうその言葉って死語だぜ、外で使うなよ。大丈夫さ、兄貴用に、スミスとウェザー・プロフェッツもかけてやるから。ついでに、コステロも」

アナログをDJバッグに収めて、シンジはレイコの絵をその間に滑らせた。そして、玄関で尻尾を振るシーズーを拾って、自転車で去って行った。

やはりレイコを誘うことはできなかった。セックスでなんとなく仲直りはできたけれど、わざわざその矢先、シンジに引き合わせたくはなかったからだ。残業と嘘をつきひとりで来たものの、自分の器の小ささに幻滅しながら、駆けつけの酒で苦々しく喉を潤した。シンジは今夜同じターンテーブルで回すＤＪたちとブースで歓談していて、遠巻きに子供の群れが羨望の眼差しを送っている。そうか、ＤＪとは、格好いい職業だったのか。そして奴は、格好いい男なのか……。ひとりの俺はよほど暇そうに見えたのか、やはりひとりで来ている、残念な顔の女に声をかけられた。面倒に思いながら応対していると、やっと機嫌を損ねてくれ、離れて行った。

「兄貴、ナンパされたの？」

出番待ちのシンジは、俺にロックグラスを差し出しながら、くっくっと喉を鳴らす。

「話しかけられて、いい加減に返事してただけだよ」

「あのブス、ここの名物なんだ。いつもナンパしに来てるけど、引っかかる奴なんかいるわけないよ。でも見てたらおかしくてさ、あいつ、回してる奴にばしばし色目使いながら、ねっとりしたブラックばっかリクエストするんだぜ。かかってる音なんか聴いちゃいないのさ。兄貴もひとりで来るからだよ、レイコは？」

「さあ、なにしてるのか知らない」

「ダメだなあ。あんな暇な奴ぐらい、ちゃんとつかまえとけよ」

「退屈だっていいながら、忙しく遊んでるのさ。金持ちのお嬢さんだから」

「金持ちのお嬢さん？」

シンジは俺のイヤミに眉をひそめた。

「そうだよ。景気に左右されないハッカ工場の娘だろ？　家の中じゃ継母と連れ子がでかい顔してるって言ってたぜ」

「あ、そ……、そうだったな、忘れてた」

「なんだよ？　違うのか？」

「いや違わないよ、ごめん、別の子と勘違いしてた」

弟は嘘が下手だ、視線が泳いですぐバレる。

「なあ、レイコの家が金持ちじゃないっていうのなら、あのスパイダーはなんだ？　会うたびに買い物は派手だし……。バイトもしてないあいつが、いったいどうやって金を作ってる？　ネズミ講の親にでもなってるのか？　大学生っていうのも嘘？」

「ネズミ講なんて言葉、久し振りに聞いたよ。けど違法行為って意味では当たってる、あいつは体を張ってるのさ。大学生っていうのは嘘じゃない」

放心した。まんまと子供に騙され、疑いもしない間抜けな自分を呪うしかなかった。

覆水は盆に返らないから、顔色が変わった兄貴の質問にも、弟は躊躇なく答える。

「なんで体を張る必要がある？　家が借金だらけなのか？　それとも物欲の亡者なのか？」

「家庭の事情で売春する女なんかいまどきいるかよ。レイコは男根の亡者なのさ。まあ、元々趣味が成り金だから、金も欲しいんだろうけどね。あいつ好きだろ？　自分でも認めてた、男のアレなしじゃ生きられないらしいよ。俺をマジで追っかけてたのも、俺じゃなくて俺のアレが好きだったからさ。セックスレス流行りのご時世に、貴重な存在ではあるよね」

シンジと俺との唯一の身体的共通点、それはペニスの形と大きさだった。レイコは、寝てから俺への熱が確実に上がった、認めたくはないけれども。

「……お前知っててつき合ってたのか？」

「うん、でも止めなかったよ。だって毎日してやれるわけじゃないし、俺には甲斐性がないし。けど、別れたのはあいつのやってることと無関係だぜ、マジで重かったんだ。だって、寝た男の数って半端じゃないはずなのに、俺に執着するから、怖かったんだよ。まあ、あいつに一生分の精子を吸い取られる前に別れたほうがいいかもな。病気なら多分心配ないよ。あいつの商売は、避妊が条件だから。もちろんつけてるだろ？」

「ああ。妊娠したら可哀想だし」

「そうだね、まったく可哀想だ。だって生きがいのセックスがおあずけになるんだからさ」

俺はグラスの中身で喉を焼きながら、なぜレイコが出まかせを言ったのか考えていた。しかしあのハッカの匂いは？　家庭の事情を話すときの苦々しい表情は？　俺のペニスをなめながら見せる笑顔は？　それなのに、他の男にだって同じ顔をしているなんて……。シンジは胸のホイッスルをいじって、うつむきながら、レイコはあばずれだけどいい奴さ、好きだったよと呟く。返事をしないでいると、うわあどうする、ポリスだよ、今日は懐メロ大会だなと言いながら、突然体を上下に痙攣させ、キレてフロアを跳びはねた。奴のコレクションの中にある黒い匂いのするものは、レゲエ風のロック、白人ヴォーカルのスカにヒップホップ、そしてミクスチャーで、徹底して黒い声だけは避けていた。

奴はそのままブースに入り、長い髪をうざったそうにかき上げながら、くわえ煙草で、こする必要のないアナログを回しはじめた。レイコの素行を受け入れていたシンジに、潔ささえ覚えるのはなぜだ？　俺は、混乱して無様に狼狽することしかできない。俺は胸の内で、奴への不毛な嫉妬とレイコへの憤りを募らせて、跳びはねる若い群れから離れ、ひとり壁にもたれていた。

シンジの同棲相手から電話があったのは、それから一週間後のことだ。涙声でうろたえているから話がよく見えなかったが、どうやらシンジは、なにか騒動を起こしたらしい。親父とお袋も、俺のただならぬ受け答えに耳をそばだて、いっしょに行くときかなかったが、俺は後で電話を入れるからと説得し、ベスパを飛ばした。

バーの女主人は、泣き腫らした目で俺を迎え入れた。犬は玄関で、部屋の出来事に脅え、震えてその場を離れない。一歩入れば惨憺たる光景だ、部屋中に溶解したアクリル絵の具がぶちまけられていて、レイコの顔のデッサンが、蛍光ピンクでグロテスクに染まっていた。シンジに意識はあった。切れ味の鈍ったカミソリを無理やり押しつけた跡が、痛々しく手首に幾筋も尾を引いていた。女主人は、どうにか止血だけはできたが、抵抗するから女の力では病院に運びきれない、手伝って欲しいと懇願する。言われるまでもなく、俺はシンジを背負った。暴れるかと思ったが、奴はされるがままなので、同棲相手は拍子抜けした。やっぱり家族は違うわね、あたしだとこうはいかないわと力なく笑う。

「ついてくるな!」

シンジの言葉に、彼女はびくっとして足を止めた。

「そんな言い方ないだろ? 勝手に人の家でこんなことして、その家の主人に暴言を吐くなんて間違ってるよ」

「ああそうさ、俺は間違ってるよ。いつだって兄貴は正しくて、いつだって俺は間違ってる、いつだって」

シンジは俺の癖毛に顔を埋めた、首筋に涙が冷たく伝う。俺は同棲相手に頭を下げ、電話で呼んだタクシーの到着を待った。シンジはいよいよ激しく泣きじゃくって俺を困らせる。レイコ、レイコ、好きだったんだ、本当に。シンジの呟きは、どれほど俺の心を絶望に陥れたか分からない。そんなに好きなら、なぜ捨てた? しかもあいつが、欲望に任せて、違う男に身を委ねることまで知ったうえでの仲だったじゃないか。どうして、俺との関係を、痩せ我慢で肯定したりしたんだよ? レイコは、袖振り合った男にでも欲情する女だからか? 今さらそんなこと言わないでくれ、俺はとっくにレイコと恋に堕ちていて、もう心の大半を彼女が占めていた。俺もまた、愛なんて言葉を借りて、未だあいつの欲望のはけ口を責められずにいるのだから、兄弟揃って阿呆だ。しかし俺は、子供のように駄々をこねる弟を背負いながら、レイコと別れる自分を想像していた。違う、あいつが他の男に体を売っているからではない。彼女の心根なら、病んだシンジを放っておけるはずはないんだ。それに彼女自身、納得しないまま、シンジの売り言葉を買っただけなのだから……。兄の気も知らず、車に乗っても、弟は母親を求める乳児の如く俺に抱き着いて離れない。バックミラー越しに運転手が眉をひそめるが、構わずそのままにしておいた。車は総合病院の救急受付前で止まり、車を降り再びシンジを背負った。

感じのいい看護婦が俺たちを出迎え、俺は頭を下げて奴を押しやった。まあどうしたのかしら、泣いていたら男前が台なしよと笑って、彼女はシンジの手首を見た。出鱈目に巻かれた止血のタオルを外して、看護婦がてきぱきと傷を処置していると、背後から、若い、神経質そうな医者が現れた。

「ご家族の方ですか?」

「はい。兄です」

「弟さんは、以前にも同じことを?」

「いいえ、はじめてです」

「そうですか。では、ここからはご本人に質問しますから、お兄さんは口をはさまないでください。なぜこんなことをしたのですか？」

シンジは医者の機械的な言葉に苛立ったのか、目の前の椅子を蹴り倒した。途端に医者が合図し、看護婦が奴の体を押さえて、その腕にゴムを巻き付け、鎮静剤らしきものを打った。シンジは不意を突かれて驚いたようで、取り敢えずおとなしくなった。

「言いたくないような理由ですか？」

「カミソリがたまたま目に入って、これで切ってみれば痛いのかなと思って……。でも、ちっとも痛くなかった。なんにも、感じなかった」

これには医者も看護婦も呆れて顔を見合わせ、俺も体中に疲労が回った。

「それだけですか？」

「こいつ、好きな女がいるんです。その女と上手くつき合うことができなくて、だから」

思わず膝を乗り出した俺を、医者はぴしゃりとはねのけた。弟さんに質問しているのです、お兄さんは黙っていてください。

「そうだよ。俺はどうせ、女とも上手くつき合えない馬鹿だよ。寄って来る女と適当につき合って、適当にバイトして、適当にやってきたんだ。それなのに、レイコだけは、俺の適当を許さなかったんだ。いや、俺は適当だと思っていたのに、いい加減だと言いやがったんだ、あいつだって相当なイカれ女のくせに。それがうざくて突き放したらどうだ、あいつは俺の心からちっとも離れてくれない。こんなのはじめてだよ。なのにレイコは今兄貴の女で、兄貴も幸せそうにしてる。あいつ、俺と関係してから、俺の前で笑ったことなんかなかった。けど兄貴の前ではきっと笑ってるんだ。そんなのってないよ」

シンジは再び泣き出し、看護婦につき添われて、診察室を出て行った。医者とふたりになった俺は、いろいろと質問された。さすがにレイコが売春していることは言えなかったけれど、医者がシンジの言葉に、奴が俺を嫉妬しながら育ったものと判断したのがおかしく、どうにもせつなくて、ただ白衣の胸ポケットに刺さる定規を眺めていた。だって嫉妬していたのは俺の方で、今もトラウマを引きずったままで、レイコとつき合い出してから、その苦しみが絶頂に達しているというのに、欲しいものをすべて手に入れて来たはずのシンジが、なんだって俺なんかに嫉妬する必要がある？　お袋が、昔俺の頭をよく撫でていたことを、ふいに思い出した、可哀想にと呟きながら。そうだよ、無様なワイリーコヨーテは、さんざんロードランナーに振り回され、踏みにじられて、笑い者になってきたんだ。あいつの神経が参るなんて世の中間違っている。俺の神経を逆撫でし続けてきた弟、弟が捨てた女との息苦しい関係、挙げ句に彼女の中には、尻軽ではすまされないほど、度が過ぎた欲望が渦巻いている。医者が必要なのは俺のほうだ。俺は現れた両親に事情を説明し、疲れた体を引きずって、ひとりタクシーに乗った。まだひと仕事残っている、シンジの同棲相手の部屋を片づけて、ベスパを拾って。こうして一生、シンジのために、人に頭を下げ続けるのだろうか。まったく愚の骨頂だ。

シンジは入院してしまった。元々神経過敏なところがあり、それゆえ気まぐれだったのを、ただのわがままと放置した結果かもしれぬと親が心配したせいだ。この際徹底的に検査することになるらしく、俺は自分の弟が、モルモット化する姿を想像してぞっとした。内科や外科のように、素人でも説明されて見当がつく明確な処方箋が、本当にあるのだろうか？　カウンセリングと投薬と、そんなことで奴の情緒は安定するのか？　あのときの医者は優秀なのかもしれない。けれども、少なくとも俺は、彼と話していると、感情のない機械を相手にしているように苛立った。自分に都合の悪い告白をしているからよけいだ。しかしそれを差し引いても、患者の苦しみを背負わぬよう、精一杯作為をめぐらす医者の姿には辟易させられた。

気の毒なのはシンジの退屈しのぎにつき合わされた同棲相手で、俺は仕事を抜けて、謝罪がてら彼女の家を訪ねた。ドアが開いて、シーズーが足に纏わりついて、促されるまま部屋に上がる。奴がやらかした後は、まあまあきれいに片づいていてほっとする。お菓子の包みを差し出すと、彼女は笑って受け取り、オレンジジュースを出してくれた。

「あんたの弟が大量に買い込んで来たのよ、あたしはコーヒーか酒しか飲まないってのに。頼むから、協力して飲んで。なんなら持って帰ってくれてもいいわよ」

「悪いけど仕事中なんだ。抱えて帰るわけにはいかないよ」

「ならいいわ。けど、一本分は消化して帰ってね」

「冗談だろ。捨てりゃいいじゃないか」

「若い子はすぐそんなこと言うんだから。いいわよ、店で使うわ」

「君、いくつ?」

「三十」

「俺と五つしか変わらないよ」

「そうね。弟とは七つだけど」

彼女は眉尻を下げて笑い、鳴っている電話を取った。ああ、久し振りね。変わりないわよ、元気。うん、うん、分かった、気をつけて。うん、あたしも愛してる。じゃあまたね。

「旦那さん?」

「そう」

「……あの、よけいなお世話だけどさ、シンジなんか早く忘れて、旦那さんとの愛を大切にしたほうがいいよ」

「もちろんよ。大切にしてるわ」

平然とシーズーの頭を撫でる人妻の彼女と、独身のレイコが重なった。背徳を犯した後悔など微塵も感じられなかったからだ。どいつもこいつも、薬指の誓いを光らせながら禁を破り、何食わぬ顔して日常に戻っていくのか? それなら、最初から契約する必要などないではないか。女との社会的契約に縛られることを知らない俺には、白か黒しかない、中間色は理解し難い。

「なら、どうしてシンジと?」

「あたしの夫は、年に三回、一ヵ月しかここには戻って来ないの。つまり、十二ヵ月のうち九ヵ月はここを空けっ放しなわけよ。それって、相手だって出張先であたしと同じことしてるってことでしょう？　お互いさまだからね」

「お互いさまって……。なんでついて行かないのさ？」

「だってパキスタンよ。アメリカやヨーロッパならともかく、中近東なんかごめんだわ。あたしには店もあるし」

「一度も行ったことは？」

「あるわよ。でも、ショートパンツでランニングしてたら、すれ違った男のふたり連れが倒れちゃって、あとから夫に散々言われてさ、ここはそういう国なんだから謹んでくれってね。阿呆くさいから戻って来ちゃった」

「ふうん。夫婦仲、上手くいってないの？」

「ううん。ひとり暮らししてて、たまに実家に帰ると、お互い家族に優しくし合えるもんでしょ？　それと同じで、いっしょにいるときはとっても仲良しよ。パキスタンは来年で赴任が終わるから、次が危険な場所じゃなければついて行くつもり」

　開いた穴をふさぐためなら、手段を選ばないということか？　それとも、業を背負う苦痛を恐れず、目前の渇きに我慢などしない、勇敢で素直な女なのか？　恐れ入ったよ、レイコも彼女も、なんて自分に正直なんだ。

「……それまでは、また誰かと?」

「かもね。でも安心して、あんたの弟は、もう二度とここへは来ないわ」

「そうかな?」

「そうよ。終わったんだもの。前の女に未練もあるみたいだし」

「シンジのことはともかく、どうして九ヵ月ぐらい、貞操を守れないのかい? もし誰かと本気になったら、旦那はお払い箱?」

彼女はくすっと笑って犬を俺に渡し、ステレオにCDをセットした。あたしはいつだって本気よ。歓声とドラの音が鳴り、チープなロカビリーの曲がはじまった。クランプスのライブか……。

「あんたの弟、ここでこればっかり聴いてたわ」

「あいつ好きだからな。ライブも行ってたよ」

「ふうん、そうなの。あたしはよく分かんなくて、ただあの子がかける音をいっしょに聴いてただけ」

そういえば彼女、ギターのポイゾンに雰囲気が似てないこともない。もし蓮っ葉な衣装でグレッチを抱えて、パンカビリーを鳴らしたなら、きっとシンジは手首など切らず、心底彼女に惚れたかもしれないと、無責任な思いが過《よぎ》った。俺、そろそろ行かないと。シーズーを床に放して立ち上がると、彼女はCDを止めてケースに収め、俺に渡した。

「これ、返しといて」

「うん。君、これからどうするつもり?」

「どうするって……。どうもしないわ。あたしはこのままよ」

「ギターの練習しなよ。男なんか連れ込まないでさ。そしたら俺、音痴だけど、君のバンドで叫びながらタンバリン振ってやるよ」

彼女はわけが分からない俺の言葉に首を傾げたが、三十の手習いも悪くないわねと言って玄関のドアを開けた。女の胸できょとんとしているシーズーの頭を撫でて、俺は旦那の帰りを不道徳に待つ人妻の家をあとにした。

騒動の翌々日、試験に励んでいたのか、男に励んでいたのか、しばらく連絡が途絶えていたレイコから電話があった。

「シンタロウって、ほんと自分からは電話してこないわね」

「ちょっと慌しかったから……。ええっと、テストだったんだよね?」

「だからって、ほったらかしにしてたら、行き場のない性欲を他にぶつけるわよ。あたしはシンタロウよりずっと若いんだから」

この言葉は、苦悩する俺をかちんとさせるに十分だ、即刻売り言葉を買った。

「とっくに他にぶつけてるんだろ?」

「なによ。言葉のあやでしょ」

「君の家は、ハッカ工場経営してて、継母と連れ子がいるんだって? なんで嘘つくのさ? スパイダーはどうやって手に入れた?」

レイコはしばらく黙った。ため息が受話器越しに洩れ、俺は相手の出方を待った。

「シンジから聞いたの?」

「ああ。君おかしいよ、どうしてすぐにバレる嘘なんかついたのさ?」

「……だって、シンタロウが勝手にあたしを、ハッカ工場経営者の娘にしたんじゃない。お父さんがハッカ工場で働いてるのは本当よ、経営者じゃないけど。あの日会いに行ってたのも本当、匂いがしたでしょ? 家に継母と連れ子がいるのも本当。あなたが勘違いしてたから、ちょっとからかっただけよ」

「それはいいよ。でも車は？　ドルチェの服は？　バイトしてないんだろ、どうやったらそんなに金回りがよくなるんだ？」

「車は、前につき合ってたろくでなしがくれたわ、売ったところで二束三文だからって。結構ボロよ、あたしの手入れがいいだけ。ドルチェは高校のときから好きなの。あの店の販売員とは、違う店にいる頃からの古いつき合いだから、大して買わなくても顧客扱いぐらいしてくれるのよ」

「それにしたって、バイトもしてない中流家庭の大学生が、ためらいもなく買える値段じゃないだろ？」

「どうしてもあたしがいかがわしいことしてるってことにしたいのね？　そうよ。あたし、セックス好きなの。毎日したっていいぐらい、好きなの。だけどひとりの男にそんなこと望める？　無理に決まってるし、そんなことで嫌われたくないじゃない。今以上に求めたら、さすがに体目当てでつき合ってるのかって思うでしょう？」

「だからって、他の男とヤるなんて。君がセックス好きなのは知ってるけど、どうしてそれを許せるんだよ？」

「そうよね」

「今まで何人の男と寝たかは知らないし、聞きたくもないけど、売春なんか今すぐやめてくれ。俺たちもうダメだ。俺は知ってしまったんだから」

「やめてるわ」

「え？」

「やめたの。一月は経つわ。さすがに嫌になったの、欲望任せに色んな人とするのが。……あたし、シンタロウが好き。おちんちんだけじゃないわ、カワイイ癖毛も、馬鹿げた自己憐憫ぶりも、全部好きよ。けど、嫌われちゃったわよね」

レイコの涙声に迷った。崩壊寸前の俺たちのことも優先課題ではあった。けれども、シンジの一件を黙っているわけにはいかない。彼女は、奴がキレた原因の一端ではあるのだから。俺は、こんなときにごめんと断り、三日前の出来事を話した。レイコは絶句して俺の言葉に耳を傾けていたが、沈黙を破ってぽつりと呟いた、あの人ならやるかもね。また沈黙し、言葉を探していると、申しわけなさそうに切りだしてきた、会いたいんだけど、それどころじゃない？　構わないよ。会おう。俺は愛車で、待ち合わせの場所に向かった。

レイコの待つ姿が見えて、俺は心臓が縮む思いをした。いつもどおり、彼女の顔は、隠し切れない己れの性に光っていた。しかし、あのでかい目から、尽きぬ欲望の輝きが消えることは死も同然、ペネローペの如く貞淑なレイコなど、干からびた梨よりうんざりしそうだ。あいつ自身だって百も承知に違いない。好きだけれど切れたい気もした。レイコの素行を許すには、俺の心では狭すぎる。それに妙なしがらみや激しい落胆のない恋に身を委ねたい。続ける理由はちっぽけなのに、終わらせる理由はでかくてせつない。きっとレイコは俺ほど思ってはいない、どうせ俺は、好みのバイブに、おまけで体と心がついているだけなんだろうから。同じおまけなら、いい容貌と広い心に越したことはない。レイコはシンジに戻してやるべきだ。いっしょに見舞いに行けばすむ話じゃないか。声をかけるまでの数分に巡る煩悶が、諦めの境地へと誘《いざな》ってくれた。

「大変ね、弟さん」

開口いちばんの彼女の言葉に、計画どおり見舞いに行こうと提案した。

「またあたしを怒らせたいの？　あんな男の顔なんか見たくないわ。一応、人として心配してるだけ」

「あいつが、まだ君を好きでも？」

「え」

レイコは俺の言葉に固まった。

「シンジとのつき合いって、どれくらいだったっけ?」

「……一年くらい。もっと前から知り合いだったけど、ちゃんとつき合った期間は、そんなもんよ」

なんでそんなこと聞くのよ。レイコはむっとして俺を睨んだ。

「レイコ、あいつがまだ好きなんだろ? なら、俺に気兼ねなんかしないであいつを取れよ。あいつ、ずっと泣いてた。君が好きだって言ってさ」

敗北宣言を終え、俺は目の前のグラスを空にして、ベスパの鍵を宙に放っては受け取る動作を繰り返した。体が震えて、じっとしてはいられなかったからだ。レイコの目つきは恨めしいままだ。

「あなたたち兄弟、そっくりよ」

「え?」

「そっくりだって言ってるのよ。冗談じゃないわ、あたしはあなたたち兄弟の駒じゃないのよ、あっちへ行けって言われるたびに、はいそうですかって聞き入れるとでも思ってるの? シンタロウ、あたしがふしだらだから、嫌いになったんでしょ? だからクソ弟に押しつけるわけ？」

「……俺は君が好きだよ、たとえ今世紀最悪のあばずれだったとしても。こんなこと言うの、辛いよ。だけど俺、ふたりを邪魔してるみたいだから」

「シンジの言ってたとおりね。あの人、シンタロウのこと尊敬してたわ。間違ったところなんかなくて、いつも面倒見てもらってて、兄貴に足を向けては寝られないってさ。けどあたしに言わせれば、そんなものクソ食らえだわ」

レイコは怒りを爆発させ、俺の腕を引っ張った。見舞いに行ってやるわ、それであなたの気がすむのなら。早く連れて行ったらどうよ。レイコはベスパの後ろに乗った、俺はスターターを蹴り下げ、アクセルを握って全開にした。頭の中でジョニー・マーのギターが鳴る、俺も、多分レイコも、今は魅力的な神経病みのことで頭が一杯だ。

レイコは一言も俺と口を利かずにエレベーターに乗った。およそ見舞い客らしくもないふたりが、神経・精神科の階のボタンを押したので、同乗した奴らは無遠慮に好奇の眼差しを向ける。胸を悪くしながらエレベーターを降り、病室の扉が立ち並ぶ風景を想像しながら廊下を進むと、すりガラスの壁が行く手を阻んだ。俺たちは頭にクエスチョンマークを浮かべて、コの字型の廊下を歩いた、けれどもまた磨りガラスの壁だ。

「どうやって入るのよ?」

「知らない。俺、見舞いに来るの初めてなんだ。前に来たときは、救急外来しか行かなかったから」

再び元の場所に戻り、よくよく壁を見ると、インターフォンがあった。患者の身内の者ですが、中に入れてもらえませんか? しばらくして、扉が重い音を立てて開いた。

「お兄さんですか?」

「はい。すみません、こんな時間に」

「いいですよ。お身内の方なら」

中央のナースセンターはガラス張りで、すぐ横が、患者の休憩所になっていた。テレビの前に、ぼんやりと画面を眺める、パジャマ姿のシンジがいた。看護婦のひとりに家族の来訪を告げられ、病んだ弟は笑顔を向ける。が、すぐに横にいるレイコを見つけて、表情を凍らせた。どうしようかと迷ったが、俺たちは奴に近づいた。さっきまで勢いがあったレイコも、物々しい雰囲気にはさすがにかしこまりながら、以前関係していた男に話しかけた。途端に弟は俺の顔色を伺う、俺はそっと後ずさりした。

「……元気?」

「まあまあ。お前は？」

「元気よ。……病人を責めるのもなんだけど、どうして、この人によけいなこと言ったの？」

「だって俺、嘘下手なんだ」

「そうだったわね。けど、足なら洗ったわ」

「そりゃよかった」

シンジは立ち上がり、ビルケンを引きずって、ぶらぶらとナースセンターまで歩いた。看護婦から四角い箱を受け取ると、煙草を取り出し、紐で吊るされたライターに火を点けて、ふうっと煙を吸い込む。少し奴は太ったかもしれない。けれども、男前に影響しない。現にナースセンターにいる看護婦たちは、監視ではない目つきで、怠惰に髪をかき上げるシンジに見とれている。俺の役目はここまでだ、見つめ合うふたりに背中を向け、ふたりに気づかれないよう看護婦に声をかけた。重い扉が開く、ちらりと振り返ると、慌てて俺の後を追おうとしたレイコが、シンジに腕をつかまれていた。

「行くなよ。お前が生理中だって、俺いくらでもしてやるよ、だから」

シンジは真剣だった。奴が女にこんな顔をするなんて。シーツを赤く染めながら求め合うシンジとレイコの光景が浮かんで、思わず足が止まった。どうします？ 出ますか？ 看護婦が俺を急かす、開けっ放しにはしておけないからだ。すみません、すぐ出ますから。看護婦と俺は、片足を扉の向こうに出したまま、以前関係のあった男女のやり取りを眺めた。おしまいだ、レイコはシンジへの気持ちを再認識する、シンジも彼女を得て健康になる。まさにハッピーエンドだ。でも俺は、この場から消えてしまいたい。有給は何日残っていたっけ？ ブルースハープを練習しておくべきだった、傷心の放浪にとことん酔いしれる阿呆になれるだろうから。

「……ねえ、お願いがあるのよ」

地球から離れていた俺を、レイコの言葉が引き戻した。彼女は笑顔ではやるシンジをたしなめ、優しく奴の手を振り払う。

「なに？」

「あんたは一生、ろくでなしでいてよね」

レイコは、役者顔負けの見得を切った。ろくでなしにろくでなしと言われては、シンジも立ち尽くすしか術はない。レイコは扉の前の見物客を促した。行きましょう、お見舞いも終わったことだし。看護婦は明らかに俺たちを非難していた。情緒不安定ゆえ入院している患者の機嫌を逆撫でされては、訪問者を入れた意味がないし、今までの会話だって、神経病みたちには刺激が強すぎる。お兄さん、今度はおひとりでお越しください。また頭を下げねばならない、俺は間違いなく、コメツキバッタの生まれ変わりだ。

「なあ、あれでよかったのか？」

「まだあたしが信じられないの？　いい加減にしてよ」

レイコは晴れやかに笑って、俺の手を握った。なぜレイコは俺を選んだのか。一応は本音なのだろう。気持ちを残した男に虚栄のみで当てこするなんて、彼女の性が許すはずはない。どうして俺は、レイコの放蕩の過去を、成り行きとはいえ許せたのか。それははじめてシンジに勝ったからだ。なにかは上手く説明できないけれど、とにかく勝ったからだ。ひどい兄貴かもしれない、けれども、今はどうでもよかった。弟はもちろん大切だ、でも自分のほうがもっと大切だ。だって俺は、生まれてからずっと奴の踏み台になり続けてきたのだから、一度ぐらい足蹴にしたところで、誰が責めることなどできる？　レイコが背中にしがみつき、俺はパトリック・コックスの爪先で、ベスパのスターターを蹴り下げる。グリップを握って、スピードを上げて。もう一生詩なんか書かない、このまま、ずっとレイコと走っていられたなら。先を憂えるな俺、なにも考えるなレイコ、阿呆な取り越し苦労なんか捨てちまえ……。薄情な兄貴の頭の中から、音を立てて、弟という名のしがらみが外れた。

　俺を後ろに乗せたシンジの自転車は、坂道を上っていた。奴の足元は少し頼りないが、シンジは渾身の力を込めてスピードを上げる。目の前はただ坂だから考える。俺たち、このままどこへたどり着くのか……。とりあえず働いてはいるし、数をこなすうち女にも慣れた、けれども、果たして俺たち大人になっているのか？　まだ鏡なんかじゃ年齢は思い知らされない、悪習改まることもない。ただ流れる時間を、漠然とやり過ごしているだけだ。やがて下り坂になって景色が広がり、シンジはブレーキを握ってスピードをコントロールする。なあ、レイコって、どうしてるのかな。シンジの言葉に口元が緩む、さあ、相変わらずヤりまくってるんだろ。そうあって欲しいね、あいつは男の希望さ、今世紀最後のな。シンジと俺は、こうして二ケツするたびレイコを思い出してしまう。兄弟揃って心奪われた最後の女だったからかもしれない。彼女とは結構長くつき合ったけれど、やっぱり別れてしまった。もちろんシンジのせいではない、度がすぎた彼女の欲望のせいでもない。成り行きでレイコの尻軽を許せたように、自然と駄目になった。レイコと終わった後、オレンジのベスパは売り払った。ポール・スミスとパトリック・コックスは、シンジが引き取ってくれた。自分なりに過去を葬ったつもりだった。しばらくは足がないまま過ごした。けれどもやっぱり淋しくなり、モッズにはなれなかった俺を、SRのカスタムで有名な店までシンジが送り迎えしてくれることになった。年季の入ったホイッスルが風になびいて俺の腕に当たり、未回収の金を思い出す。とことんカスタムしてさ、ラッドバイカーぶりを炸裂させろよ兄貴。シンジは相変わらず金を稼ぐのが下手糞だけれど、タイミングだけはよくて、喉まで出ている言葉は引っ込めるしかない。しかしもう借金はしなくなったし、「兄弟」になることもなくなった。奴は、ちょっと成長したのかもしれなかった。

俺は親父の生業を継ぐべきか否かちらりとは考えているが、それも面倒で迷っている。レイコの作り話が本当ならよかった、今なら喜んで養子に行けた。匂いだけでも爽やかな環境には憧れるし、問題意識を持つことなど強要させられることなく、金を稼げそうな気もする。好きでたまらなかった。言葉にすれば決まって気まずいから、体を重ねればすべて伝わると信じた。けれど心が上手くは通わなかった。それはシンジも同じだったらしいし、俺たちは間抜けな兄弟のまま、このまま漂っていくしかない。皮を剝げば無意味な優劣に、二十六年かかってやっと開き直ることができた。いつかは真剣に働いて、分別をわきまえて、好きになった女のひとりも養って、子供を作って、育てることに育てられて、それが幸せと思える日も遠くはないかもしれない。あっという間に歳はとるから、その「あっ」に詰め込む意義を増やしていけば、世間は俺の背中に「社会人」とでも刺青《スミ》を入れてくれるのか？　生活者のクソ神話なんか信じるぐらいだったら、俺は一生阿呆のまま風を切っていたいよ……。シンジだって、当分は阿呆のまま自転車をこぎ続けるのだろう。ふさぎ続けている耳を、不可抗力にこじ開けられる日が来るまでは。

ウインザー・ノット

ぱちん。ボビンケースに吸い込まれた糸に苛立ちながら、使い古しの相棒に哀願する。なあ頼むよ、お前で俺はいくつの作品を縫ったことか、そりゃだらだら続く直線縫いに退屈していたのは事実だ、だけどそんなイヤミなやり方で脅かすことないだろ。今夜はついてない。しかも睡魔がしつこく集中を妨げる。俺はこの一週間で、七時間しか寝ていなかった。昼間は学校、夜はバイト、ぼろ雑巾の如く部屋へ辿り着く頃やっとできる俺の時間。俺にはそれだけしか許されていない、その大切なときにどうして惰眠などむさぼっていられる？　いいものを作って有名になりたい、そして俺の美神《ミューズ》、ナオミをもっと輝かせたい。いつだって俺のモデルはナオミだ、しかし彼女は、俺がせつなくミシンを踏む今ですらきっと、享楽的な音に身を委ね、不敵な肢体で男を挑発しているに違いない。けれどもナオミの尻は軽くはない。彼女の頭の中は空っぽな宇宙には違いないが、勘違いな男をぴしゃりとはねのけるプライドが惑星となり輝いている、だからしかたなく、ナオミの魅力を野放しにしていた。絡んだ糸をほどく、俺のこの気持ちも、己れの指で真っすぐにすることができればどんなにか楽だろう。冷めて残ったコーヒーを気休めに飲み干し、どうしてもほどけない結び目を切った。そうだな、どうしようもないことだよな。再びすべての穴に糸を通し終えた俺は、悪友の体を叩いた。もうひと頑張りしようぜ。

学校は絶対休まないんでしょ。瞼がどうにも重い、果たして眠ることができたのかどうかも分からない、けれどもおふくろの声が俺を急かすから、霧が立ち込めた脳のまま教室へ向かった。こんなときに浮かぶ音、スライ&ファミリー・ストーンの「アイ・ウォント・トゥ・テイク・ユー・ハイヤー」は、俺の脳内活性ソングだ。「連れてってやるぜ、行ってみたいかい?」ああ、行ってみたいよ、誰か俺をハイにしてくれ、このまま路上に転がってしまいそうだ……。

「よう、パラッパ」

「勘弁してくれよ、本当に今頭ん中パラッパラッパーなんだよ」

「そりゃめでたい、身も心もパラッパかよ。昨日も今日もヒルフィガーのTシャツじゃ、ナオミが逃げるぜ」

にやにやとプリンスは笑う、なぜ彼がプリンスかというと、かつてそう呼ばれた男の絶頂期と、ゴージャスないでたちが似ているからだ。口の悪い同級生につけられたあだ名も、今となっては誰も奴を本名で呼ぶことがないほど普及した。それはナオミも同じで、もちろん『痴人の愛』のナオミではなく、長身で抜群のスタイルと、年中太陽に焦げた肌と、一般女子には到底着こなせない、ナチュラルの対極にある服の趣味が彼女をそう呼ばせた。もっとも当人たちも相当その気で、たまに本名を呼ぼうものなら反応が遅れる始末だった。

「なあ、課題できたか?」

プリンスの言葉に俺は呆然と宙を見るしかなかった、昨夜は、というより今朝は、コンテストの作品制作に気を取られすぎて、せっかく仕上げた課題を部屋へ置き去りにしていたからだ。

「その顔はどうやら忘れたみたいだな。俺のを見ろよ、時間の都合で仕上げは粗いけど、未来のラクロワって感じ、しないか?」

テーラードジャケットが課題だった。深い紫の地を金モールとチュールが彩るプリンスの課題作品は、ますます俺の心を打ちのめした。ああ、お前らしくていいよ。オーレ、って感じ。俺はろくに彼の作品も見ずに闘牛士の身振りをしてやった。遅刻してでも課題を取りに帰るか、それとも教師に頭を下げるか。ぐるぐる回るふたつの選択肢、俺はうなだれたまま教室のドアを開けた。担任がこちらへ向かってくる。答えは即決された。

「すいませんでした！」

俺の叫びにそこらの生徒の視線が集まる。しかしそれはすぐに大爆笑の渦となった。なんだ？　周りのこの反応は。

「奏《カナデ》、目の前の人をちゃんと見たら？」

夜遊びでいつも遅刻寸前、普段ならいるはずのないナオミが腹を抱えながら言った。

俺が頭を下げたその人は、足ぐせの悪い男子生徒が気ままに蹴飛ばした、背の高いゴミ箱だった。

「お前相当寝てないな、大丈夫かよ？」

教室中の笑いが伝染していたプリンスも、惚《ほう》けた俺にはさすがに心を配った。大丈夫。

俺は頭を掻きながらナオミの隣に座った。

「あたしのそばじゃ、ボードが見えないわよ。いつもかぶりつきでしょ」

「いいんだ。今日はこれがあるから」

鞄から出した双眼鏡にふたりは呆れた。お前なあ、そんなもの持って来る脳みそが残ってるんだったら、なんで課題忘れるんだよ。そんなにナオミのそばにいたいか？　授業に不熱心な彼女は後ろの席と決まっていた。もっとも、いつだってぎりぎりにしか来ない彼女には、そこしか居場所がなかったのだが。そうだよ、行きたきゃ前へ行けよ。俺のふて腐れた返事に対して奴は大人だった、いいよ、ここにいるよ。ナオミは化粧を直す鏡越しに俺たちを見て笑った、そして今度こそ本物の教師が現れた。俺はどう説教されるのかちょっと怯えながら、上手い言いわけを考えていた。

まったく授業は地獄だった、俺たちの担任は超が付く体育会系の男で、でかい体にでかい声で生徒を威嚇し、課題をさぼれば情け容赦なく単位を与えず、教壇では、聞いてるかお前ら、やる気がないなら帰れと連発するから、一向に気が抜けない。パターンの授業で、俺が双眼鏡越しにスライド上映された線を写し取っていると、担任はにやりとした、眠そうな割にはやる気があるじゃないか、ヒップホップ野郎。パンツのゴムなんか見せて歩くのはもう古いぞ。そんなに見せたいなら、鍛えて腹筋でも割ってみろ。担任は口も態度も悪いが、気力だけでここにいる俺の、眠気を覚まそうとしてくれていた。俺は割れますよと言って、少しついている脂肪を集め、腹を膨らまして二段にして見せた。阿呆か。俺は筋肉で割れと言ったんだよ。もういい、早く書け、次行くぞ。ちらりとナオミのノートを覗いた。やはり内容はお粗末だった、はじめから授業を受ける気などないのだ。担任に怒鳴られない程度に鉛筆を動かすふりをし、授業が終わった後、俺に猫撫で声を出す。コピーさせてくれるわよね。閉じそうになる目をしょぼつかせて必死でノートを取る俺より、彼女のほうがよほど元気に違いないのに。プリンスのノートはびっしり埋まっていた、ただし落書きも多かったが。昼飯どこで食う？　プリンスの鉛筆が俺に語りかける、俺、飯抜くよ。食ったら寝てしまいそうだ。ナオミが割り込んできた、あたしたちが食べてる横で、お茶だけ飲んでるっていうの？

「ブラックトリオ、何こそこそしてる？」

担任に一撃され、俺たちは慌てて首をホワイトボードに戻した。

結局忘れた課題は、明日まで待ってもらえることになった。これがはじめてだったからだ。俺はさすがに今夜のバイトは休もうと思い、ナオミを連れて、下半身に響く低音が心地よいクラブのドアを開けた。

「早いじゃん、奏」

DJのラリーがバッグを掻き回してアナログを並べていた。ジャマイカと日本のハーフのラリーは、お世辞にもハンサムとは言えなかったが、英語も日本語も達者、親父譲りのスリムな体とスイートなエスコート、フロア中の客の腰を捻《ひね》らせるキャッチーな選曲で、毎晩女に不自由はなかった。

「ごめん、休みたいんだ。ボスに言っといてくれないかな」

「なんでまた？　今日はウータンの連中がお忍びで遊びに来るんだぜ。奏、クローク役だから話ができるチャンスなのに。RZAに、アイマスクがクールだって褒めりゃ、ファミリーの一員になれるかもよ」

ナオミが、ええっ、ウータンが来るのお？　と驚きの声を上げた。

「俺も仮面舞踏会で踊らせろって？　そんな簡単に仲間にしてくれるんだったら、世の中ウータンだらけさ。それにここんとこ寝てないんだ、もう限界だよ」

「バカだなあ、こんな日に休むなんてさ。まあでも、ラッキーかもな、ここにいないほうが。奴ら凶暴だからな。僕も明日、命がないかも」

ラリーは苦笑いして俺たちに手を振る。バイ、スウィートラヴァーズ。ナオミは膨れていた。ウータン・クランが来るってのに、バイト休むの？　あたしは遊びたいわ。しかし俺の疲れた顔に、しぶしぶ家へ帰ることを承知した。分かったわ、あたしん家でごはん食べよ。今日は泊まってく？　うん。生返事の俺に彼女はやれやれと呟いた。まったく、一週間ぶりに泊まりに来る彼氏がよれよれの睡眠不足だなんて、煮ても焼いても食えたもんじゃないわ。あたしを抱かないで眠ったりしたら、あたしはここに戻って来て、ウータンの誰かにぶら下がって、イエローキャブになってやるからね。ナオミは生意気な口を叩いて、ルーズに履いたジーンズから覗く俺の下腹を、光る爪できゅっとつねった。

今日は切れるなよ。俺は祈りを込めてミシンを踏んだ。睡眠はナオミの部屋でたっぷり取った。課題だけを取りに朝帰りする俺におふくろは呆れた。あんた、親をなんだと思ってるの? 毎日楽しくていいわね。とんでもない、親から見れば俺は、高い学費を払わせ、わけの分からないものばかり作って悦に入る穀潰しかもしれない。けれども俺は己れのすべてを制作に賭けていた、誘われるまま出かけた若いデザイナーのコレクションで、衝撃を受けた日から。ドラムンベースの音に合わせて攻撃的にウォーキングする生のモデルたち、彼女たちが身に纏《まと》う前衛の先端のファッション、そして照れながら押し出される本当のショーの主役。いつか絶対俺もそうなってやると誓った。俺が賭けているもののうわべの派手さばかりに気を取られている、平凡な主婦のおふくろには分かり得ないのだ、そこに計り知れない苦悩がつきまとうことなど。

今夜は難所だった。ストレッチ素材の扱いにくい生地に、このワンピースの命、くどいほど縫い込まれる予定の、ジッパーを取り付ける。これがシルエットまで左右する上、アライアの如く女の体にぴったりと張りつくデザインなので、ちょっとした作業にも時間がかかる。俺は仮縫いモデルのナオミを何度も針で突き、悲鳴を上げさせた。ちょっと、奏とつき合い始めてから、あたしの体にどれだけ傷がついたと思ってんの？　これがグランプリ獲ったら、そのお金でエステツアーにでも旅立たせてもらうわ。それでもナオミは俺の仮縫いモデルを拒否しなかった。彼女は、なかなか遊びの誘いに乗らない俺を非難してはいたが、これだけはいつもつき合ってくれた。俺たちは、普通の恋人同士とは違う空間を共有している。ふたりはお互いを目の前にしながら懸命にマスターベーションしているのだ。腕がよく人気もあるデザイナーと、その専属のトップモデルを思い描いて。ナオミの体に生地を巻きつけ、頭のデザイン画と実物との距離をどこまで縮められるかを真剣に計る……彼女は立ち続けることにうんざりしながらも、俺の生真面目な表情に姿勢を正し、辛抱を貫く。特別な空気は、いつだって俺たちを高揚させた。

斜めに針を走らせるのがどうしても上手くいかない。俺は足を止めてミシンを休ませる。どうしたらいいんだろう、思いどおりにならない、こんなに集中しているというのに。

「そうでもないいんじゃない？」

聞き覚えのない男の声が俺の腰を浮かせた。

「ここだよ」

生地やら裁縫道具やらテキストやらで一杯になった、背の低いアンティークの棚に、そいつは座っていた。プラチナブロンドの髪、生粋のアングロサクソンの顔立ち、上品なスーツの襟に覗くウインザー・ノット。根を詰め過ぎて幻覚でも見ているのか？　どうせ見せてくれるのなら、男なんかじゃなくて、若くてきれいな女にしてくれよ。俺は椅子に座り直し、両手で瞼をぐりぐりと圧迫した。再び目を開けてもまだそいつはいる。存在を認めないわけにはいかなかった。男は笑顔で厳しいことを言う、君は集中しきっていないよ、恋人のことを考えてたろ？

「誰だ？」

男はにっこり笑った。名乗るほどの者じゃないよ。

「どこから入ってきた？」

「悪かったね、邪魔をして。でも、なんだか急に君に話しかけたくなってさ。君が頭に描いている壮大なプランを、私の力で現実にできればいいなと思って」

質問を無視する男の言葉は神経を逆撫でるばかりだ。俺は立ち上がり叫んだ。家宅侵入罪で警察に突き出してやる。

「無駄だよ。だって私の姿は、君にしか見えないのだから」

「なんだって？」

「君にしか見えないんだよ、私は亡霊なのでね」

どうやら短い睡眠時間に摩耗した脳は、俺を霊媒師にしてくれたらしい。しかも英語圏の霊の言葉まで理解させてくれるのだから、死んだスーパースターの口寄せなんかしてみれば億万長者間違いなしだ。そうだな、まずは二周忌の2PACでも呼んで、誰に撃たれたのか真相究明でもするか？　瞬時に弾けた俺の考えを読んだらしく男は笑った。なかなかいいね、でも君の夢はイタコじゃなくてデザイナーだろ？

「ああそうだよ。じゃあ、あんたならどうするよ、この面倒なバイヤス縫いを？」

生地を突きつけると男は棚から降りて目の前に来た。品のいい香水の匂いがほのかに漂う。俺は彼が亡霊だというのも忘れて、優雅な物腰や、思慮深そうな眉間の皺や、恐らく彼の家のものと思われる紋章が刻まれた美しい指輪やらに釘づけになった。

「私は服を作ったことがないからよく分からないけれど、君の相棒に魔法をかけるっていうのはどうだい？」

俺の返事を待たずに男は、首のタイを器用に外し、ミシンをひと撫でした。さあ、踏んでごらん。魔法をかけられたのは俺のほうかもしれない。言われるがまま、生地の端とジッパーの端を合わせ、恐る恐る針を落とす。すると、どうしても思う方向に進まなかった針が軽やかに布の上を滑った、俺は気持ちを弾ませ夢中で相棒を急き立てた。凄い、悩んでたことが嘘みたいだ。第一関門をクリアした俺は笑顔で男を見上げたが、そこに彼の姿はなかった。

「今日は機嫌がよさそうだな、よく眠れたのか？」

「いいや、あんまり寝てないよ」

ゴナ・テイク・ユー、ドゥー・ユー・ワナ、鼻歌まじりでエレベーターに乗った俺に声を掛けたプリンスは、俺の返事に怪訝な顔をする。じゃあ、なんかいいことでも？ああ、今度の出品作品、ちょっと上手くいきそうなんだ。

「へえ、そっか。頑張れよ。俺も負けないけどな。なんたって俺は未来のラクロワ、ゴルチエ、いやガリアーノなんだしな」

「おいおいガリアーノは譲らないぜ、俺も彼にはリスペクトしてるんだから」

狭い箱に一緒に乗せられた、暗い色のスーツのオヤジたちが、大声で笑い興じる奇抜なファッションの俺たちを睨む。俺たち学生は、同じビルに職場を構えるサラリーマンたちの鼻つまみ者だ。俺はプリンスに昨夜の出来事を話すべきか否か考えたが止めた。奴の言葉は想像できる、お前、ついにイカれたのか？　それともラリーからクスリかマリファナでもお裾分けされてんのか？　それなら俺は許さねえ、そんなものでトリップするような腐った野郎になったなら、お前との仲もこれまでだ。

「続きにかかりたくてたまらないみたいだな」

「うん。学校はしかたないけど、バイトも行く気がしないよ。早くこの気持ちのまま、作ってしまいたいんだ」

「そうか……。羨ましいよ、俺今スランプでさ。デザイン画どおりには行かないよな」

「お前のは絵の時点で凝りすぎてるんだよ。いっそ長沢節目指したら？」

プリンスのデザイン画には定評があった。プロ顔負けのセンスと、元の素質が上手く調和し、描くたびに満点がつき廊下に張り出され、一目置かれていた。

「ヤだよ。俺はデザイナーになりたいんだ。デザイン画はおまけ」

プリンスは苦笑いして教室のドアを開ける。やはりナオミの姿はない。あと五分もすれば息急き切って現れ、何時間も退屈と闘うのだろう。俺は、ナオミがここにいることは、彼女のためにならないと分かっている。あれでは授業料をドブに捨てたも同然だ。しかし両親がテーラーを営んでいる事情もあり、ひとり娘の彼女はしぶしぶ通い続けていた。ただし、学校の近くに部屋を用意するという条件を承諾させて。ナオミの夢は、お針子ではなくモデルだが、それも果たして強い希望かどうか怪しいものだ。なにせ、いつまでも親の脛をかじりながら楽しく遊んで暮らすことこそ、彼女のいちばん望むところに違いなかったから。教室の空気は、俺とプリンスのように、払った高額の授業料をがっちり取り戻すタイプと、ナオミのように華やかさに魅せられて入学したはいいが、キツい授業についていくのがやっとで、卒業証書欲しさに取り敢えず出席するタイプとに分裂していた。同じ長机に座ったことのないナオミが、親し気に話しかけてきたときはなんだと思った。どうせ課題の手助けが欲しいのだろうと。しかしナオミは実に魅力溢れる外見の女だったので、袖にもできなかった。プリンスも最初は、この不真面目なクラスメイトに、己れの高い志を削がれることを心配した。けれどもいつの間にか俺たちは、三人でいることのほうが自然になった。ナオミには知性のかけらもないが、感覚だけは異常に鋭敏で、好奇心が恋に変わるまでさほど時間はかからなかった。それはプリンスも同様だろうと思っていたのに、奴は俺のような公私混同を嫌った。だって授業に身が入らないだろ？　気取ってストイックを装うプリンス。しかしいつも奴は年上の女に選ばれ、カワイがられているからおかしい。

バイトに行きたくない、帰って昨夜の続きがしたい。でも約束を守らないで解雇されるのも困る。実際作品制作には金がかかるし、実家が裕福なナオミのヒモにはなりたくない。店に着いてしまえば楽しいのだが、今の俺は、ラリーの回す流行りの音や、アルコールで熱を帯びる喧噪より、作りかけの出品作品のほうに心奪われていた。けれどもナオミの笑顔にバイト先へ送り出された。あたしも後で顔出すからね。ラリーに言っといて、あんまり好きじゃなくたって、バッドボーイ・ファミリーの曲は一杯かけないとダメよって。

「どうだった？　ウータンは」

DJブースで今夜回すアナログを並べていたラリーは首を振る、来なかったんだ。

「なんだ、そうか」

「うん、がっかりだよ。ま、そのうちまた、誰か来るよ、パフ・ダディとかさ」

絶対来るはずのない大物の名前をわざと出して、ラリーはげらげら笑った。

「そうそう、俺の彼女が言ってた、ラリーにもっとパフ・ダディプロデュースの曲かけろって」

「ナオミもしょうがないなあ、あんなスキル不足のバックトラック野郎が好きなのかい？」

確かに、プロデューサーとしてはジーニアスだけど」

職業柄、コレクションの大多数はパーティものだが、ミドルスクールまでのラップとルーツレゲエを愛するラリーには、大ネタのサンプリングに血眼なニュースクールは、癪の種なのだ。

「おっしゃる通り」

「だろ？　でも、ファミリーの中じゃリル・キムはいいよな、あのビッチの鼻息は浴びてみたいよ。プロモーションビデオみたいに、シャンパン片手に、バブルバスでメイクラブ。ああもう、サラマワシなんかうんざりだ」

ラリーは再び視線をアナログの山に戻した。その背後から例の男が現れ、俺は仰天した。

「本業じゃないからといって、仕事は休んじゃいけないよ」

「だから、来てるじゃないか」

俺の言葉にラリーは顔を上げた、なにが来てるって？　男はすぐに消えた。俺は不審に思われないよう懸命にいいわけする。いや、ボスに、この前急に休んだこと、なにか言われるんじゃないかと思って……。それなら心配ないよ、僕がちゃんと言っといたから。ラリーはウインクしてフロントのほうへ顎をしゃくる。ほら、なにか言われる前に謝っておいたら？　ボスもラリーと同じく黒い血と黄色い血のハーフだが、彼とは違って筋肉ががっちりついている。今まで何人の暴れる客を、その腕でねじ上げつまみ出したことだろう。まったく俺のボスは、担任といい、このハコの支配人といい、体格のいい奴ばかりで心強い限りだ。ボスは小さくなる俺をじろりと睨み、腹が痛いぐらいでシフトに穴を開けるなと言って、漢方薬らしき袋を投げた。チャイニーズパワーで早く治せよ、Bボーイ。俺はボスにBボーイと呼ばれるたび、その皮肉に歪んだ口元に溢れる軽蔑を目の当たりにして萎える。なぜならボスは、ヒップホップなりをした客を、裏でドラ焼き（ブラックがホワイトのように振る舞うと「オレオ」と呼ばれるように）と言って見下しているからだ。それにどうやらラリーは、俺を下痢にしたようだ。DJブースを見ると彼は腹を抱えている。俺はラリーに笑いながら中指を突き出し、フロントのカウンターを跳ね上げた。そして、いつもの場所で、いつ来るともしれないナオミを待っていた。

あの男が一夜のまぼろしではなかったことが、バイト先への出現で証明された。ナオミは、男が気になるせいで心ここにあらずの俺を心配した。ねえちょっと大丈夫？　そんなにコンテストが気になる？　チャンスなんて腐るほどあるじゃない、焦ることないわ。今夜も踊る気満々、課題以外の制作は一切しない彼女の言葉は呑気だ。けれども悪い気はしない。向上心は萎えるが、滅多に聞けない優しい台詞は、羽根布団の如く俺を安らぎに導く。


「また彼女のことばかり考えてたね？」

例の棚の上に男が現れた。

「うん……。それよりも、どうしてバイト先にまで来た？」

「約束は守らないと。この先、いくら有名なデザイナーになっても、信用を失ってはおしまいだよ」

「ご心配おかけ致しました」

俺は相棒に電源を入れて、新しく糸を通し直した。もうナオミのことは考えないよ、今は作ることに集中する。俺の言葉に男は満足気に頷く、そうそう、それでこそ、君の前に現れた意義があるというものだ。

「それより、俺、霊感なんて全然ないし、見たことはもちろん、気配すら感じたこともないよ。亡霊って、霊感の強い人のところに現れるもんなんだろ？　なんで俺、あんたが見えるのかな？」

「生きている人間の定説は私は知らない。私の体は、墓の中でとっくに朽ち果てているけれども、この棚が」

男は、尻にしいた棚を、中指の第二関節で叩いた、ただし音はしなかったけれども。

「その棚が、なに？」

「これは……、私の妻が、とても気に入って、彼女のために買い与えたものなんだよ」

「へえ、じゃあこれって、イギリス製だったんだ。それかドイツ製？　しかもかなりいいもの？」

男は俺の言葉に驚いた。

「君は、私がジャーマニーイングリッシュだということを知っているのかい？」

「見りゃ分かるよ。いかにも英国王室って感じの顔してるじゃん」

「では、私のことも……」

「さあ、そこまでは。でも、生きてるときに労働者階級じゃあなかったことくらいなら想像はつくよ。口の利き方といい、立ち居振る舞いといい、浮世離れしてるもんな」

男は少しがっかりして棚に視線を戻した。この棚から、私たち夫婦の新生活はスタートしたんだ。俺は、取り留めもなく様々なものが詰まった棚を見た。元々これは、祖母の家に置かれていて、亡くなったときに形見分けされ、俺の家にやってきた。俺は一目で気に入り、売ればいい金額になるのにと渋る両親を説き伏せ、部屋に引き上げた。しかし滅法使い方が荒く、たまに部屋を覗くおふくろはいつも眉をひそめる、奏、これは高いものなのよ。おばあちゃんが、舶来品だ、舶来品だって念仏みたいに唱えながら、いつでもきれいに手入れしていたのに。こんなことなら、傷がつく前に売ってしまえばよかったわ。

「そう、君の御祖母《おばあ》様は、この棚を大事にしてくれた。本来なら私の一族が受け継ぐはずのものが、これがいちばん金銭的価値のないものだったからね、人手に渡ってしまったんだよ。けれども、外に出た途端高値になって、だから君の御祖母様は、扱いも慎重になったわけさ。でも参ったね、私と妻との思い出の棚を、こんなにも乱暴に扱っているとは」

「だって所詮棚じゃないか、棚とは物を入れるものだろ?　使ってなんぼだろ?　オブジェじゃないんだから、毎日磨いてなんかいられないよ、元の持ち主であるあんたには悪いけど。じゃあなにかい、あんたは、俺が、かつて大切にしていた棚を粗末に扱ってるから、それを理由に俺の命でも取りに来たのか?」

男は俺の言葉に苦笑した。

「すまない、つい……。妻が気に入っていたものだったから、思い入れがあってね。しかし私は、そんなつもりで君の前に現れたのではないよ。妻に頼まれたのさ、どうかあれの行く末を見て来てくれとね。君の使い方が悪いとは言っていない。高額な値段を理由に置物なんかにされては、こいつも気の毒だ」

「じゃあなんでだよ?」

「そうだな……信じてもらえるとは思わないが、とても君に好感を持ったからさ。君の志は、下心に支えられているとはいえ高いものだし、それを貫こうと努力もしている。君のファッションは……、私にはどこがいいのか理解できないけれども、とにかく、私は君の力になりたいと思ったんだよ」

「それはどうも。けどあんたこそ、いまどきそんなタイの締め方して、時代錯誤もいいとこだぜ」

「いいんだよ。私はいまどきの者ではないから。それより、邪魔したね」

男が消えそうになったので俺は慌てた。いつまでこの部屋に居候するつもりだ？

「とりあえず、そのセクシーなワンピースができあがるのを見届けるとしよう」

ひとりにされた俺は、かぶりを振り、扱い易く生まれ変わった相棒と、作品制作の続きにかかった。あいつを唸らせるくらい、いいものを作ってやる。審査員を感嘆させる素晴らしいものを。俺は今夜もまた、眠れない。


「聞いてるのかお前ら。そこ、寝てるんじゃない」

教壇から飛んだホワイトボード用のペンが、俺の頭に当たった。ストライク。プリンスはにやにやして俺を起こす、見つかったぜ、目を覚ませよ。あんまり気持ちよさそうに寝てるから、気の毒で起こせなかったのさ。

「ヒップホップ野郎、お前なら、ダーツをどこに取る？」

俺の得意分野、ボディコンシャスなドレスのパターンがボードに描かれていた。俺は寝ぼけ眼でふらりと立ち上がり、床に落ちたペンを拾い上げ、数箇所に印をつけて席に戻る。いちばん後ろの席のナオミが、笑って親指を突き出した。担任は教壇に両手をついた。

いいか、体に合わせてやたらダーツを取りゃいいってもんじゃない、適所にきちんと取れば、数が少なくてもきれいなラインはできる。ここにいる男は全員、このヒップホップ野郎みたいにスケベになれ。女の体の線を知らなきゃ、いいものなんか作れないぞ。褒められたのかけなされたのかわけが分からない担任の怒鳴り声のおかげで、眠気は飛んだ。

昼休み、三人は、ほとんど毎日通っている喫茶店へ向かった。俺は眠気とのバトルが控えているのでいつも腹八分。胃に持病を抱えるプリンスは一度にたくさんは食べられない。ナオミはダイエット中。だから、サラリーマンが列を連ねる飯屋へは行かない。

食後のコーヒーを啜《すす》りくつろいでいると、ナオミは店の入り口で、泳がせていた視線を止めた、あれってラリーじゃないの？

「いたいた、探したよ。参っちゃった、教室中の女の子たちに逃げられて。ナンパと間違われるんだ」

「よく居場所が分かったな」

「うん、君らかなり目立ってるらしいね、いつもこの店に行ってるって、皆知ってた」

ラリーは余った椅子を指す、ここに座っても？

「もちろん」

「どうも。えっと……ワッツ・アップ？」

「アイム・ファイン、シー・イズ・ファイン、ヒー・イズ・スリーピング。お前日本人だろ、なんで挨拶が英語なんだよ」

自分とナオミと俺を順番に指さし、プリンスはラリーを小突いた。

「いや、誰にでも分かる程度の英語で話しかけると、女の子が喜ぶのさ」

「あら、あたしの名前も、ラリーのナンパリストに載ってるの？　でもダメよ、この人がいるんだから」

ラリーは両手を広げ、ショートドレッドを揺らして大袈裟に嘆いて見せる、ジャー、ラスタファーライ、どうしたらこのゴージャスな美女が振り向いてくれるのか教えて。注文を取りに来たウエイトレスがくすくす笑う、ラリーは彼女にも抜かりなくウインクを送る、僕に美味しいコーヒーを。

「あのさ、疲れない？　そんなにアプローチしまくってさ。そのエネルギーをボランティアに回したら、一億人は助かりそうだぜ」

俺はエネルギッシュな彼に呆れる反面羨ましくもあった。根っからの日本人の俺には、人前でナオミを抱き締めることすらできない。

「全然。僕、ナチュラルボーン・レディースラヴァーだから」

「あっそう。ところで、用があるから来たんだろ？　なんだよ？」

「そうそう、バッドニュースだよ、奏。僕たちの職場、なくなるらしい」

「へ？　だって、昨夜《ゆうべ》はボスなんにも言ってなかったじゃないか。俺に休むなって怒ってたのに」

「うん……、さっき呼び出されてさ、僕には生活かかってるし、早めに教えとくって。マイアミへ帰るらしいよ、ボス。取り敢えず、彼の都合のレイオフだから、今月分は多めに給料くれるらしいけど」

レイオフって？　ナオミは漂う嫌な空気に眉をひそめながら俺に聞く。解雇だよ、クビってことさ。まったくついてない、折角ミシンも快調で、バイトのルーティンワークだって、目をつぶっていてもこなせるようになったというのに。あと二週間で閉めるらしいよ。そんなに急なのか？　俺はしょげて残りのコーヒーを飲み干し、ため息を吐《つ》いた。

「お前、コンテストで優勝すりゃいいじゃん。賞金百万だろ。一年はバイトしなくてすむぜ」

プリンスの提案に俺は力なく答えた、そうだな、それもいいよな。

「そうよ、あたし今までさんざん刺されてきたんだから、優勝でもしてもらわないとやってられないわ」

「コンテスト？」

ラリーにはなにも言っていなかったので説明する。大きなデザインコンテストがあって、グランプリには賞金が出るんだ。ＯＫ、僕、奏の腕って知らないけど、確かなの？

馬鹿言え、こいつはジーニアスだぜ、女の体に張りつくドレスを作らしちゃ、周りの奴で右に出る者なしさ。とことんスケベじゃなきゃ、あんな服なんか作れねえよ。プリンスの言葉にラリーは笑う。なんだ、奏も、僕とおんなじレディースラヴァーか。ラリーは伝票を持ち立ち上がった。じゃあまた、明日。

「俺たちの分まで払う気？」

「ヤーマン。ナオミ、今夜待ってるよ。どうせ奏は家でミシンだろ？　僕がスウィートな夜にしてあげるよ」

ありがとよ、レディスメン。スマートな女たらしに礼を言うと、背中を向けたまま手を振って見せた、ノープロブレム。

俺は求人情報誌を抱えて部屋へ戻り、出鱈目にページを繰ってミシン台に置いた。参ったな、本当に賞金でも取らないと生活できないぞ。

「大変みたいだね」

いつもの場所に男は腰かけている、さすがに俺も驚かなくなった。

「そうなんだよ。けどしかたないよな、ボスが親元へ帰るって言うんじゃな。せっかく一年続けて慣れたっていうのにさ」

「……また、ああいうところに勤めるのかい?」

「さあね、分からない。そうだな、今度は生地屋でバイトして、作品を安く上げるってのもいいよな」

「感心だね、そのワンピースができあがるのが本当に楽しみだよ」

「うん。頑張るよ、ナオミを針で突きまくって、やっとここまで形になったからさ」

男は不思議そうな顔をした、君は、そんなにあの女の子が好きなのかい?

「うん。どうせ、女に走ってちゃ、ろくなもん作れないって思ってるんだろ?」

「そんなことはないよ。恋愛も立派な原動力にはなり得るさ。だけど、彼女のことを考えている割には、それが表に現れてないね」

「それって、俺が冷たいってこと?」

「……たとえば、クラスメイトだから毎日顔を合わせてるけど、君からデートに誘ったりしてるかい？」

確かに、俺はナオミを取り立てて誘うことはなかった。教室でいっしょに課題をして、いっしょに昼飯を食って、バイトまでの時間をいっしょにすごして、それでもナオミはバイト先に毎晩のように現れる。そうして欲情したら、俺は彼女について行き、部屋へ上がり込んで朝まですごす。

「なんか俺、振り返ると、自分のことしか考えてないよな」

「いや別に、君を責めてるわけではないよ。双方納得の上なら、君は幸せ者さ。私は妻を獲得するのに必死だったからね」

「へえ、そうなの？　あんたモテたろ？　家も裕福そうだし、女で苦労なんかしてなさそうだけどな」

男は過去を回想しているのか、苦笑いで首を振る。

「いいや。妻との結婚は大変だったよ。なにせ彼女は、すでに人妻だったのさ」

「そりゃ大変だ。けどあんた、いかにも頑張りそうじゃん。そのご丁寧なウインザー・ノットを見りゃ、性格分かるよ」

「そうかい？　……私はなにもかも捨てざるを得なかった、でも幸せだったよ。いちばん好きな女と生活を共にして、喜びも悲しみもすべて分かち合ってきたからね」

「やるな」

「まあね。まあ私のことはともかく、君は、それを仕上げることだけ考えたほうがいい」

「もちろん。でもなあ……儲かってるバイト先がまさかクローズするなんてさ、ショックだよ」

肩を落とす俺に男は近づき、腕を組んだままページをぱらぱらめくって見せた、ここなんかどう？　開かれたページの中のいちばん小さい広告、個人経営らしい生地の店を指さす。ありがとう、面接に行ってみるよ。でもこんな風貌じゃ気に入られないかも。

「大丈夫、きっと、今のパートタイムより君のためになるから」

男はタイを外し、また俺の相棒をひと撫でして消えた、今夜もよく働けよ、と言い残して。


昨日元気だったナオミが欠席した。プリンスは毒突く、どうせさぼり病だろ、心配するだけ損だよ。けれども俺は、彼女の部屋へ向かわずにはいられなかった、昨夜の男の言葉が引っかかっているせいかもしれない。学校は出席に厳しく、自分から連絡を怠れば何度でも電話をかけてくる。だからさぼりたい生徒は、うるさい電話の呼び出し音を聞かないよう出かけてしまうか、終日留守番電話で対応していた。ナオミのも例外ではなく、甘いエリック・ベネイのバラッドと、繰り返される再生で聞きとりづらくなった彼女の声が聞こえるばかりだ、それがよけい俺を苛立たせる。仮病だって、行くだけ無駄だよ。それにお前はいいけど、なんで俺まで連れて行くんだ？　いいだろ、お前も友達なんだからちょっとは心配しろよ。

「分かったよ。けどお前、顔に『ヤりたい』って書いてあるぜ、俺はとっとと退散するよ」

一応病気かもしれないと思い、彼女が好きなイチゴを買う。お前馬鹿だな、季節外れの高いもんなんかわざわざ買ってさ。まあいいや、俺にも一、二粒ぐらいならまわってくるだろうしな。プリンスは仮病だと言い張り、俺を間抜け扱いし続けた。

俺は腰に付いたチェーンから、ナオミの部屋の鍵を選び取り、穴に突っ込んだ。これを使うのははじめてだ、なぜならここへ来るときは、必ずふたりいっしょだったから。奥の部屋から光と笑い声が漏れている、他に誰かいるのか？　俺は、見覚えのある、脱ぎ捨てられた大きなサイズのスニーカーを見て愕然とした。まさか？　悪い予感に胸を締めつけられ、挙動不審になる俺の肩を支えプリンスは言った、どうする？　客は男みたいだな。かえってその言葉に押し出された、俺たちはそう長くはない廊下を進み、甘い音がかすかに響く部屋のドアを開けた。

ゴキゲンなふたりは、新たな客の気配にまったく気づいていなかったのだろう、俺たちを見るナオミとラリーの驚いた顔といったら……そりゃそうだ、ふたりは全裸でソファーに寝そべり、ナオミの、俺のものだとばかり勘違いしていたヴァギナはすっかり濡れて開いていたし、彼女の手には、俺の倍はありそうなラリーのペニスが、愛し気に握られていた。恐らくナオミは、学校を休んだぐらいで俺が訪ねて来るとは思いもしなかったのだろう。俺は炊かれたバニラの香と混ざるマリファナの匂いにむせて咳込む、プリンスはヌードの恋人たちに一瞥をくれて、立ち尽くす俺の腕を引っ張った。だから言ったろ、仮病だって。行こうぜ。奴は俺から見舞の品をひったくり、ナオミに向かって投げた、食えよ、ヤった後は腹が減るだろ。白いビニール袋はくしゃっと床に落ち、中身の一粒が彼女の足先に転げた。ナオミもラリーも口を利かない、ゴキゲンな草で半開きになった眼差しで俺を見るばかりだ。いったいなにを言えば俺の気はすむ？　しかし言葉など浮かびはしない、ただ愛し合う恋人同士の姿が、ひどく俺を傷つける。

「ほらね、この人はね、あたしのことなんか愛してなかったのよ」

ナオミの高笑いが部屋に響いた。見てよラリー、この人は、あたしのこんな姿を見たって平気なのよ。あたしを責めもしなければ、あんたのことを殴りもしない。あたしはしょせん、生きた人台《ボディ》だったのよ。またた、俺はいつもこうだ。どの女も他の男を選んで去って行く。いったい奏って、私のことなんだと思ってるの？　俺は傷つけたつもりなど毛頭ない。しかし目の前の女は、なぜか号泣しているのだ。それでも俺は、自分の不器用さを、俺を好きになってくれる女には、理解してもらえる、といつも勘違いする。そして愛想を尽かされる……。

「お前マジで頭悪いな、人間本当にショックなときには、脱力してなにもできないんだよ」

捨て台詞を吐くプリンスに引きずられ、俺は、恋人だと思い込んでいた女の部屋から惨めに退散した。

バイトになど行けるわけはなかった、俺はプリンスをつき合わせて違うクラブへ向かった。もちろん踊りたいわけではない。けれども、鼓膜を突き刺すぐらいの大きな音がかかっている場所でないと、頭がおかしくなりそうだ。

「なあどうしとくよ、あの牝犬《ビッチ》」

「牝犬なんて言わないでくれよ」

あんな場面を見せられてもまだナオミをかばう俺に、奴はキレて煙草を床に投げ捨てる。お前馬鹿にもほどがあるぜ、やってられないよ。あいつが見かけどおりのビッチだったなんて、シャレにもなんないじゃないか。

「だから、あばずれかどうか分からないって。真剣かもしれないだろ?」

「お前どこまでめでたいんだ、あいつはお前以外の男とヤってるんだぜ。しかもお前のバイト先のDJと。まったく女って奴は、どうしてなんでもかんでも手近ですませやがるんだ、自分の男の友達とデキやがって」

大声で悪態をつくプリンスの周囲から、だんだん女の客が遠のき、俺は奴の胸を叩いた。

「お前が熱くなってどうするんだよ」

「当たり前だろ。やっぱりあいつは、お前を利用しただけだったんだよ」

「それは違う」

俺はレッドストライプの瓶底をテーブルに叩きつけた。

「だって俺は、ナオミの気持ちにちっとも応えてなかった。あいつが会いたいって電話をかけてきても、また明日学校でなって、すぐ切って課題の続きしてた。あいつがいっしょに踊りたがっても、俺はフロントから出なかった。あいつが抱いて欲しいって言っても、俺、入れたまま眠って怒らせたこともあった。それでもあいつは、俺が仮縫いだって言えば、何度針で突かれても、喜んでいつでもつき合ってくれた。あいつは……」

涙ぐむ俺にプリンスはナオミの悪口を止めた。分かったよ。でも俺、お前の力になりたいんだ。

ここには二度と来ない。ナオミが許せないんだ。俺はどうにも涙が止まらない。愚の骨頂だ。どうせだから気のすむまで泣いて、とことん酔っ払って、壊れてやろうと開き直った。けれどもDJブースへ向かうプリンスが俺を小心者に引き戻す。俺を置き去りにしてどうする気だ？　頼むから今はそばにいてくれ、誰か知った奴の目がないと俺は、人間失格になりそうだ。DJはプリンスの言葉にずっと首を振っていた。しかし奴の目はすでにすわっていたので、うるさい酔っ払いの要望を呑む決心をしたのか、棚に詰まったアナログをさくさくと探る、そして一枚を抜き取り、しぶしぶターンテーブルに乗せた。プリンスはダンスフロアの中央に立ち位置を取る。ハコの空気を支配する大音量に、すべての客が呆れた。それは奴の、幼少からの鼻歌のテーマ、「レッツ・ゴー・クレイジー」だった。かつて殿下と呼ばれた男が敬愛する、JBのパフォーマンスのコピーをさらに真似、スタンドマイクを持つ振りをし、重心の片足は動かさずに、もう一方で派手に宙を蹴り上げる。挙げ句に曲の最後のギターリフでは、元殿下のプロモーションビデオさながら、両手で頬から髪まで撫で回し、その手をぺろりと舌でなめた。奴は俺を笑わそうと懸命だった。なにあれ、馬鹿じゃない？　しかし冷笑にも奴は負けなかった、ひとり舞台を演じ切り、息を弾ませ俺のところへ戻ってくる。

「よくあんな古いレコードがあったな」

「俺もまさかあるとは思わなかったよ、おかしいよな、まったく。ああ、喉渇いた。お前はなにがいい？」

「いいよ、俺が行くから。バーテンにイヤミ言われるのがオチだぜ」

俺は新しいレッドストライプを買いにバーカウンターへ向かいながら、いったい明日から、嫌でも顔を合わせるナオミとどう接したらいいのかに思いを巡らせていた。

もちろんナオミが、いちばんばつが悪い。彼女は毎朝、大振りのサングラスで両目を覆って現れるようになった。俺の未練に湿った眼差しと、プリンスの露骨な軽蔑の態度に耐えられないからだ。ナオミは俺たちのほうを見ないように気をつけ、いちばん後ろの席へ向かう。休み時間になっても合流しない俺たちに、周りは驚いた。ナオミは誰とも口を利かなくなった。ただ授業に出席して、昼もひとりですませ、終礼が終わると、まっさきに席を立って出て行く。どうした、ブラックトリオは解散か？　担任の言葉にも彼女は振り向かない。ナオミの痩せた背中は痛々しい、もし戻って来てくれるなら、俺は無理にでもすべて水に流す。しかし、失ってからどんなに好きだったか気づくのは遅い。

あと二週間とはいえ、バイトを放棄するわけにはいかなかった。ラリーの言葉どおりであれば多めに給料も出る、奴に会いたくはないが無視すればいい。どうせ今頃俺は、赤痢にでもされていることだろうが。俺の姿を見るとラリーは近寄ってきた。俺はあさってのほうを見て、なんか用か、と聞いた。

「その、ナオミのことなんだけど」

「なんでだよ？　なんで、ナオミなんだよ？　お前には腐るほど女がいるじゃないか。俺には……俺には」

駄目だ、自分の気持ちを言葉にすればするほど、俺はどうにも格好が悪い。ラリーはうなだれる、ごめん。

「謝るなって、もう話しかけるなよ。俺、なにするかわかんないぜ」

俺はラリーに背中を向け、フロントに入る。ボスは再び急に休んだ俺を怒らなかった、聞いているとは思うが、閉めることになったんだ。悪いな、給料は多めに出すよ。行くあてはあるのかBボーイ？　紹介しようか？　いえ、いいっす。お気持ちだけ、有り難くいただいておきます。俺が鼻たれの頃あったらしい、悪どくも美しいバブルという時代、ボスも間違いなく、あぶく銭に踊らされたロストジェネレーションなのだ。絶望に塗り潰され、回復の兆しすら不透明なもうひとつの祖国より、空気だけは開放的なもう一方に惹きつけられる気持ちは、分からなくもない。

夜が更けるごとに増える客、俺は仕事で現実逃避した。ナオミよりきれいな女なんかいくらでもいるさ。けれどもラリーのかける音が彼女を思い出させる、すべてナオミの好きな曲ばかりだ。ベルトコンベアーの流れの如く客をさばいているうち、客の反応が鈍くなってきたのに気づいた。ラリーは俺が好きなミドルスクール、アレステッド・ディベロップメントをかけていた。ボスがブースのラリーに一言二言なにか言ったが、奴が反抗したのは口の動きで分かった。ノットユアビジネス。カリブの潮風と夏の太陽の匂いがする音に、ラリーは俺との仲の橋渡しを託した。許すことはできなかったが、やはり憎むこともできなかった。それはナオミに対しても同じだった。

神経を擦り減らして部屋にたどり着き、俺は作りかけのワンピースに取りかかる。集中することができるなら、今夜中に土台は完成する、あとは細かい装飾だ。ナオミが着たところを一目見たかった、彼女こそ女の中の女、知性など潔く打ち捨て、己れの感覚を信じて疑わない、本能に忠実なる素晴しき快楽主義者だ。

　俺と違って相棒は相変わらず調子がいい。しかし仕上げともなるとなにかに頼りたくなる、俺は棚からテキストを取り出した。無造作に積み上げていたので、数冊がばさばさと床に落ち、ページが開かれた。やれやれと拾い上げた中の一冊、それが俺の目を釘づけにした。あの男、どおりで見覚えがあると思った。それは、ファッション用語のテキストで、その中の一ページに、プラチナブロンドの髪がやや薄くなり、皺も深くなった彼の写真が載っていた。どうしてネクタイで気がつかなかったのだろう、あの男は、ウインザー・ノットを始めた張本人じゃないか。人妻と恋をし、彼女との結婚によって地位を剝奪されたのだ。そうか……。俺はため息を吐《つ》き、テキストを棚に戻した。こんなに考えているのに、ウインザー公は現れなかった。仕上げは人に頼るなってことか？そんなことくらい分かってるよ、自分でやらなきゃ意味ないだろ。いいよ、出て来なくたって構わない。俺はスライをＢＧＭに、最後のジッパーを縫い始めた、糸が切れないように祈りながら。ゴナ・テイク・ユー、ドゥー・ユー・ワナ……どうせ俺は馬鹿だ。女の服を縫うことしか能がない、好きな女を幸せにもできない。だってしかたがないじゃないか？　俺はいつだって自分がいちばん大事だ。だからナオミは、ラリーといっしょにいたほうがいい。奴は女たらしだが、根っこは腐っていない。物分かりのよくない彼女には、優しい男のほうが恋人に合っている。俺といっしょなら、一生針で突かれるのがおちだ。俺は自分が、恋愛に向いていない気がして、そしてもうそれでもいいような気もして、とことん自分を突き落としながら、ずっとミシンを踏み続けた。

腹が痛いと思っていたら、風邪をひいていた。女に捨てられたショックと重なり、食欲は落ちるばかり。心と体はひとつになり病んでいく。こんなときこそ俺を助けやがれ。ぼやけた視界の中、ウインザー公は棚に腰かけたまま首を振る、大丈夫、死なないよ。病気も今の君には必要悪さ、私の言葉の意味は理解できるだろう？　畜生。反論すべく上半身を起こせば、彼は姿を消してしまう。薬のために摂る食事は面倒で、それでもおふくろは無理に食べさせる、俺はおふくろの目の前で、げえっ、と反吐《もど》して見せた。喉が渇いても、運ばれて来るのは湯気を立てる日本茶で、そんなもの要らない、ふらふらとベッドから立ち上がり、なんとか台所へ辿り着き、グラスに氷をぶちまけ、水道を捻る。冷たいものは駄目。憑かれたようにグラスをあおるが、二杯目を口にする前におふくろが取り上げる、それでもまた新しいグラスに氷をぶちまける。分かったわ、好きにしなさい、長引くだけよ。さじを投げるおふくろの背中に心で叫ぶ、違う、どうにも渇くんだ。熱いものをゆっくり飲むなんてごめんだ、ましてぬるいものなど反吐《へど》が出る、それだけなんだ。

熱に浮かされて見る夢には決まってナオミが出てくる。ナオミが身に纏うのは、俺が作ったワンピースだ。どう？　あたしに似合って当然よね。得意気に腰に手を当て、ポーズを取る彼女。かいた汗の冷たさが俺を現実に連れ戻すから、俺はしかたなく自分に言い聞かせる、もう自分の女じゃないだろ？

俺とプリンスの作品はコンテストの最終予選まで進み、ふたりは心臓を高鳴らせながら会場に向かった。ここまで来れば後は祈るだけ、汗ばむ手を握りしめ、自分の服を着てくれるモデルに会った。彼女はナオミよりグラマラスで、ワンピースの胸がきついと言った。俺はジッパーをゆるめた、いいよ、きっちり閉めないほうが、そそるよ。エッチねえ。モデルはにやりとして俺の頬を軽くつねった。

　プリンスの作品がトップ、俺のがフィナーレだった。かかっている音がダサい。いったい誰が選曲してるんだ？　学生の作品発表会だからって手を抜きやがって。こんなもんさ、かまわないよ。プリンスはもう自分の世界に入っていた。なぜならすでに拍手喝采が沸き起こっていたからだ。奴のドレスは、細かい手仕事がフルに生かされたゴージャスの極み、俺たちがリスペクトするジョン・ガリアーノさながらだった。現実的な衣服《リアルクローズ》からはかけ離れているが、きっと評価は高いに違いない。手に鞭を持たせているのも効果抜群。お前普段あんなもの使ってるのか？　と訊ねると、まさか、格好いいと思って買ったんだよ、と悦に入った様子で奴は答えた。

　まったくいちばん最後っていうのは心臓に悪い、次々に現れるライバルの作品たちが苛立ちを募らせる。拍手が沸き起こるたびに崖から突き落とされる、俺はこの中で、いちばん出来が悪いのでは？　そう思い出したらもう止まらない、たまらず席を立ち、トイレへ向かった。鏡に映る俺の顔は最悪だった。水道を捻り、ばしゃばしゃと派手にしぶきを上げて顔を洗った。ハンドタオルを出そうと尻ポケットを探ったとき、目の前に派手なバンダナが差し出された。ラリーだった。

「なにしてる？　こんなところで」

「うん……。ナオミが、奏の作品を見たいって言うから……」

「そうか、せいぜい楽しめよ。俺のはいちばん最後だぜ、それまで我慢して座ってられたらな」

俺の憎まれ口にラリーはかぶりを振る、今日のDJは誰だい？　センスがないね。さあな、どうせ学芸会につき合わされて、回してる奴もうんざりしてるんだろ。自分のタオルで顔を拭き、俺はラリーを残してトイレから出た。

「お前の番だぜ」

プリンスの言葉に、俺は固唾を呑み、舞台を見つめた。俺とナオミの愛の結晶を身に纏ったモデルが、悩ましくウォーキングしながら審査員を挑発する。しかし音がよくなかった、彼女も曲に今いち乗り切れていなかった。なんてことだ、モデルはセックスアピールのかたまりだというのに。俺が睡眠を返上し、ナオミに捨てられてまで作り上げたものが、こんなつまらないことでだいなしになるなんて。思わず天井を仰いだ、どうにでもなれ。その視野にウインザー公が飛び込んだ。彼は驚く俺に片目をつぶって見せる、任せてくれ。ウインザー公は器用にタイを外しひと振りした、見えない力に動かされる自分の体に困惑したモデルは、びっくりした表情で、奥へ後戻りする。ざわめく審査員と観客、その喧噪を縫ってラリーの声が響いた。

「奏、僕がとびっきりのをかけてやるよ」

舞台に飛び乗り奥に消えたラリー、横にいたナオミは、彼の勢いを抑え切れなかったし、止めようとしたスタッフも、すばやく戻ってきたウインザー公の、ひと振りされたネクタイにおとなしくなった。審査員がショーの中止を告げるために握ったマイクも、電源が切られたのか音が入らない。ショーの司会者が用意された拡声器を握る頃、「ウォーム・センティメンツ」が鳴った。俺の好きなアレステッド・ディベロップメント、夏の太陽の匂いがするミドルスクール……。モデルが現れる、俺は舞台に飛び出した。そして、戸惑う彼女といっしょに、出鱈目にウォーキングし、スピーチを気取って踊って見せた。俺はダンスなんかできない、けれどもなんだか踊ったほうがいいような気がした。モデルもすぐに空気に乗った。俺は調子よく踊る彼女の後ろに回り、音がブレイクしている間にバイヤスのジッパーを外した。色気にあふれた脚が露出され、会場はため息に包まれる。ナオミは、じっと俺と作品を見ていた、今にも泣き出しそうな顔で。天井ではウインザー公がにっこり微笑み、ずっとタイを振っていた。肝心の審査員にはなんのアピールもできなかった。それどころか、ショーをぶち壊した俺には、後でキツい説教が待っているに違いない。けれどもこの四分十一秒、俺にとっては一時間にも二時間にも思えた。

ぱちん。靴底で金属片とガラスの破片が混ざって弾ける音がし、俺は慌てて足を上げる。ここはさら地のままで、一向に新しいビルは建たない。喧噪のど真ん中だというのに。

グランプリを獲得したのはプリンスで、奴は賞金を手にパリへ飛んだ。俺には特別賞と、プリンスの十分の一の賞金が与えられた。しかしもちろん説教はされた、公平に作品の審査ができないという理由で。そりゃそうだよな。

俺は今、以前のバイト先があったクラブの跡地に立っている。ボスも潮時だったのだ。後で聞けば立ち退きを求められていたという。未練のない土地で、新たにことを興すこと自体、もううざったかったのだろう。抱えた生地が重くて、流れる汗を空いた手で拭う。結局俺は、ウインザー公の勧めた生地屋でバイトしていて、依頼主のところへ注文の品を届ける途中だ。しかしここにはいつも足を止められる、取り留めもなく過去があふれるからだ。

ナオミは学校をリタイヤし、そのまま姿を消した。恐らくラリーにくっつき、彼の新しい職場で、また不敵な肢体を踊らせているのだろう。未だ彼女の頭の中は、空っぽな宇宙には違いないが、勘違いな男をぴしゃりとはねのけるプライドが惑星となり輝いている……、ナオミとラリーはお似合いだ。でも彼女は、俺のことも好きでいてくれたはずだ。そう思いたい、彼女だって多分、俺がゴミ箱に頭を下げたことや、どうしようもない俺に苛立ち俺の腹をつねったことや、俺に針で突かれて悲鳴を上げたことなんかを、きっと時々はせつなく振り返ってくれているのだろうと。俺だけが変わらない、俺の頭の中では未だにスライが回り、毎日担任に怒鳴られながら、ナオミのような美神《ミューズ》を頭に描いて服を縫い、それに詰まれば、ウインザー公が腰かけていたアンティークの棚を見つめる……。しかし彼は二度と現れない。今は、調子のいいミシンだけが俺の相棒で、俺の周りに魔法をかけた彼の襟元、ウインザー・ノットが、薄れゆく記憶にぼんやりと影を落とすばかりだ。

キンキィ・ベイベェ

高校生？　ふうん。マミちゃんと初対面のときの、彼女の第一声はよく覚えている。ひどくそっけなかったから。

マミちゃんがそっけなかったのは、僕がクソッタレの餓鬼だったからだ。僕は、今でこそ三十に手が届く年齢になってしまったけれど、ひとむかし前は高校生で、マミちゃんは僕よりみっつ年上だった。（年齢による差別化という）単純で合理的な秩序で成り立つ学校社会の真っ只中にいた僕にとって、みっつも年上の人となると、否応なく敬意を払わねばならない存在だった。

僕は高校生の当時、家を出たくてたまらなかった。なんとなく成績のよかった僕は、大して努力もせず、全国でも屈指の進学校に合格してしまった。一生懸命、勉学に勤しんだつもりはない。ただ、今思えば、授業は、ちゃんと受けていた。だいたい成績の悪い奴なんて、授業に集中していないからで、僕にはたまたま、なにも他に考えることがなかっただけだ。子供にしては珍しく、面倒臭ぇなあと思いながらも、目の前のことに黙々と取り組むタイプだった。思い返してみて欲しい、そういう不思議な奴って、クラスにひとりはいただろう。真摯に勉学にとり組まずとも、笑顔の教師から、飄々と満点の答案用紙を受け取っている奴。それが僕だった。それだけのことなのに、僕の親ときたら、僕にもの凄く期待しはじめた。僕は成績がよかろうが悪かろうがどうでもよくて、ただ毎日を無為にやりすごしていただけだったのに。けれども親は、この調子だとこの子の将来に間違いはないわね、と嬉しそうだった（いわゆる「エリート」になれるってこと？　けっ）。

高校生になると、ますます親の期待はヒートして、父親など僕の顔を見れば「勉強は？」としか言わなくなった。そのたび僕は言葉を失い、呆然とその顔を眺めていた。僕の年齢が二桁に至らない頃は、やたら「男だったら」の枕詞で男根主義《マチズモ》を強制し、息子を拉致同然に日本海まで連行、沖まで遠泳させたり、朝晩必ず腕立て伏せさせていたくせに（しかも竹刀片手。狂ってる）。ところが中学生になった途端、これ以上鍛えたら脳みそまで筋肉になっちまう、と強壮はあっさり打ち留めにされた。頭の悪い奴とはつき合うな、馬鹿が伝染《うつ》るから、とまで言い出した親父。僕は阿呆らしくってしかたがなかった。いちばん頭が悪いのはてめえだよ。そんなてめえを疑いもせず従い続けるてめえの女（つまり僕のお袋）なんか、大馬鹿者と断言しても過言じゃないね。

自分の親をマザーファッカー呼ばわりするなんて、天に向かって唾を吐くも同然の行為なんだけれど、僕は本当に我が親が愚かに思え、不信感ばかりが募って、いつの日からかひとことも口を利かなくなってしまった。いちばん苦痛だったのは夕食の時間で、親子が雁首揃えると、どんよりと重い空気に支配された。それでも悲しいことに腹は減るから、うつむいたまま用意された飯を食って、親の言葉にはなにひとつ返事をせず、そそくさと部屋にこもった。

僕が、ひとり部屋にこもってなにを考えていたのかというと、家を出ることだけだった。マジで親が鬱陶しく、奴らの束縛から逃れたくてたまらなかった。怒りの衝動のままに暴力でもふるってみれば、気持ちも立場も楽になったのかもしれない。けれど僕は、黙することによってしか反抗の意を表現できないクソッタレだった。

なあ、ひとり暮らしって、大変かな。僕は、学校の仲間たちに相談してみた。仲間は、まだ家を出ることなんか考えちゃいなかったから、僕の考えを珍しがり、やってみなけりゃ分かんないな、出てから考えれば？　などと無責任なことばかり言う。そうだよ、お前がひとり暮らしはじめたら、お前ん家で煙草も酒もやりたい放題だよな（僕の仲間は、勉強はできるけれど不謹慎でもあった。類は友を呼ぶ）、といった調子で。

己れの都合ばかりまくし立てて面白がる連中の輪の外に冷静な奴がいて、『ｉｆ　もしも……』のマルコム・マクダウェルじゃあるまいし（あれは学生寮だったけれど）、現実は映画みたいにはいかないよ、と呟いた。え？　と僕が訊き返すと、そいつは、君偉いよな、親の庇護を拒否するんだろ？　洗濯も掃除も飯の支度も全部自分でやって、それで学校にも来て、なおかつ生活のために働くんだろ？　と皮肉たっぷりに正論を吐いた。僕も含め他の奴らは、肝心なところは見ないふりをして盛り上がっていたから、そいつのひとことで、座はすっかりシラけてしまった。僕以外の奴らはシラけるだけですんだけれど、僕は、そりゃそうだよな、そもそも先立つものもないし、と悲しくなった。落ち込んだ僕を見て、そいつは、まずバイトでもしてみたら？　と、ありがたき提案をしてくれた。決して僕の自立を応援しているわけではなく、ひとりでも勉強をおろそかにする奴が増えれば、相対的に自分の成績が上がる、と目論んでいただけなんだろう。

僕は、取り敢えず働いてみることにした。バイトすれば、家に戻るまでの時間が潰せるうえ、金も入ってくる。求人雑誌の時給の高いところから順番に、しらみ潰しに面接を受けた。けれど、時給の高いところは、僕を雇ってはくれなかった。君、広告のデータをちゃんと読まなかったのか、高校生不可って書いてあっただろ、などと怒られ、すごすごと退散せざるを得なかった。そりゃそうだ、核家族の家庭生活と横社会の学校生活に頭がふやけ、学業に精を抜かれてからのこのこ現れる役立たずなど、相手にされるわけがない。僕を受け入れてくれたのは、猫の手でも借りたいような、時給の安い喫茶店だけだった。

僕のバイト先は、ファッションビルの中にあって、当時は「ハウスマヌカン」と呼ばれた販売員たちが常連客だった。「DCブランド」旋風が吹き荒れ、値段の高い服が、好景気と正比例して飛ぶように売れていた頃だ。僕の学校でも、ブランド名が入ったビニール袋に体操服を入れ、得意気に持ち歩く奴らが多かった。そんなご時世だったから、僕は、雰囲気が華やかそうだからまあいいか、と低賃金に納得した。

まわりくどくて悪いが(それが僕なので許して欲しい)、ここでやっとマミちゃんが登場する。彼女、僕のはじめてのバイト先で、半年前からウェイトレスをしていた。

マミちゃんは、骨の髄までファッション馬鹿なのか、販売員より派手だった。フリルとリボンとレースで全身を飾り立て、首にはネックレスがいくつもかかっていて、眺めているだけで肩が凝るほどの重装備ぶりだった。こんな凄い格好の人、今まで間近で見たことないよ。マミちゃんの装いに呆然としながら、僕、バイトするのはじめてなんです、いろいろ教えてください、と頭を下げた。マミちゃんは、店長から、この子まだ高校生だから、いじめちゃ駄目だよ、とたしなめられていた。僕は極力、謙虚に振る舞ったのに、マミちゃんは、高校生？ ふうん、とつまらなそうに吐き捨て、注文訊いてよー、と叫ぶオヤジの席へ行ってしまった。彼女、派手っすねえ。僕の言葉に、店長は、そう、マミちゃんはファッションの専門学校に通ってて、ピンクハウス命だからね、と教えてくれた。ピンクハウス命、ねえ。世の中、いろんな奴がいろんなことに命賭けてんだな。僕には、命を賭けるもの、もしくは命と同等に大切なものなど皆無だった。

もうひとりのウェイターは、原始的な顔の男で、演劇に命を賭けていた。サルノスケって芸名で、小劇場の舞台に立ってるんだぜ、と店長が教えてくれた。サルノスケ？ ぴったりじゃん、と思いながら笑うと、サルノスケは、どうせ俺はお前みたいにいい顔してないけどな、と口を尖らせた。

僕は、サルノスケから言われるほど自分が「いい顔」してるとは思わなかったけれど、バイトをはじめてから、女の販売員たちに、それとなく誘われるようになった。しかし誘ってくるのが、デブをさらに強調する着飾り方で、気取ることしか能のない醜女ばかりなのには、がっかりした（ヒップな販売員は、僕みたいな餓鬼など眼中にない）。いつも遠回しに断っていたけれど、うっかり怒らせると後が大変なんだ。僕がその醜女をしつこく誘うから迷惑してる、なんて話になっててさ、もう笑うしかないよ。だって高校生の僕が、プワゾン臭いババア（クソッタレの餓鬼から見りゃ、二十五すぎの女は皆ババアだ）相手に、いったいなんの話で盛り上がれるっていうんだい？

僕は、歳の離れすぎた販売員たちより、手近なマミちゃんに興味を抱きはじめた。脳天までファンシーなイカれ女に違いないと思っていたのに、話をしてみれば、彼女、ハードコアもニューウェイヴも、リアルタイムで通過していた（さすがにパンクとネオモッズは後追いだったらしい）。だからと言って、彼女がファンシーでイカれてることには、なんら変わりなかったのだけれど。僕の仲間には、人生に、質のいい音楽（カントリーを除くクールな洋楽、ということ。しかしカントリーも、ウエスタンなジジババヤンキーミュージック、と軽視はできないさ。ヒルビリーなしにはロカビリーもあり得ないんだから）を必要としない奴が多かったので、まずそれで彼女が気になりはじめた。

僕が無駄話をはじめると、マミちゃんは鬱陶しそうだったけれど、音楽の話にはノってきた。彼女、市民権を得たばかりのヒップホップというジャンルに興味津々だった。マミちゃんは、パブリック・エナミー派ではなく、ランDMC派だった。なぜかと言えば、大ブレイクした「お説教」が彼女の心を鷲掴みにしていたせいでもあるし、マミちゃん曰く、やたら（黒人差別という）社会悪ばかりがなり立てるパブリック・エナミーと、それを熱狂的に崇拝する聴衆たちがうざいんだそうだ。集団で声高に理念やら思想やらを主張するのって不気味だよ、宗教チックで。彼女、金子功（ピンクハウスのデザイナー）を新興宗教のグルさながらに崇拝しているくせして、矛盾したことを平気で言うから、僕は混乱した。けれど僕は、マミちゃんへの好意ゆえ、彼女の言うことなら、矛盾すら平気で哲学に転化することができたんだ。

マミちゃんは、バイト中、客にばかり愛想を振りまき、僕にはそっけなかったけれど、店から一歩出れば態度は和らいだ。

「あーあ、やっと終わった。ごめんね、バイト中は冷たくして。あたし、まだ自分のことで精一杯だから」

「いえ、いいっすよ。僕トロいから、マミちゃんの邪魔ばっかして……」

「ねえヒトシくん（僕の名）、仕事は、サルノスケに教えてもらったほうがいいよ。あの人集団生活に慣れてて面倒見いいし、あたしより年上だし。あたし、人にものを教えるのって、苦手なの。教えてる時間があるなら、自分でできることは全部自分でやってしまいたいのよ。だから、あたしからなにか教えてもらえるなんて、期待しないでね。悪いけど」

「はあ……」

僕は、超個人主義的な保身丸出しの、傲慢なマミちゃんの言葉に傷ついたけれど、反論することができなかった。それはマミちゃんが先輩だったからだ。先輩の言葉には、どんなに理不尽でも反抗してはならない。どうしても納得いかないのなら、若輩者がその場から身を引くしかない。そんなこと、体育会系ノリの縦社会しか知らないクソッタレな僕自身が、いちばん承知していた。僕が黙ると、マミちゃんは、きゃはは、と笑った。

「なーんて、ね。所詮あたしたち、時間で雇われてて、いらなくなったら簡単にクビ切られる身じゃない。雇われてる時間以外、仕事の話なんかうざいってのよね。でしょ?」

「はあ……」

僕は、そのとおりですとも言えず、天を仰いだ。会話が面倒臭いほうへ向かえば、誰が相手でも決まってそうしていた。もうこれ以上その話題は続けないでくれ、と相手に合図を送るかの如く。

空っぽ頭にレゲエソング、うつろに空を見つめて、って歌もあったよねえ。口を開けて宙を仰ぐ僕の姿に、マミちゃんは、ルースターズの「ロージー」の歌詞を持ち出した。

ねえ、ヒトシくんも、勘違いナチュラリストみたいに、星空とか、美しい景色を見てりゃ、心癒される質《たち》？（もちろんそうさ、深酒もせずクスリもやらない品行方正なクソッタレ高校生がネガ思考に陥ったとき、もっとも手軽に開き直れる手段じゃないか、と思ったけれど、黙っていた。反論すると面倒なことになりそうだったから）あたし、フォンテーヌブローとか印象派とかを賞讃する阿呆の気が知れない、どこがいいんだか教えて欲しいわ。花鳥風月なんか馬鹿げてる。けど、若沖は別格ね、あの病的な緻密さは天才の証しだから。僕は、フォンテーヌブロー？ ジャクチュウ？ と首を傾げたけれど、西洋も東洋も年代もごっちゃで支離滅裂、しかも退廃的で無意味な彼女のたわごと（この発言、きっと澁澤龍彦の影響なんだろう。かなり誤読の）が、やっぱり哲学に思えた。だから、さあ僕が教えて欲しいくらいだよ、ロージィ、プリーズ・テル・ミーってさ、と、まとまらない彼女の話にオチをつけてみた。ロージィ、ルースターズは分かったよ、という僕の返事に、マミちゃんは満足気に笑った。ロージィ、教えてロージィ、とへらへら笑いながら歌う僕らを、道行く奴らは不気味そうに眺めていた。

　バイトをはじめてから三日目の夜、僕はマミちゃんと、なんとなく打ち解けることができた。

僕は、日ごとにマミちゃんの「不思議さ」（多面性、とでも言おうか）に惹かれていったけれど、マミちゃんには、好きな男がいた。

そいつは、コムデギャルソン・オムの販売員で、三十すぎたオヤジ（クソッタレの餓鬼から見りゃ、以下略）だった。二メートルに近い長身だったから、たしかにオムはよく似合っていたけれど、サルノスケさえ「コーネリアス」なんて呼ぶ始末の、サルノスケとは異なる原始的な顔立ちの奴だった。奴は、マミちゃんが自分に気があることを知っていた。違う店で休憩すりゃいいのにわざとやってきては、気取ったポーズでファッション雑誌を捲《めく》ったり、煙草をふかしたりするんだ。僕は、そんな阿呆を見てため息を吐《つ》くマミちゃんが、不憫でならなかった。しかしマミちゃんは、なんとしてもコーネリアスの女になりたいみたいだった。コーネリアスと同じ店で働く販売員（女で、名前はハナコ。美人）と懇意にしていて、彼女から、コーネリアスの情報を得たりしていた。

マミちゃん、マジでコーネリアスが好きなんだ。僕がからかうと、マミちゃんは真顔で、ちょっと、コーネリアスなんて失礼ね、あの人ってあたしの理想が服着て歩いてるようなもんなんだから、と鼻息荒く食ってかかってきた。だって、コーネリアスそっくりじゃん。サルノスケに言われてるようじゃ、おっさんも終わってるよな。僕は言いたい放題だったけれど、そういうヒトシくんは、誰が好きなのよ？　あたしの好きな人をこき下ろせるくらいだから、よっぽどカワイイ子なんでしょうね？　と詰め寄られ、答えに窮した。女に慣れた今なら、その力ワイイ子は目の前にいるよ、なんて笑わずしてクサいことも言えるけれど、僕はしどろもどろになり、えっと、個性的な人なんだ、と答えるのが精一杯だった。へえ、誰だれ？　オムのハナコさん？　それとも、トリコの「あー」（美人だけれど、口元が緩んだ販売員の、絶妙なあだ名）？　残念ね、あーは、プリュスに彼氏がいるわよ。僕が個性的な人と言ったもんだから、マミちゃんは、前衛デザイン系ブティックの販売員の名ばかり連ねた。わざわざご忠告ありがとう、だけど全然ハズレ。あっそう。なんかあたし、ヒトシくんに言い負かされたって感じ。面白くないわ。マミちゃんは釈然としないまま、オムの店長、イッセイさんの席に、コーヒーを運んだ。

イッセイさんは、お気に入りのウェイトレスが、自分の部下に片思いしているのが面白くなくて、マミちゃんの歓心を買うのに懸命だった。そんなオヤジなんか適当にあしらえばいいのに、マミちゃんときたら、真に受けて喜んでるんだ。マミちゃん、本命はコーネリアスだろ？　だったら、妻子もちのオヤジに口説かれて、嬉しそうにしてるんじゃないよ。僕は苛立ちながらも、マミちゃんの頭って、左脳がとことん退化、もしくは機能してなさそうだけど大丈夫かな、と彼女のイカれ具合を心配さえしていた。

僕は本来、ひとり暮らしの資金調達のためバイトしていたはずなのに、ちっとも金は貯まらなかった。マミちゃんと話を合わせたくて、コアなサブカルチャーネタの情報収集に励んだ結果、ミイラとりがミイラになってしまったというわけ。本末転倒、愚の骨頂。マミちゃんの口から飛び出す固有名詞をしっかり覚え、翌日は、レコード屋や本屋、展覧会の会場へすっ飛び、雑誌受け売りのにわか知識をひけらかしたりした。

僕は、なぜそこまでしてマミちゃんに気に入られたかったのか、今となってはさっぱり分からない。けれど僕は、マミちゃんが大好きになっていたんだ。決して容姿に惹かれたわけではない。際立ったところなど、なにもないから。それなら、彼女のどこに惹かれていたのかというと、左脳の通過形跡を微塵も感じさせないぶっ飛びの日本語と、学生気質から来る怖いもの知らずのポジティブさだったんだろう。それらが、外見の欠点を補って余りあるように、僕には思えたんだ。それに初対面のとき、マミちゃんは、犬のクソよりつまらないもん見たって顔で、女の子からモテるこの僕をあしらった。くだらない意地も手伝い、イッセイさんと同じく、僕はマミちゃんの気を引こうと必死になっていた。

取り敢えず、ふたりで遊びに行けば、好きだと言える状況はできるだろう。僕は例のごとく部屋にこもり、マミちゃんを、なにに誘うか考えた。当然、彼女が興味をもつイベントでなければ断られてしまう。それに、大人って、酒を飲みながら愛を語り合ったりするものだと思っていたから、僕にしてみれば、イベントは夜でなければならなかった。宝島（小さいサイズの頃のだ）をぱらぱら捲っていたら、僕がリスペクトする、忌野清志郎のコンサート情報が載っていた。幸いマミちゃんも、清志郎が好きだった。まあ僕らの世代で、普通にポップミュージックに接していれば、清志郎を特別好きではなくても、忌み嫌う奴なんていないだろうけど。これだ。イベントは決まった。あとはチケットを買って、マミちゃんを誘えばいい。明日は日曜日だから、プレイガイドに寄ってからバイトに行こう。だけど、彼女はいっしょに行ってくれるだろうか。僕は宝島を閉じ、マミちゃんをどう誘うかを考えながら眠りに就いた。

チケットを二枚買った僕は、どきどきしながらバイトへ出勤した。案外いい席が取れてラッキーだった。どうか、このままラッキーが続きますように。

「おはよ」

マミちゃんは僕の気も知らず、あくびをしながら、睡眠不足で赤くなった目を、（ラッパーみたいな）太い金の指輪がはまった手でこすった。

「おはよう。眠そうだね。昨夜も課題？」

「うん。ドアーズかけて、飲みながら。なんかサイケデリックな絵が描けた」

「えっ、お酒飲みながら課題やってんの！」

僕たちの会話に、横からサルノスケが首を突っ込んだ。

「別にいいじゃん、お教室で先生とお勉強してるわけじゃないんだから」

そうよ、とマミちゃんも頷いた。

「飲めば手っ取り早く右脳が解放されるからいいでしょ。形から入りゃ、その気にもなりやすいしね」

マミちゃん、君、左脳が終わっているのだから、せめて残された右脳は大切にしなくちゃ。それに君、未成年なのに。しかし僕は、思いを口にしたいのをこらえ、そんなもんですかね、と苦笑した。

僕はすぐにでもコンサートのことを切り出したかったけれど、サルノスケや店長にからかわれたくなかったから、我慢した。ハニー、おはよう。今日もカワイイよ。イッセイのオヤジ、ガラス越しに、マミちゃんに投げキッスだ。いい歳して、よくやるよ。僕は心で毒突いたけれど、マミちゃんは嬉しそうにオヤジに向かって手を振ってるから、僕もあれくらいオーバーにしたほうが好かれるのかな、と考えさせられた。いや、違うよな。マミちゃんは、イッセイさんに好意があるからこそ、構われれば嬉しいんだ。マミちゃんが僕を好きじゃなかったら、迷惑千万だよな。だいいち、あんなクサい真似できないよ。僕は僕のやり方でいこう。

僕は、マミちゃんとサルノスケが、シュガーポットに砂糖を詰める作業に専念しているのを見計らって、店長に、マミちゃんといっしょに休憩に行かせてください、と頼んだ。帰りだと確実にふたりになれるけれど（笑っちゃうことに、僕はマミちゃんに合わせ、彼女と同じ路線を使っていたから）、夜まで待てなかった。店長が即座に、お前、マミちゃんに気があるの？　と訊いてきたから、いえ違います、ちょっとマミちゃんに相談したいことがあるんで、とごまかした。へー、マミちゃんじゃなきゃ駄目な相談ごと、ねえ。あ、そんな悲しそうな顔するなよ。いいさ、いっしょに行けば。すいません、ご迷惑かけます。僕は、にやにやする店長に頭を下げた。

マミちゃん、ヒトシ、メシ行って来て。いつもはひとりずつしか休憩に出させてくれない店長の言葉に、サルノスケは驚いた。店長、なんでふたりいっぺんに行かせるんすか？　俺その間ひとりで、大変じゃないすか。それに、どうせだったら、俺とマミちゃんを行かせてくださいよ。サルノスケは不服そうだったけれど、まあいいじゃないか、お前はベテランなんだから頑張れ、と取り合ってもらえなかった。

ふたりで休憩行くの、はじめてだね。マミちゃんは、ちょっと嬉しそうだった。彼女、日曜日はいつもハナコさんと連れ立って休憩に行っていたけれど、今日はハナコさんが休みだったから、思いがけず食事の相手ができたことに喜んでいたのだろう。あー、お腹空いたぁ。あたし、お肉食べたい。僕は、マミちゃんといっしょにごはんを食べるのだから、おしゃれなオープンカフェで排気ガスを浴びてもよかったのに、マミちゃんのひとことで、焼き肉屋行きが決定した。素敵なお洋服が臭くなるよ、とさりげなく拒否の意を匂わせてみたけれど、全然平気よ、とあっさり却下され、マミちゃんのあとをついて行くしかなかった。僕と雰囲気のいいところに行っても、しかたがないわけね。ヘコみそうになったが、違うよ、肉が食べたいから焼き肉屋なんだよ、と自分に言い聞かせながら、尻ポケットに忍ばせた二枚のチケットを確認した。

「あのさ、清志郎、コンサートやるよね」

食後のコーヒーのとき、さっそく僕はマミちゃんに切り出した。

「へえ、そうなんだ。行くの？」

「うん」

「いいなあ。あとでどんなステージだったか教えてね」

「あー、えっと……」

僕はマミちゃんの言葉に迷ったけれど、思い切ってチケットを二枚、テーブルに並べた。

「その、一枚余ってるんだ。この日、約束してた奴が駄目になっちゃって……」

我ながら、格好の悪い誘い方だった。だってコンサートは一カ月後なのに、高校生の分際で、そんなに先の、しかも夜のスケジュールが埋まってる奴なんて、そうそういるはずがない。僕はマミちゃんが、どんなに皮肉に満ちた返事をするのだろうと思い、冷や汗が出た（彼女、揚げ足をとるときに限り左脳が蘇る。なんてこった）。マミちゃんは、チケットに印刷された日程を確認し、誘ってくれてるの？　と笑った。僕が頷くと、彼女あっさり、いいよ、と返事した。あたし、清志郎の歌、ナマで聴いてみたかったの。

僕は胸をなでおろした。よかった。けれど、間髪入れずキツい言葉をかまされた。都合の悪くなったお友達の分まで、楽しまなくっちゃね。僕は頭をかきながら、チケットを一枚、マミちゃんに渡した。お金はいいよ、僕が誘ったんだから。え？　そんなの悪いよ、あたしも観たいんだから、払うわ。けれど僕ががんとして受け取らなかったから、マミちゃんは、じゃあ、お返しにもなんないけど、と申しわけなさそうに、焼き肉ランチを奢ってくれた。

僕がどんなにコンサートの日を待ち焦がれていたかは、言うまでもない。カレンダーに赤マルをつけ、それまでの日々を、バツ印で埋めた。ヒトシ、あのカレンダーの赤マルはなんの日？　お袋に訊ねられ、嬉しかった僕は、いつもなら無視するところを、試験の日、と嘘の返事をした。お袋は、ガタ落ちの僕の成績に憤慨していたので、そう、それだけやる気があるなら、次の成績表は期待してもいいのね、と疑い丸出しの目で僕を見た。僕はかちゃんと箸を置き、乱暴に椅子を引いて、これからは僕の部屋の掃除はいいよ、と席を立った。親父もお袋も、無駄な説教をするのに辟易しているのか、それ以上なにも言わなかった。

マミちゃんをコンサートに誘うのには成功した。けれど、だからと言って、彼女の僕への態度は、以前となんら変わらなかった。相変わらずコーネリアスに片思いしていて、それなのにイッセイさんとじゃれて、ハナコさんとは、こそこそ話し込んだりしていた。

やっぱ僕なんか、マミちゃんにとってはどうでもいい存在なんだな。僕はかなりヘコんでいた。いつもならバイト帰りはマミちゃんといっしょだけれど、今日は用事があるから、と駅で別れ、家とは反対方向の電車に乗り、あるライブハウスへ向かった。その晩は、以前、雑誌でチェックしたインディーレーベルのバンドが出る日で、まっすぐ家に帰るのが嫌な僕は、思いきって行ってみることにしたのだった。

僕の目当てのバンドは、すでに演奏をはじめていた。観客をかき分け、ステージ前までたどり着き、出演バンドの身内らしき野郎どもの野太い声援にまみれた。サイケデリックロックって雑誌に載ってたから観に来たのに（マミちゃんが、ドアーズを聴きながら課題をした、と言ってたから。僕って、なんたる単細胞！）、メン・アット・ワークのカヴァー？　確かに、エレキバイオリンもギターも、うねっているけど。うわあ、バイオリンの奴、ブーツィみたいな星形のサングラスかけてる。Ｐファンク好き？　ギターはヘビメタみたいな長髪、ベースの「城の中のイギリス人」って感じの外国人は、ロカったリーゼント。ドラムはマッチョな角刈りかよ。ビジュアルが目茶苦茶だな。肝心のヴォーカルは、ジム・モリソン気取りのウェイビーヘアで、腹には、でかいグレイトフル・デッドのバックルが鎮座してる。奴だけはサイケ馬鹿なわけね。目つきわりぃな、客睨みながら歌ってんじゃないよ。あんたは英語のつもりなんだろうけど、僕には単語を聴きとることさえが困難だ。これって宇宙語？

僕は最初、内心は文句たらたらだったけれど（当然、入場料と演奏を天秤にかけていたからだ）、バーカウンターで買ったビールが、空きっ腹と一日の疲れに効いて、すぐに酔いが回ってきた。オリジナル曲になる頃には、エレキバイオリンがひどく心に染みて、感傷的な気持ちになり、うねるギターリフと、細い体をくねらせながら歌うヴォーカルの宇宙語が、心地よくすらなってきた。僕はその場に座り込んで膝を抱え、マミちゃんが、ドアーズをＢＧＭに酔っ払いながら絵を描く姿を想像していた。

「おい、大丈夫かよ？」

いつの間にか僕はうとうとしていて、その間に演奏は終わっていた。意識が戻ると、グレイトフル・デッドのしゃれこうべバックルが目に飛び込み、汗臭さが鼻を突いた。さっきのバンドのヴォーカルが、僕の肩を揺すっていた。

「気分悪いのか？」

「えっ、いいえ、全然。なんか眠くなって……」

「なら、立てよ。寝てる奴が最前列にいちゃ、次のバンドが気の毒だ」

　彼はガリガリだったけれど、力はあった。軽々と僕を立たせ、腕を引っ張ってバーカウンターまで誘導し、椅子に座らせた。しゅっと切れた目が怒ってるみたいで、僕は心臓がばくばくした。

「この子に水あげて。氷山盛りで」

「水ぅ？　ウチはカフェバーじゃないんだから、エビアンなんかおいてませぇん。水道水は売れませぇん」

　バーテンはへらへら笑って、和製ジム・モリソンの言葉を突っぱねた。

「お前、相変わらずセコいな」

「なに言ってんだかぁ。商売相手が生意気なクソ餓鬼に貧乏ミュージシャンばっかじゃあ、心も荒んでセコくなるっての」

「じゃあ、コーラ。それと、氷山盛りのグラスふたつ。『ひとり一品』なんて減らず口叩いたら、ぶっ殺す」

　バーテンの言葉に、にこりともせず、和製ジムは腰のチェーンを引っ張り、その先についた財布から小銭を取り出した。バーテンは、こわぁい、と肩をすくめ、和製ジムから金を受け取ると、言いなりに注文の品を用意した。

「あの、すいません。僕、払います」

「いいって。お前、高校生だろ?」

和製ジムは、にやっとして、渡された缶を開け、ふたつのグラスにコーラをぶちまけると、多く入ったほうを僕にくれた。僕は、彼に自分の内情をすべて知られたような気がしてバツが悪く、俯いた。

「当たり? やっぱりな」

「すいません……」

「俺は警察《サツ》じゃないぜ。お前が高校生だからって、酔っ払って寝てるのを責めやしないよ」

「はあ。けど、僕なんかに気ぃ遣ってもらって……」

「気にすんな」

僕は小さくなり、自分の格好悪さを呪いながらコーラを啜《すす》った。バーテンは、ゲイバーから出張して来たゲイなのか、それともクスリでハッピーになっているのか、へらへらしどおしだった。

「そーそー、気にしなぁい、気にしなぁい。こいつ、いい奴だろぉ？　ファンになってやれよぉ、顔は悪魔みたいだけどさっ」

「お前、ひとことよけい」

和製ジムは、飲み干したグラスをカウンターに滑らせ、鈍い音を立ててバーテンの前で止まったのと同時に席を立った。板についた三文芝居の如きクサい立ち居振る舞い、けれどそのときの僕の目には、なんともクールに映ったんだ。

「俺、楽屋に戻るわ」

「あの、ありがとうございます。僕、また観に来ます。凄いカッコよかったし」

実際彼は、ミュージシャンらしくガリガリに痩せていて格好よかった。見知らぬ意気消沈のクソッタレに、ぶっきらぼうながら優しくしてくれるところも（僕って、なんたる単細胞！）。僕の言葉に彼は、寝てたくせに、と照れ笑いして、すぐ脇の、狭くて急な階段を足早に上って行った。ジーンズの前ポケットに両手を突っ込みながら。バーテンは、それまでへらへらくねくねしていたのに、急に真顔になった。あいつ、もうちょっと野心があれば、イイ線行くのになぁ。そう呟いて、彼が残したグラスの氷を、シンクにぶちまけた。ステージでは、この晩のトリ、「花電車」が、ハコ中の観客をあおっていた。

　そして僕は薄情にも、その後二度と和製ジムのステージを観ることはなかった。

　ついに、清志郎のコンサートの日が来た。僕は、買ったばかりのカールヘルムの花柄シャツを着て、マミちゃんが現れるのを待っていた。マミちゃん、なんて言ってくれるかな。まったく阿呆だけど、僕は彼女に媚びていた。なぜって？　媚びてでも好かれたかったのだ。

「そのシャツ、どうしたの？」

　案の定、マミちゃんは、現れるなり僕のシャツをチェックした。

「だって、女の子がピンクハウスなら、男はカールヘルムでしょう」

「……けど、ヒトシくん、顔がカワイイから、なんかトゥマッチだよ」

「えっ、おかしい？」

　マミちゃんに気に入られたい一心で思い切って購入したのに、トゥマッチなんて言われてしまった。肩を落とす僕に、マミちゃんは、ごめんごめん、と謝った。

「言葉がすぎたわ。よく似合ってるよ」

「本当に?」

「うん、ホントに。ヒトシくん、カワイイね」

カワイイね、か。マミちゃんは、恐らく褒めてくれていたのだろう。けれど、僕は気に入らなかった。女の子相手なら立派な褒め言葉だけれど、背伸びしたい盛りの僕は、がっかりした。だって「カワイイ男の子」など、大人の男が好きなマミちゃんにしてみれば、端《はな》から恋愛対象外なんだろうから。コーネリアスと張り合ってるみたいで癪だけど、オムにすればよかった。

「ねえ、似合ってるってば。ホントよ」

激しく落ち込む僕を見かねたのか、マミちゃんは僕を慰めだした。けれど僕はかなりヘコんでいて、うん、ありがとう、と返事するのが精一杯だった。

コンサートは最高だった。真のファンなら、「忌野清志郎とレザー・シャープス」のオリジナル曲に感動しなければならないのに、僕ときたら、「ルビー・チューズデイ」とか、アンコールの「スタンド・バイ・ミー」にぐっときて、言葉もなかった。こんなベタな曲を(そして、自作の、フォーキィでベタな歌詞世界さえ)さらっとやってのける清志郎、最高にクールだ。マミちゃんも同感だったみたいで、この二曲のときは、いっしょに歌っていた。僕は、清志郎がベイベェ、ベイベェ、と連発するのをナマで聴きながら、マミちゃんの横顔を眺めていた。そして僕は、その晩から、マミちゃんを、ベイベェ、と呼ぶことに決めたんだ。ベイビーじゃなくって、ベイベェ（今や清志郎というより、オースティン・パワーズを連想させるけれど）。脳天までファンシーなイカれ女、キンキィ《変てこ》・ベイベェ。

「なにがおかしいの？」

マミちゃんに密かにつけたあだ名でほくそ笑んでいたら、横から本人に突っ込まれた。会場には煌々と照明がつき、観客の退場を促していた。

「いや、よかったなあ、と思って」

「うん。清志郎、カッコよかったぁ」

「まったくね」

僕らは人に流され、コンサート会場を出た。混雑にかこつけ、マミちゃんの手を握ってみようか、とも思ったけれど、できなかった。僕は、もう少し彼女といっしょにいたかったから、その時間を気まずくしたくはなかった。要するに、ビビってたんだ。もし手を握るとするなら、別れ際だな。なにせ上戸の女の子が相手だから、きっとこれから飲むことになるだろうし、ちょっと酒が入れば、僕だって気は楽、マミちゃんだって（内心はともかく）酒の上でのこと、と許してくれるかもしれないし。

「じゃ、帰ろっか」

「マジ？　まっすぐ帰るの？」

意外な彼女の言葉に、あからさまに慌ててしまい、後悔したが遅かった。しまった、僕の気持ちを悟られた（なにを今さら）？　僕の様相に、マミちゃんは、にやりとした。

「ウソウソ。いい音って、最高の酒の肴よね。ねえ、ちょっとだけ飲もうか。ヒトシくん、高校生だけど」

「マミちゃんだって未成年じゃない」

「あ、そっか」

僕は、自分の計画が現実になっていくさまに、緊張が増した。まったくクールじゃん、時間の経過とともに、デートらしくなっていく。よし、今夜こそオープンカフェだ。マミちゃんといっしょに、ややこしい名前のカクテルと排気ガスを浴びてやるぜ！

ところが、マミちゃんが行きたいのは、オープンカフェなどではなく、クラブだった。決してユーロビートとニュージャックスイングはかからない、始発が走る朝まで踊ってもいい箱。僕は高校生の分際で、日本にできはじめたばかりのナイトスポットに足を踏み入れたってわけ。

「なにも食べないの？」

「奥で食事ができるから、大丈夫」

まさか、スペシャルズの「コンクリート・ジャングル」を聴きながら、ビーフストロガノフを食う羽目になるとは（なんと消化に悪い）。だけど、悪くない気分だった。BGMは、煽情のスカにパンク。好きな女の子と分け合って食べるカタカナのメニュー。缶のまま飲むミラー。すべてがはじめてで、僕にとっては、十分クールな状況だった。彼女の酒量には驚かされたけれど、僕の酒量もかさんでいた。緊張していて、いくら飲んでも酔えなかったから。

互いのプライベートを話し合うには、この場所は、ちょっと音が大きすぎたけれど、僕にはかえって好都合だった。思い切り互いの顔を近づけなければ、会話が不可能だったから。僕は、がんがんウォッカをあおるマミちゃんの息（スピリッツ系の酒を飲んだ好きな女の子の息って、甘い匂いがするんだ。重要なのは、好きな女の子のっていうこと。他の奴だと臭くて不愉快極まりないのに。摩訶不思議）を浴びながら、彼女の、「哲学」まじりのたわごとに耳を傾けた。僕は極力、なににつけても彼女に同意した。マミちゃんが笑顔になってくれるから。そのうち僕の口数は、徐々に減っていった。この状況が嬉しくて、胸がいっぱいになってしまったのだ（ウブというか阿呆というか）。

僕が黙ると、マミちゃんは、退屈？　と、僕の顔を覗き込んだ。そうよね、あたしばっか調子こいてるもんね。ごめん、そうじゃないんだ。その……。クソ、もう我慢できない。今すぐ好きだと告白しなければ、頭がイカれちまう！

しかし、切羽詰まる僕をあざ笑うかの如く、ジャジャッジャッ、とギターのイントロが大音量で鳴り響き、「1977」がかかった。マズい。彼女、絶対好きな曲だ。案の定、マミちゃんは弾かれたように立ち上がり、フロアに飛び出してしまった。一分で終わっちゃうから、と焦りながら。僕はDJを恨んだ。なにも今、この曲をかけなくたっていいだろ？　同じクラッシュだったら、「バンクロバー」にして欲しかったよ。しかし、滅多に見ることのない光景を目の当たりにすることができた僕は、恐らく幸運だったのだろう。ラブリー極まりない出立ちの女の子が、パンクの曲で興奮し、モヒカンの輩と肩を並べ、狂ったように縦ノリしてる姿を。僕は、マミちゃんがますます分からなくなったことと、自分の気持ちを打ち明けられなかったことに、頭を抱えた。けれど、マミちゃんに引っ張られ、僕までフロアに立たされてしまった。どうしよう。僕、踊ったことがないのに。しかし考えれば阿呆みたいだ。だってこのフロアにいる連中は、決して踊っているわけではなく、飛びはねているだけなのだから。そう、ただリズムに合わせてはねればいい。だから僕も飛びはねた。ダムドとクラッシュとイーターと、スティッフ(・リトル・フィンガーズ)にノって。そりゃ楽しかったさ、誓って本当だ。けれど、僕の頭の片隅には、憂鬱もとぐろを巻いていたんだ。だって終電の時間が来れば慌てふためき、このままマミちゃんに好きだとも言えず、もちろん手も握れないまま、彼女と別れなければならないんだぜ。クソッタレ!

しかし運は、思いがけず僕を味方した。マミちゃんの隣にいたモヒカンどもが、バズコックスの「オーガスム・アディクト」に過剰反応し、うおおおおっと雄叫びをあげながら暴れだしたせいで、フロアを出るきっかけができたのだ。ありがとう、ハワードにピート。これで僕は心おきなく、マザーファッカーな色情狂になれるよ。

僕らはクラブを出て、駅に向かった。マミちゃんは、今日はじめて見たってわけじゃないけどモヒカンが唸る姿って怖い、きっと夢に出てきてうなされるわ、と苦笑いした。嘘だろ。今宵マミちゃんの夢に出演するのは、僕でも清志郎でもなく、たまたまいっしょに踊っただけのモヒカン野郎だなんて。僕のプライドはずたずただ、あんな、ルックスだけがインパクトの強い奴に負けるとは(なにに負けるんだ？　僕って、やっぱ阿呆)。

「マミちゃん。僕、さっき言いかけてたことがあって……」

「ん？」

「ほら、マミちゃんが、『1977』で踊る前」

「あ、そうだった？　ごめんごめん。なに？」

改めて見るマミちゃんは、明らかに酔っていた。大量に飲んだあと飛びはねたのだから、当然だ。ほら、行けよ。なにを躊躇してるんだマザーファッカー？　そのまま彼女を抱き締めて、ちゅっとやっちまえ！　たったそれだけのことじゃないか。

僕の中のマザーファッカーな色情狂は、僕の願望を実行に移させた。僕は、勢いのままマミちゃんに抱き着いた。マミちゃんが、小さく「あ」と言うのが聞こえた。大きく見開かれた、ひどく充血したマミちゃんの目。それを確認するのが精一杯だった僕に、彼女の真意など永遠の謎だ。

僕はマミちゃんの唇に、自分の唇を猛スピードでぶつけた。おでこや鼻が当たらずにすんだのが、奇跡だった。ここまではよかったけれど、たちまち僕は、舌の置き場に困った。それでちょっと考えた末、どうしたかというと、僕は、マミちゃんの唇を、ぺろっとなめたんだ。下品にならない程度に。これがよかったのだと思う、気まずさが吹き飛んでしまったから。マミちゃん、きゃはは、と笑って、その場に座り込んだ。その姿を見届けながら、僕は確信したんだ。多分マミちゃんは、僕のことが好きだ。たとえコーネリアスがナンバーワンであっても、僕とこうなっても悪くはない、と思っている。だって、もし僕を生理的に受けつけなければ、抱き着いた時点で怒り狂ってるはずだろ？

笑ってくれよ、これが、僕のファーストキスのすべてさ。

「ヒトシくん、そんなのないよ。不意打ちなんて卑怯だわ」

言葉はキツいが、マミちゃんは笑顔のままだった。だから、マザーファッカーな色情狂が、僕をせかす。このままヤっちゃえよ。彼女ハイな酔っ払いだ、大丈夫。

「マミちゃん、僕、帰りたくないよ」

「それ、朝までいっしょにいよう、ってこと？」

「……うん」

ここではじめて、マミちゃんは難色を示した。同じ服で学校に行くのは、とか、明日提出の課題が、とか言って。

「いいじゃん。学校休めば。僕も休むし」

「だけど」

ぐじぐじ悩むマミちゃんを見て、僕は、肝心なことを言い忘れていることに気づいた。女の子を落とすときの、最重要の台詞を。

「マミちゃん、好きだよ。君はコーネリアスがいちばん好きなんだろうけど、それでも構わない。僕は、マミちゃんといっしょにすごせるんだったら、なんだってするよ。さあ僕に、どうして欲しい？　どうすれば、もっと僕といっしょにいてくれる？」

今にしてみれば、この言葉は、その後の僕を暗示していたように思う。女への欲望を貫くためなら、クサいことも自尊心を捨てることも平気でできる僕を。結局僕は、イッセイさんと同じく超古典的方法論、落としたい女の前では道化に成り下がって哀願する、というやり方を選んだ。女とは、なにかにつけ理由ばかり欲しがる厄介な生き物だ。うんざりするほどヤりたい理由を並べ、説き伏せる気力が残っているなら、そうすればいいさ。けど、そんなの面倒だろ？　だったら、己れの欲望はジョークでくるんで、ヤるまではひたすら謙《へりくだ》るのが賢明だ。たとえ不本意であっても。そうすれば、たいていの女はぐっとくる。さらに運がよければ、一発くらいヤってもいいか、となるはずだ。

「分かった。じゃあ、朝までいっしょにいようか」

マミちゃんは急にしおらしくなった。ほらね、成功だ。僕はマミちゃんの手を握った。今夜は、はじめてのことだらけだ。好きな女の子といっしょに観たコンサート、クラブ、缶のまま飲むミラー、キス。そのうえ、セックスまでしようとしている僕。道化に成り下がった格好悪さは否めないけれど、なんてクールな夜！

僕は、マミちゃんをセックスに誘うことに成功した、つもりだった。それなのにマミちゃんは、ホテルに入るなり、ベッドにばたっと倒れ、そのまま寝込んでしまった。慢性の睡眠不足と、深酒のせいに違いない。僕は、懸命に彼女を起こそうと努めた。そんなのないよ。僕がどんな思いで君をここに連れて来たのか、君だってちょっとは分かってくれてると思ってたのに。さあ起きて。ベイベェ、僕に悲しい思いをさせないで。僕はぶつぶつ呟きながら、マミちゃんを揺さぶり続けた。

「ベイベェって、なによ」

マミちゃんは、一瞬覚醒したのか、目を閉じたまま、ふふっと笑った。

「だってマミちゃんは、僕のベイベェだから」

「ふうん」

しかし、その晩の僕らの会話は、ここで敢えなく打ち留めとなった。マミちゃんは、二度と目覚めないのではないか、と思えるほどの深い眠りに落ち（歯ぎしりがその証拠）、マザーファッカーな色情狂も、もうなんの手助けもしてくれないまま消え去ってしまった。頼むよ、僕のキンキィ・ベイベェ、カモーン！　僕の叫び空しく、夜は更けていった。

さらに残酷なことに、翌朝僕が目覚めると、マミちゃんの姿はなかった。ひどいよマミちゃん、この部屋に入ってから、キスひとつせず立ち去ってしまうなんて。呆然と部屋を見回していると、一万円札とメモらしきものが目につき、僕は心底、脱力感に襲われた。これじゃあ僕は、時間で雇われた安物のホストみたいじゃないか。しかも、酔っ払いの介抱だけのために。がっかりしながら札をどけ、メモを手に取った。

今日はどうしても学校へ行きたいので、先に帰ります。楽しかったよ。キンキィ・ベイベェって、ボブ・マーリィの曲みたいでクール。けどあたしって、そんなに変わってる？

僕はさらに肩を落とし、メモを元の場所に置いた。クソ、彼女、起きてたんだ。僕の必死な様子を伺いながら、内心は爆笑してたんだ。畜生！

とても学校へ行ける気分ではなかった。そこで僕はどうしたかというと、鞄に入れっ放しの、運転免許取得の教則本を取り出し、練習問題をこなしたのだった。そして、マミちゃんがくれたお金でホテル代を清算し、自棄糞《やけくそ》で教習所へ向かった。原付の免許を取得するために。

僕に原付の免許をとろうと思わせたきっかけ、それは、クラスメイトのベスパの後ろに乗せてもらったのがはじまりだ。ひとり暮らしがしたいと言う僕に、『『ｉｆ』のマルコム・マクダウェルじゃあるまいし」と吐き捨てた奴だ。決して、僕が奴と仲がよかったからではない。禁じられたバイク通学を、たまたま僕に見つかってしまったせいだ。密告《チク》らないよな？　と奴は訊き、哀願の眼差しを向けた。僕が、そんな阿呆くさいことするかよ、と笑うと、奴は、ほっとしていた。じゃあ、駅まで乗せてってやるよ。僕は耳を疑ったが、すぐに奴の気持ちは理解できた。取りたての免許に手に入れたばかりのベスパ、人に自慢したくなるのも無理はない。この冷静な皮肉屋、バイクに限らず趣味は抜群によかった。家が裕福らしいから欲しいものを揃えるのはたやすかったのだろうが、周囲の中型免許所持者が、いかにぶっ飛ばせるかを競い、アメリカンタイプに傾倒する中（ハードロック人気にともなってか）、イタリアンスクーターに入れ込んでいたのは、こいつだけだった（そして奴は、モッド崇拝のイギリスかぶれ）。スタイリッシュに、バイクを脚として乗りこなすことを重視していたわけだ。

生まれてはじめてバイクの後ろに乗った僕は、カウンターパンチを食らった。ダイレクトに風を切って走るのが、こんなに気持ちいいなんて。だから奴に、乗れと言っておいてなんだけど泥つけないでくれよな、と釘を刺され、むっとしたのも忘れてしまった。スクーターは決してハイスピードのためのマシンではないけれど、80も出せば十分爽快（ゴーグルなしの僕は、目が痛いくらい）、イエーなんて奇声を上げたくなる、素敵な気分だった。信号待ちで止まったりしたら、皆こっちを見るんだ。ベスパって、格好よくって目立つから。ライダーは、同乗者がノーヘルゆえ警察に怯え（自分で乗せておいて）、それどころじゃなかったみたいだけれど。

それ以来バイクの魅力にとり憑かれた僕は、免許を取ろうと一応勉強していた。そして、思いがけなく、学校をズル休みする機会が訪れたのだ。僕は、カッカしながら試験を受けた。ネガな情熱に捕らわれた僕に、ひっかけのマルバツ問題など、屁でもなかった。結果は見事、一発合格だった。原付だから威張れないけれど、そのときの僕の経済状態では、免許取得にしろバイク購入にしろ、原付が精一杯だった。

そうこうしているうちにバイトの時間になり、僕はどうしようかと迷った。マミちゃんと顔を合わせるのが、恥ずかしかった。けれど、彼女の姿をひと目見たくもあり、腹をくくって出勤したのだった。

マミちゃんは、僕より先に出勤していた。彼女、僕と目が合うと、ちょっと気まずそうな顔になり、それでも微笑んで、おはよう（たとえ夕方であっても、出勤時のあいさつは「おはよう」だから）、と言った。阿呆なことに僕は、マミちゃんが笑顔を見せてくれただけで、すべて許してしまえたんだ。だって昨夜の行動は、僕が一方的に押し進めたことで、彼女が望んでいたわけではない。むしろ僕は、怒らないでつき合ってくれた彼女に、感謝しなければならない立場だった。

「何時に起きた？」

「七時。マミちゃんは？」

「五時」

「始発で帰ったんだ」

「ごめんね。今日、どうしても学校に行きたかったの。ソニア・リキエルの特別講義があったから」

なんてこった。僕は、箒《ほうき》に乗ってフランスから参上した魔法使いのババア（ソニアって、まさしくそういうルックスだろ?）に負けたってわけね。

「謝らなくていいよ。怒ってないから。僕こそ、強引に引き留めて、ごめん」

「ううん」

こそこそ話し合う僕らに、サルノスケが、なんだよ、お前ら随分仲よさそうだな、とからかってきた。僕は、大声で、だって僕ら仲よしだから、と言ってやった。途端にマミちゃんは、責めるような眼差しで僕を見た。きっと僕らのすぐ脇に、コーネリアスがいたせいだ。コーネリアスは、へえ、そうなの、という顔で、僕とマミちゃんを交互に眺めた。が、すぐに興味が失せたのだろう、読みかけの雑誌に視線を戻した。僕は、ザマ見ろ、と胸のすく思いだったけれど、マミちゃんは、耳を真っ赤にして俯き、おとなしくなってしまった。

「ねえ、どうして、あんなこと言ったの?」

案の定、帰り道で、僕はマミちゃんに責められた。

「だって僕ら、本当に仲いいじゃない。違う?」

「……違わない」

「なら、隠すことないじゃん」

「だけど」

「ねえ、そんなにコーネリアスが好き?」

図星だったのだろう。マミちゃんは黙ってしまった。

「いいよ。それでも」

「え?」

「だって、僕といっしょにいて、嫌じゃないだろ?」

「うん。楽しい」

「だったら、僕はそれでいいよ」

決して本音ではない。ああ、いったいどうすればマミちゃんは、マジで僕のベイベェになってくれるんだ? 僕は、できる限りのことをしたつもりだ。それに、彼女だって、コーネリアスという憧れの王子様がいながら、僕と遊んで、キスまでした。僕に足りないものってなんだ? 僕がどうなれば、マミちゃんは、僕なしではいられないようになる? しかし思いつくことといえば、物理的に不可能なことばかりだった。急に十歳老ける、とか、身長が二十センチ伸びる、とか。マミちゃんは、そんな僕を見かねたのか、ヒトシくん、好きよ、とささやく。他意はないのだろう。しかし、ただ好きってだけの、まるで重みのない言葉だ。駅が近づくにつれ、僕の気持ちは滅入ってきた。今日は、マミちゃんといっしょに遠回りの電車に乗らず、ひとりになりたい。とことん落ち込みたい気分だ。

遠回りの電車に乗らず？　ジーザス！　たちまち、僕の中のマザーファッカーな色情狂が復活した。まったく阿呆だな、なぜ今まで言い忘れてた？　彼女、ぐっとくるに決まってるさ。だってこんなにカワイイ僕が、マジで好きだっていうことを証明してやれば、どんな女だって悪い気はしない。まして彼女、抱き着いてもキスしても怒らなかったじゃないか？　それどころか、僕を好きだ、とまで言ったじゃないか。口説かれたがってる女が目の前にいるってのに、なにグズってんのさマザーファッカー？

「あのさ、マミちゃん。僕、あっちの駅からなら、電車一本で帰れるんだよね」

ほら見ろ、彼女、驚いた。

「……それって、あたしに合わせてた、ってこと？」

「うん」

「ごめん。知らなかったわ。いいよ、無理しなくて。あっちから帰って」

ファーック！　どうしてそうなるんだ？

「もーっ、マミちゃん！」

僕は、尻ポケットから定期を出し、マミちゃんに突きつけた。

「一秒でも長く、マミちゃんのそばにいたいんだってば。遠回りなんか屁でもないよ」

沈黙。緊張して彼女の出方を待っていると、マミちゃんは、俯いたまま僕の手を握った。

「……ありがと。嬉しい」

クール！　そうこなくっちゃ。ほら、マミちゃん、いきなり僕を見る目つきが変わった。きっと今、彼女の心に、コーネリアスはいない。多分、頭の中は僕のことだらけだ。

この日からマミちゃんは、僕の彼女になった。マジで僕のベイベェになったのさ。完璧だ。


それからは、ファックな日常さえ、バラ色になったような気がした。僕の手の中にあるものといえば、原付の免許証と、マミちゃんだけだったんだけれど。そこで僕は、手札を増やす決意をした。免許があるのだから、原付を手に入れる、という。

その原付は、予算の関係で、中古品であることを余儀なくされた。僕が選んだのは、カブだった。今ではカブもしゃれたデザインのがあるけれど、僕のは、出前仕様のマジなカブだ。けれど、風を切る快感を得ることができればよかった。せめてペインティングでマシにしようと思い、色をあれこれ悩んだ。赤じゃ郵便屋だし、緑じゃ新聞屋だし。

悩んだ末、僕は、クラスメイトのベスパのオーナーに、アドバイスを求めた。もちろん、カブかよ？　と鼻で笑われたけれど、意外といっしょに考えてくれた。ひととおり候補を挙げ終えると、奴は、やっぱメタリックだな、と呟いた。メタリック？　ああ、何色でも構わないさ、メタリックだよ。チープなブツだからこそ、ゴージャスな色でアンビバレンツを強調するのさ。どう？　単細胞の僕は、奴の言葉にあっさり頷いていた。驚くべきことに、奴は、ペンキ屋に同行し、色選びまでつき合ってくれた。ごめんな、勉強で忙しいだろうに。いいさ。どうせなら、バイク買う前に、ひとこと相談してくれりゃよかったのに。奴は、照れ臭そうに鼻の頭をかきながら、赤のメタリックを指さした。僕なら、これを選ぶ。またしても僕は、奴の言葉どおりに、赤のメタリックのペンキをレジに運んでいた。

試行錯誤の末、なんとか塗装できた愛車を、意気揚々とぶっ飛ばした（と言ってもなにせ中古品、80までしか出なかったけれど）。僕は本当に、バイクに夢中だった。風を切っていると、不快なことすべてが、ぱちんと外れて飛び去ってしまう。歌い出したくなるような、素敵な気分。マミちゃんとすごす時間と、「雨上がりの夜空に」を口ずさみながら転がすバイク。そのときの僕にとっては、なんともクールで、なににも代え難い快楽だった。

スピード（クスリじゃなくてバイク）、ドリンク、ロックンロール。僕は、一歩一歩階段を上るように、自分が時間の経過に伴いクールになっていくような気がして、心底誇らしかった。それなのに自分がまだたったの十六だなんて、もどかしい。今僕が二十だったら、なんら後ろめたさも抱かず酒をあおり、年下というコンプレックスを抱かずしてマミちゃんに接することもできるのに。セックスだってさ、僕がマミちゃんをリードできれば（だって彼女、バージンではないだろう）。

え？　セックス？　そうだ、僕は、目まぐるしい日常に舞い上がって、肝心なことを忘れていた。セックス、ドラッグ、ロックンロール！　僕にドラッグはノーサンキューさ、クソッタレの餓鬼には、酒という手軽で合法なハイ（しかし未成年の僕にとっては、まだ違法なんだけれど）がお似合いだ。ロックンロールだって、レコード屋へ行けばこと足りるさ。だけどセックスだけは、双方向でなければ成り立ち得ない。買うことも可能だが、なにせ僕は童貞、しかもつき合っている女の子がいるのだから、わざわざそんな喪失を選ぶ必要はない。セックスか……。

僕は、セックスセックスセックス、と内心ぶつぶつ呟いていたけれど、いざマミちゃんを目の前にすると、とても口には出せなかった。なにをしても笑ってかわされそうで、キスまでが精一杯だった。それにしたって、あのときマミちゃんが酔っ払ってなかったら、未だできずにいただろう。彼女をいきなり押し倒してしまえばいいのかもしれないけれど、そんな大胆なことできそうにない。ひとつ間違えれば、彼女を失う羽目になるだろうから。ああなんて、クソッタレなマスカキ野郎の僕。

いったい、僕の中のマザーファッカーな色情狂は、どこへ行ってしまったんだ？

半ばあきらめの心境で、悶々とマスカキに励む僕に、マミちゃんとのセックス（イコール童貞喪失）の機会は、突然やってきた。

僕らはいつもどおり、終電で帰るつもりで遊んでいた。その晩もクラブにいたのだが、DJが違った。（今は亡き）ラリー・レヴァンが初来日し、ニューヨーク仕込みのレイヴが、怒濤の如く僕らを襲っていたのだ。その場に居合わせた阿呆なモンゴロイドたちは、全員チルってぶっ飛んだ。僕もマミちゃんも、素面《シラフ》でハウスなど聴かないし、興味もない。高名なラリー・レヴァンのパーティだからこそ、遊びに来ただけだ。けれど所詮僕らは、酔ってしまえば最後、ハウスだろうがユーロビートだろうが、そしてDJが誰であろうが、大音量でさえあれば狂喜乱舞の阿呆に成り下がってしまう。ましてハウスの淡々としたビートは、アルコールで麻痺した神経にビンビン効く。クスリをキメた奴が、気狂いみたいに一晩中踊り続けるのも無理はない。

それまで、ハウスがかかるクラブを避けていた僕らだったのに、ラリー・レヴァンのかけた魔法にぶっ飛び、終電を逃すほど盛り上がってしまった。僕にとっては願ってもない機会、二度めの帰れない夜になろうかというのに、マミちゃんは抵抗して、タクシーをつかまえようとしていた。

「ヒトシくん、いっしょに乗ろうよ。帰らなきゃ」

「そんなに帰りたい？」

「だって、ヒトシくん怒られちゃうでしょ。あたしだってそうだし」

怒られるなんてとんでもない。僕はとっくに、両親から見放されていた。奴ら曰く、僕が自堕落な輩になったのは、マミちゃんのせいらしいんだ。特にお袋の、マミちゃんへの恨みは根深く、僕が彼女をかばえばかばうほど募る一方だった。今や両親の憤懣は、息子を堕落させた原因であろう、ろくでなし女のほうへ向けられていたってわけ。だからマミちゃんは、僕の家に電話できなかった。僕が偶然、電話のそばにいれば大丈夫だけれど、たいていは、脱兎の如くお袋が受話器をとり、息子はいませんだの、あんたのせいで息子がろくでなしなっただのとわめき、がちゃんと切られていた。僕らはバイトで会えるし、デートの約束もそのときすればいいのだから、つき合いにはなんら支障はなかった。それでもマミちゃんは、相当お袋を恐れていた。

「いいよ。今に始まったことじゃないし。このまま、どっか泊まろう」

「駄目だって。帰らなきゃ」

「じゃあ、ひとりで帰れば？」

僕はマミちゃんの言動に苛立って、クラブへ戻るべく来た道を引き返した。ラリーの出番はとっくに終わっていたけれど、他に行くところもないし、手の甲に押されたスタンプを提示すれば、再入場できる。酔い覚めの脳に響くハウスは、かなり苦痛だろう。しかしそれでも、あのお袋が待つ家に帰ることを思えば百万倍はマシな状況だ。

「待って。分かったから」

マミちゃんは、僕を追いかけて来た。いいぞ。僕の中のマザーファッカーな色情狂、ここに堂々の復活だ。

「腹くくった?」

「うん。帰らない」

「ついでに、もひとつ腹くくらなきゃなんないよ」

「なに?」

「だって、僕がなにもしないと思う?」

マミちゃんは、くすっと笑った。

「もちろん、思ってないよ」

クール! ノープロブレム、ベイベェ、すべて僕に任せて。これ以上ないってくらい、スイートにしてあげるからさ。

しかし僕のリードは、ここまでだった。童貞で、ファーストキスさえついこの間すませたばかりの僕に、どうして年上の(しかもバージンではない)マミちゃんをリードできよう? マミちゃんの服を脱がしにかかっても、自分でできると振り払われ、しかたなく各々裸になってベッドへ直行しようとすると、マミちゃんはさっさとローブを羽織り、シャワーと歯磨きが先だと、バスルームへ去ってしまう。追いかければ、来ないで、とくる。ああ、どうしたって僕は、ファックなマスカキ野郎だ。結局いつもマミちゃんのペースにハマってしまう……。僕はすっかりふて腐れてしまった。

「お待たせ。ヒトシくんも、シャワーしなよ。気持ちいいから」

「いいよ。面倒臭い」

「あれ？　なんか怒ってる？」

「べつに」

「ほら、それが怒ってる」

僕は、拗ねたままの顔で、マミちゃんに向き直った。マミちゃんは、僕の顔を見るなり、くくっ、と喉を鳴らした。

「ねえねえ、怒らないで、シャワーして来てって。そうじゃなきゃ、ヒトシくんの、なめられないし」

「え？」

訊き返さずにはいられなかった。マミちゃんが、僕のペニスをしゃぶるだって？

「恥ずかしいから、これ以上言わせないで。早くバスルームへ行って」

阿呆なことに僕は、マミちゃんのそのひとことで、機嫌が直ったのだった。真っすぐに。どうせなら、いきなりくわえてくれればもっと嬉しかった。けれど、きれいにさえすれば、マミちゃんは、僕をしゃぶってくれるらしい。なんてこった、バージン相手じゃ、こうはいかない。ありがとう、マザーファッカーな色情狂。フェラチオつきの初体験をプレゼントしてくれるなんてさ、本当、生きててよかったよ。

どきどきしながらシャワーを浴びて、ベッドで待つマミちゃんの元へ急いだ。彼女の胸の平坦さには驚いたけれど、まあお互いさまだ。彼女だって、僕のペニスの大きさをどう感じたか、はなはだ疑問だから。僕は、女の子の体と、僕の体との違いを、しみじみ確認した。女の子は、とにかく柔らかい。なにもかも。二の腕とか、胸とか、お腹とか、股《もも》とか、ふくらはぎとか。僕が、珍しそうにあちらこちらを触っていると、マミちゃんは、くすっと笑って僕に跨がり、軽く唇にキスすると、一気に顔を僕の腹の下まで下げ、ペニスをくわえた。そのときの僕の感激は、とても言葉にできない。それでも敢えて表現するなら、脳全体にバラ色の霧がかかったような、素敵な気分。

どうか誤解しないで欲しい。僕に、たかだかフェラチオひとつとり沙汰して、人生に於ける意義を見出そうなんて阿呆な考えなどないさ。だけど、それまで悶々とマスカキに励むしかなかったクソッタレにしてみりゃ話は別だ。だって、はじめてしゃぶられるんだぜ！　しかも、大好きな女の子に。残念ながら僕の記憶からは、マミちゃんのしゃぶりっぷりは抜け落ちている。覚えていないということは、そんなに大したことはなかったのだろう。けれど、すぐに射精したくなったことだけは確かだ。

せめて僕は、入れるときくらい、彼女の手を借りずやり遂げたかった。しかしそれも、できなかった。僕は、慌ててコンドームをつけようとして、裏表を間違えそうになった。マミちゃんは、にこにこして僕の様子を見守っていた。僕が、おぼつかない手つきでペニスの先にコンドームを被せると、彼女、実に器用な手つきで、避妊具をすーっと根元まで引いた。

「なんか僕、カッコ悪いよね」

「全然。さあ」

さあ入れて、ってことね。僕は相当力んでいたに違いない。暗闇でコンセントを探るような気持ちで、入り口を探した。マミちゃんは、しばらくなされるがままになっていたけれど、やっぱりもどかしくなったのか、そっとペニスの先を、ヴァギナまで導いた。

そのあと？　当然、突っ込むだけだ。マミちゃんは、僕が入れた途端、ああっ、と声を上げた。それは、僕の記憶の中でいちばんカワイイ、マミちゃんの声だった。
僕は無事、童貞とサヨナラした。

それから僕らは、いく度セックスしたことか。数え切れないくらい、たくさんヤった。僕はヤりたい盛りだったし、マミちゃんも、まんざらでもないみたいだった。その頃の僕らは、ヤるためなら、なにもかも後回しにすることができた。僕は完全に、セックスに溺れていた。極論だけれど、マミちゃん（をはじめとするすべての女）は、ヤりさえすれば、一生僕のことを愛してくれる、とまで思えた。僕の体と心は、尽きぬ情欲によって二分されたのだ。いとも簡単に。情欲は、本来の動機、なぜ彼女を欲するのかいうことを、見失わせつつあった。僕は、さんざん楽しんでおきながら、自分が正にマザーファッカーな色情狂に成り果てたような気になり、自らに絶望することもあった。そしてもうひとつ不安なことがあった。妊娠。もちろんコンドームは使っているけれど、パーフェクトな避妊は望めない（学校の性教育でそう脅されていたし）。まして僕らの、尋常ではないセックスの回数を思うと、危惧の念は深まるばかりだった。きっとマミちゃんは、僕以上に不安だったろうと思う。しかし結局、僕らは相変わらず、顔を合わせればヤっていたのだけれど。

それにしても、ときとして僕を襲う懸念が、僕らの仲を裂く序章になろうなんて、思いもしなかったんだ。


僕らの素敵なヤりまくりの日々。マミちゃんの体液がつくる、カワイイ水たまり。そこに、陰鬱な一石が投じられた。

ある晩のバイト帰りのことだ。その日の彼女は、珍しく口数が少なかった。僕は、彼女の様子のおかしさを心配し、追及した。そうしたら彼女、恐ろしい言葉を口にしたんだ。生理が来ないの、デキたかもしれない。僕がその場で固まったのは、言うまでもない。ましてマミちゃんは、僕以上に悩んでいた。妊娠検査薬でも買う？ 僕の提案を、マミちゃんは拒否した。検査薬は、妊娠か否かが判定できるだけ、もし妊娠していたら、不安ばかり募って、今後の解決にはなにも役立たないから、という理由で。

そこで僕たちは意を決し、病院へ行くことにした。電話帳で、女医の名が記された病院を調べた。しかし向かった病院は、古い建物で、昼間見ても不気味な感じがし、マミちゃんはイヤイヤと首を振った。きれいな病院のほうがいい、ただでさえ不安なのに、建物まで汚かったら、心底わびしくなるから。しかたなく駅までの道を引き返していたら、新しい建物の病院が目についた。ここにする？　マミちゃんは、看板にある男性医師の名に迷っていたが、やがて神妙な顔で頷いた。

お腹が大きい女の人、赤ちゃん連れの人。（経緯は知る由もないけれど）母になる決意をした人たちと、母になった人たちが、診察を待っていた。男連れの人も、何人かいた。産婦人科の待合室にいる男とは、きっと優しい奴なんだろう。自分の女が抱える不安や苦痛を、分かち合うことで軽減してやりたいのだろう、と思う。それなのに全員、間抜けか変態に見えるから不思議だ（そして僕も、そのひとり）。

赤ちゃんを抱いた女の人の横に、僕らは座った。そこしか席が空いていなかったから。僕は、子供が好きではなかった。電車の中で泣きわめく幼児は、いくら姿形がかわいらしくとも、苛立たしいだけの存在だった。マミちゃんも同様に嫌っていて、聞きわけのない餓鬼を見ると刺し殺したくなる、といつも言っていた。僕らは、自分にもそんな時期があったことなど、すっかり忘れていたから。

赤ちゃんが、マミちゃんのネックレスのチャームに興味を示し、触ろうと手を差し出した。マミちゃんは、ちょっと笑って、赤ちゃんのちっちゃい手にチャームを乗せようとした。場を乗り切るために、お母さんに気を遣ったに違いない。普段のマミちゃんなら、こんなよだれだらけの手に、自分の大切なものを触らせようとはしない。が、お母さんは、おねえちゃんのきれいなのを汚したら駄目よ、とその手を握り、マミちゃんに、表情だけは申しわけなさそうに頭を下げ、僕らから目をそらした。この人の目には、（ふしだらであろう若者の）マミちゃんのチャームが、バイキンだらけなうえ不吉の象徴に映ったのかも知れない。それに多分この人は、僕たちが嬉しそうな顔だったなら、いろいろ話しかけてくれただろう。若いのに偉いわねえ、なんて類いのことを。けれど僕たちは、誰が見ても、予期せぬ妊娠の可能性に戸惑い、万一妊娠していたら、堕胎を選ぶ可能性百パーセントのカップルだった。この人だけでなく、この場に居合わせたすべての人たちと僕らに、共通の話題などない。ふたりはソファーに座り、待合室に流れるクラシックを聴きながら、気まずく沈黙をやりすごした。

一時間は待っただろうか。マミちゃんの名前が呼ばれた。マミちゃんは、びくっと肩を揺らし、はい、と短く返事して、僕の顔を見た。僕はマミちゃんの手を握った。大丈夫、ここで待ってるから。マミちゃんは、泣きだしそうな顔をして、ドアの向こうに消えた。

もしマミちゃんが妊娠していたら。僕はいったいどうすればいい？　彼女が、生む、と言いだしたらどうしよう。残酷にも僕は、悩むマミちゃんに向かって、本当に妊娠しているかどうか分からない時点で、あれこれ悩むのは馬鹿馬鹿しい、と吐き捨てた。マミちゃんは、ひどい、と顔を歪めたが、臆測しか判断材料のない愚かしい話などせずにすんだ。だから僕は、マミちゃんの意志をきちんと確かめていない。彼女は学生で、卒業後の野望もあり、しかも子供が嫌いだから（堕ろすだろう）、とタカをくったところで、実際妊娠したなら、腹の餓鬼がいとおしくなる可能性だってある。生んで育てることに戸惑いはあっても、堕ろしたくない気持ちになるかもしれない。もしそんなことになったら。僕の両親は、烈火の如く怒り狂うだろう。それだけならまだしも、あいつらのことだ、「お宅の娘がウチの息子を誘惑して、将来を目茶苦茶にした」と、マミちゃんの両親に、頭を下げるどころか食ってかかるかもしれない。そして僕らは、双方の親によって仲を引き裂かれ、マミちゃんは無理やり堕胎……。

ひとり陳腐でネガなフィクションを思い描いて苦しんでいたら、マミちゃんの叫び声がドア越しに漏れた。いたーい。僕は驚いて立ち上がり、マミちゃん大丈夫、と叫んだ。中でなにが起こっているのか分からないのが、不安な気持ちに拍車をかける。看護婦が出て来て、大丈夫だから座って待っていて、となだめられ、僕はしぶしぶソファーに戻った。しばらくして、目に涙を浮かべたマミちゃんが、脚をふらつかせながら戻って来た。

「大丈夫？」

「痛い」

「痛い？　どこが？」

「あそこに決まってるでしょ」

僕をじろっと睨んだマミちゃん、途端に、目尻にたまっていた涙が、頬を滑り落ちた。それから病院を出るまで、僕が話しかけても、マミちゃんはなにも返事をしてくれなかった。つなごうとした手も振りほどかれ、僕はただおろおろしているだけだった。

「で、どうだったの？」

「安心して」

「デキてなかったの？」

「そうよ。ほっとした？」

僕は脱力感に襲われ、その場に座り込んだ。

「よかった……」

「ホントよかったわ。もしデキてたら、大問題だもんね」

マミちゃんは、安堵ゆえ思わず座り込む僕に、皮肉な言葉と一瞥をくれる。僕は、彼女の態度がとうとう我慢できなくなり、立ち上がって、マミちゃんのデニムバッグをひっつかみ、ばさっと投げた。

「マミちゃん、さっきからなんだよ。つんけんしてさ。凄い感じ悪いぜ」

「デキてなかったのには、あたしもほっとしたわよ。だけどさ、あのクソジジイが」

マミちゃんはバッグを拾いながら、僕を見ずに呟いた。

「クソジジイ?」

「医者のことよ。あいつ、基礎体温表と保険証、ぽいって投げながら、『妊娠してたら堕ろすつもりだったんだろ? それなら安心だ、あんた相当努力しないと妊娠しないから』だって」

「そうなの?」

「らしいわ。でさ、あのクソジジイ、『あんた、このままだと不妊症だよ。子供を生めない女なんて、卵を生まない雌鶏とおんなじ役立たずだ』ってぬかしたのよ。あんな低能で性悪ジジイの前で脚おっ広げただなんて、人生最大の屈辱だわ。緊張と傷心であそこはからっからなのに、無理やり機械突っ込まれてさ、裂けるかと思ったわよ」

「機械？」

「そうよ。頼んでもないのに、検査されたの。今日会ったばっかのジジイに蔑まれて、大恥さらして痛い思いして、三千円。一週間後に来い、だって。あんな女性蔑視のクソヤローが産婦人科医だなんて、終わってるよ。二度と行くもんか、バッキャロー！」

マミちゃんは激しく泣きだした。きっとマミちゃんは、僕に優しくして欲しい一心で、当たり散らしていたのだろう。泣きわめく駄々っ子同然に拗ねて、見かねた僕が、そっと抱き締め、優しく慰めるのを待っていたのだと思う。けれどそのときの僕は、彼女の言葉や態度を、表面どおりに受けとることしかできなかった。僕だって彼女同様、憂鬱や不安を抱えていっしょに病院へ行き、居合わせた女どもから好奇の視線を浴びた。マミちゃんの苦痛の叫びを聞いたときには、胸が痛んだ。僕だって苦しんだ、そしてこんなに心配している。それなのにどうしてマミちゃんは、僕に刺々しい態度をとるのかと悲しくなった。腹立たしくもあった。

こんなとこで泣いてたって、しょうがないだろ。僕はぶすっとしながら、それでもなんとか彼女をなだめて家まで送り届けた。その間、僕らは、押し黙ったままだった。

この一件は、僕らの関係をぎこちなくした。マミちゃんは、医者から「妊娠しにくい体」と宣告されたにもかかわらず、セックスに対して神経質になってしまった。彼女、基礎体温を計りだし、危険なときは絶対ヤらせてくれなくなったんだ。ちゃんと避妊するから、となだめても、好きでもない男の前で股開いて、わけの分からない機械突っ込まれるなんて二度とごめんだから、と繰り返すばかりだった。けれど僕は、どうしても彼女とヤりたくて、無駄な抵抗を試みた。

「ゴムつけりゃ大丈夫だって。安心しなよ、もう慣れたもんだから」

「駄目。今日、危険な日だもん。わざわざ妊娠するような真似はできないわ。産婦人科なんて、もう二度と行きたくないし」

「でも、子宮が病気になったり、子供生むときになったら、そんなこと言ってられないんじゃないの?」

「そんなの百も承知よ。ただあたしは、そういう機会をできるだけ作りたくないってだけなの」

「ならマミちゃん、一生セックスしないつもり?」

「バカ。どうして分かんないのよ。今そんな気になれないの。ヒトシくん、ヤることしか頭にないわけ？」

僕は、かちんときて、マミちゃんを睨んだ。図星だった。そう僕は、マミちゃんとヤることしか、頭になかったんだ。

「ああ、どうせ僕は、ヤることしか頭にないよ。けど、どうして僕がマミちゃんとヤりたいのか知りもしないで、色情狂呼ばわりするのはやめてくれないかな」

「『ヤりたい』盛りの男の子に、『ヤりたい』以外の理由があるなんて、あたしには思えない。バカげてるわ」

「バカげてる？　僕は体と心を切り離せるほど器用じゃないよ。マミちゃんが好きだから、欲情するんじゃない。どうしてそんな簡単なことが分かんないのさ？　君こそバカだよ」

この言葉は、マミちゃんに対してではなく、完全に自分へ向けてのものだった。僕はマザーファッカーな色情狂なんかじゃない、理性くらいもってる、と自分に向かって懸命にいいわけしていたんだ。なんて愚かな僕。けれどマミちゃんの言動だって、愚かだ。だって、あまりに僕への思いやりが足りないじゃないか？

「頭でっかちでムカつくガキね。毎朝毎朝基礎体温計ってる、あたしの身にもなってよ」

僕は、ぐっと詰まった。女は、たかだかセックスひとつでこんなに面倒な思いをしている、などと主張されては、男の僕に返す言葉などない。

「なに突っ立ってんの？　とっとと消えたら？」

「そうする。マミちゃん、君、言ってることが支離滅裂だよ。たまには左脳を使ったら」

目にいっぱい涙をためたマミちゃんを残し、僕はその場から立ち去った。畜生。ファック、クソ、アスホール！　てめえは、セックスというエサの前で、尻尾を振ってヨダレをたらす、恥知らずな牝犬《ビッチ》だからこそカワイかったんだよ。牝犬なら牝犬らしく、おとなしくヤられとけってんだ。僕がどんなにヤりたいか知ってるくせして、今さら刺々しく拒否しやがって。なんだって僕の周りは、苛立つ阿呆ばっかなんだ？　まったくうざい、いっそ世界中から縁を切られたいよ……。

僕は、「ムカつくガキね」とマミちゃんから吐き捨てられた自分を、「鼻もちならないクソ野郎」とメンバーから見放されたジョーイ・ラモーンに重ねていた。だけどジョーイはいいさ、僕よりは救われてる。なんたって彼は、ある種天才だから。それじゃあ僕は？　なににおいても天才なんかじゃない。共通項は、クソ野郎ってことだけ。天才なら、堂々とクソ野郎でいていいさ。むしろ、他人の気持ちを汲まないクソ野郎だからこそ、天才として存在できるのだろう。一方の僕といえば、人に誇れるところは、顔だけだ。しかしこの顔だって大したことはない。ハリー・コニック・Jr.くらいハンサムガイじゃなきゃ、僕をとり巻く状況などなにひとつ変わらない。それなのに、マミちゃんからのリスペクトを望み、当然それはかなうわけもなくふて腐れるっていう、阿呆阿呆パラドックスにハマったクソッタレの僕。僕は、マミちゃんとハッピーにやっていきたいだけなんだ。だけど、そのためにいちいち、自分がいかにマザーファッカーかを認めなければならないなんて！

僕は勢いに任せ、入ったことのないクラブの扉を開けた。マミちゃんと行ったことのある場所だと、よけいマミちゃんのことばかり考えてしまうから、敢えて外した。そこは、ルーツトラックが厳《おごそ》かにかかるレゲエのクラブだった。変わった匂いがそこかしこに漂い、ボブ・マーリィの写真が、ありがたい宗教画の如く壁に祀られていた。僕はまず匂いにやられ、カウンターで買ったマイヤーズのロックにやられ、脳に霧がかかった。目の前のショートドレッドの男が、よれたエセ煙草の煙りを深く吸い込み、もったいなさそうに吐き出した。この匂いだ。箱中に充満する、奇妙で、だけど決して不快ではない匂い。男は、充血した目で僕を見て、解禁せよ、と呟いた。なにを？　と訊ねる間もなく、男はその場から立ち去った、脚をふらつかせながら。すげえ頭。あんな頭にしてくれって頼まれて、上手く対処できるだろうか。

僕は、美容師を志すようになっていた。解体した機械を組み直す作業が大好きだから（愛車のカブも、今やベタベタのカスタムカーになっていた）整備士も考えたけれど、儲からなさそう、という先入観で方向転換した。美容師は、この手先の器用さを、別方面に（できればスタイリッシュに）活かせないかと考えた末の結論だった。僕はいつまでも、ショートドレッドの男を目で追っていた。

「ねえ、あのイカれジャンキーが気になるの？　君、ゲイ？」

ふいに話しかけられ、驚いて声の主を見ると、さらさらしたストレートヘアの女の子が目の前にいた。体にぴったり張り付いたミニのワンピース。谷間も眩しい胸元に、惜しげなく露出されたきれいな脚。マミちゃんとは正反対のタイプ（今で言う「オネエちゃん」系の、イカした子だ）。マミちゃんは、背も胸もちっちゃく脚が太い、幼児体型だった。それはそれで愛らしいのだけれど、スタイルのいい女の子は、存在自体が眼福をもたらす。僕が見とれていると、彼女、にやっと笑って、僕の腕に、大きな胸を押しつけてきた。ゴムマリみたいな感触が腕に伝わり、僕は緊張した。触ったら、もっと気持ちがいいだろう。

「ゲイじゃないよ。彼女もいるし」

ばくばくする心臓を懸命に抑えながら、僕は、場慣れしたふうを装った。

「ふうん。けど今、ひとりじゃん。なんで？」

「……彼女がいて、ひとりで遊んでちゃおかしい？」

僕は言葉を選び、精一杯、大人っぽい返事をした。彼女、僕の言葉に、そうね、おかしくないわね、現にあたしも、彼氏といっしょじゃなくてひとりなんだから、と笑った。

「でも、こんなカワイイ男の子が、どうしてひとりでいるのかな、と思ってさ」

やっぱり？　僕って、誰が見てもカワイイんだ。鏡を見るたび増殖する自惚れが、第三者の証言で加速した。僕は彼女の言葉を真に受け、機嫌がよくなった（しかし今思えば彼女、難しい顔の僕を、笑顔にしたかっただけなのかもしれない）。ついさっきまでは、ハリー・コニック・Jr.くらい男前じゃなければ意味なしと、自分の顔に愛想を尽かしていたくせに。

「うん。ちょっと、ケンカしちゃって」

「へえ、そうなんだ。あたしもよ」

「君も？」

「そう。つまんないことなんだけどさ。君はどうして？」

「ケンカの理由？」

「うん」

「僕も、つまんないことだよ」

本当は、つまんないことなんかじゃない。多分、女の子とつき合うことに於いて、最重要でヘヴィな問題、セックスのこと。女の子には、妊娠というリスクがつきまとう。慎重にならざるを得ないのは分かるけれど、だったら、男に頼らない避妊に、もっと努力すればいいじゃないか。ピルを飲むとか、ペッサリーをつけるとか。僕は男だから、女にとってそれがどれほど面倒で苦痛なことかは、想像するしかない。病の治療以外の目的で飲む薬の副作用とか、ペッサリーの異物感とか。ましてペッサリーとなると、ヴァギナに機械を突っ込んで、サイズを計ったりしなければならないらしい。マミちゃんは、そんな努力をしてまで、セックスをしたくないのだろう。いや、妊娠というリスクを背負いたくない、というほうが正しい。だけど僕だって、コンドームをつけることにより、快楽の何十パーセントかをすり減らしている（このときまでの僕は、ナマでヤったことがなかった。しかし、異物感なしの爽快さくらいは、想像がつく）。しかも、妊娠しにくい女の子を相手に！

「可哀想に。彼女のこと考えてるのね?」

「ああ、ごめん。違うよ」

「ケンカって、ヤだよねえ。ムダな労力って感じ。そう思わない?」

「まったくさ」

「わあ、『ジャミング』だ。これっていい曲」

女の子は鼻歌を歌いながら、ボブ・マーリィの曲にノり、体を横に揺らした。悩ましい曲線を揺らしながら踊る彼女の体を見ていると、嫌なことを忘れられるような気がした。マミちゃんとのつき合いに生じる、面倒なことすべて。僕は猛烈に、彼女とヤりたくなった。おめでとう僕、僕の中のマザーファッカーな色情狂、ここに堂々の復活だ。彼女の方から僕に近づいて来たんだぜ、（セックスを）拒まれるわけないって。それに僕は、モテるだろ? 知らない女の子に手紙を押しつけられたり、今回みたいに「逆ナン」されたり。僕は、おずおず彼女の腰に触れた。拒まれなかった。だから、そのまま強引に抱き寄せた。彼女は、思いつめた僕の顔を見て、ここから出る？　と提案してくれた。

僕が頷くと、彼女は僕の腕にしがみついた。僕は鼻息荒く、彼女はくすくす笑いながら、クラブを後にした。

つき合ってる女の子がいるのに、違う女の子とセックスしようとしている僕。マミちゃんとつき合う前の僕なら、考えもしなかったことだ。僕は懸命に頭からマミちゃんを追い払った。だって僕は今、目の前にいる、知り合ったばかりの女の子に欲情しているのだから。それに彼女といると、なんだか楽しかった。彼女、ルックスもイカしてるし、態度で判断する限りだと、快楽主義このうえなく、後腐れもなさそうだし。女の子によってもたらされた苦痛は、女の子で癒すのがいちばんだ。

僕らは、当然のようにホテルに入った。部屋に入るなり僕は、彼女をベッドに押し倒し、ワンピースをずり上げて、ストラップレスのブラジャーをずり下げた。目の前に、素晴らしく大きな胸が露出した。なんてこった、マスカキのファンタジーが現実になっちまったぜ！　僕は、彼女の魅力的な胸を乱暴につかんだ。幻ではないことを確かめるかの如く。

「痛いって。落ち着いてよ、あたしは逃げも隠れもしないから」

女の子は、焦る僕を笑ってなだめ、ゆっくりワンピースを脱ぎ、下着を外し、ひとつに丸め、ソファーに向かって放り投げた。

「ねえ、深呼吸でもしたら？　はい、吸ってー、はい、吐いてー」

まったく阿呆だけれど、僕は彼女に従い、深呼吸をした。どう、クールダウンした？　ブルーのアイシャドーを乗せた瞼で、カワイらしくウインクしてみせる彼女。僕は心底、愉快な気分になった。どちらからともなく笑い出しながら僕たちは抱き合い、ベッドの上を転がった。笑いながらセックスができるなんて、思いもしなかった。マミちゃんとは、割と真剣勝負だったから。もちろん僕自身の快楽追求がいちばんの目的なのだけれど、マミちゃんを満足させたかったし、格好悪いところを見せたくなくて（だけどそんなの端《はな》から無理だ、裸になること自体が間抜けなんだから）、必要以上に力んでいたんだ。女の子といて、こんなに楽しいのは久しぶりだった（リスク抜きの関係だから、当然か）。

僕がコンドームに手を伸ばすと、女の子は、つけなくていい、と言った。あたしピル飲んでるし、病気もちでもないわ、マジよ。なんてこった、今宵、僕のリスクは回避されっ放しだ（相手の言葉を信じる限り）。彼女の言葉に背中を押され、僕は、はじめて避妊具なしで女の子に突っ込んだ。感想？　最高だったさ。相手の体温がダイレクトに伝わることが、こんなに気持ちいいなんて。きっと僕は、せつなそうな顔をしていたに違いない。彼女は、出していいよ、と微笑んだ。え、だって、すぐ出しちゃったら、君が。いいんだって、気にしないで。一夜限りであろう相手に、どうしてこんなに魅力的な女の子が優しくしてくれるのか、僕は不思議でたまらなかった。ふいに、同じく僕に優しくしてくれた、和製ジム・モリソンのことを思い出した。彼、今もグレイトフル・デッドのバックルに、ウェイビーヘアで、細い体をくねらせながら、宇宙語で歌っているのだろうか。僕が、「中出し」しようとしているこの瞬間に。

ありがと、あたしのために我慢してくれてるのね。カワイイ。僕は、勝手に彼女以外のことを考え、結果射精が遅れていただけだったのに、彼女は僕の背中に両腕を回し、ちゅっと僕に口づけた。思えば、彼女とのはじめてのキスだった。一気に意識が彼女に集中し、途端に射精した。僕は、早漏な自分が恥ずかしく、申しわけなくて、お詫びに、彼女の体中にキスしまくった。くすぐったいってば。彼女が笑い転げてくれたので、僕は、自己嫌悪に苛《さいな》まれる暇もなく、幸福な気分に浸ることができた。僕は、笑顔のまま眠りに就いた。

翌朝、先に目覚めたのは僕だった。起きた瞬間は、ちょっとパニックだった。どうして知り合ったばかりの女の子と寝たのか、などと冷静な考えに捕らわれ、しばらく呆然としていた。彼女はすやすや寝息を立てていた。化粧が剝がれた寝顔。だけど彼女は、十分奇麗だった。僕は、このまま右と左に別れることに、胸が痛んだ。僕にはマミちゃんがいて、彼女にも恋人がいる。けれど僕は、彼女と二度と会えなくなることが、惜しい気持ちになっていたんだ。

僕がシャワーを浴びる音で、彼女は目覚めたようだ。おはよう。照れ臭くてぎこちないあいさつを交わし、僕らは並んでベッドに腰かけた。

「あー、その……」

「大丈夫、遠慮しないで。なに言われても傷つかないから」

彼女は僕より、そしてマミちゃんなんかより、ずっと大人だった。内心は定かではなかったけれど、少なくとも態度は。

「また会えないかな?」

言ってしまったものの、僕の気持ちは揺れていた。彼女がどう返事をするかという不安と、今後マミちゃんとの仲をどうするかという迷いで。

「マジ?」

「うん。困る?」

「ちょっと。……だけど、あたしも君と同じ気持ちよ」

「ホント?」

「ホント。また会いたいわ」

僕らは、電話番号を交換し合った。そこではじめて彼女の名前を知り、歳が二十一だということを知り、社会人であることを知った。彼女も、僕の名前を知り、僕の歳が十六だと知り、高校生だと知り、腰を抜かさんばかりに驚いていた。僕が餓鬼だから、嫌になった? 恐る恐る訊ねると、彼女、ううん、ちょっとびっくりしただけと言い、笑った。

「一、二歳は下かな、とは思ってたけど……。君、頭よさそうだから、そんな年下だとは思わなかったわ。いい高校行ってそうな感じ」

「別に。普通の高校だよ」

僕は照れた。いつもマミちゃんに子供扱いされていたから、彼女の言葉が嬉しく、誇らしかった。だけど彼女、男に劣等感を抱かせずして巧妙に翻弄する、マザーファッカーな女の子だ。

「謙遜しちゃって」

「……あの、僕が高校生でも、会ってくれる？」

「いいよ。あたしが淫行罪でパクられるまではね」

彼女はブラックジョークを飛ばし、カワイイ、カワイイと連発しながら、僕を抱き締めキスをした。そう、僕はマミちゃんから、こんなふうに優しくされたいし、僕もマミちゃんに、優しくしてあげたい。こんなに簡単なことなのに、どうして実現しないのだろう。妊娠騒動以来、マミちゃんは変わってしまった。マミちゃんは本来、能天気なはずなのに、あんまり笑わなくなって、僕は、そんなマミちゃんに気を遣うことに疲れはじめていた。単細胞な僕にとっては、今戯れている彼女との出会いが、あたかも天からの啓示の如く思えたんだ。

当然僕は、バイトへ行くのが苦痛になってきた。扱いにくいマミちゃんをもて余していたからだ。つんけんしてるくせして、構わないと拗ねるマミちゃん。セックスに消極的なマミちゃん。あのケンカから、一度マミちゃんとセックスしたけれど（安全日だと言うから）、気を遣ってばかりで、全然楽しくなかった。コンドームの装着を強要されることが分かっていたから、僕は、シャワーも浴びずに、いきなりマミちゃんにしゃぶらせた。仕返しのつもりだった。しかしマミちゃんが、おとなしくくわえたのには、ちょっと拍子抜けした。おまけにマミちゃん、最中に泣き出して、ごめんねごめんね、と壊れた玩具みたいに繰り返した。僕は、マミちゃんがなにに対して謝っているのか、訊くのも面倒だった。うん、いいよ、などと適当に返事をし、あくびをしながらベッドを出て、鞄から煙草を取り出し、火を点けた。ヒトシくん、いつから吸うようになったの？驚くマミちゃんに構わず、僕はあさってのほうを見たまま、煙を吐き出した。ん、最近。そう。ねえ、どうして、時計外さないの？僕は、例の彼女からスウォッチをプレゼントされ、嬉しくてできるだけ外したくなかったから、セックスのときもつけっ放しだった。ああ、外すのが面倒だから。へえ、そう。マミちゃんが、しゅん、としたのを見て、ちょっと可哀想になり、僕はマミちゃんのところに戻って、キスをした。しかし、以前のように、マミちゃんが大好きだと思いながらではない。同情ゆえの行為だった。多分、マミちゃんにも伝わっていたと思う。その晩のマミちゃんは、僕と別れるまで、ずっと悲しそうな顔をしていた。

僕は、連絡なしにバイトをサボり、そのまま行かなくなった。サルノスケや店長、マミちゃんの怒る顔は目に浮かんだけれど、どうしても行きたくなかった。きちんと辞める旨を伝え、新規採用者が決まるまでは続けるのが常識だけれど、それも面倒だった。僕はすぐに、新しいバイトを探した。例の彼女の職場の、近所ばかり狙って。果たして、運よく採用された。僕らは帰りに待ち合わせ、クラブで弾け、酒を飲み、セックスして、時間を共にした。彼女は、それまでの恋人とついに別れ、僕と真剣につき合いだした。僕は、自分がなにを求めていたのかが分かり、そしてそれが手に入ったことに満足していた。カワイイ女の子との、心地よい関係。まったく彼女はカワイく、しかも男の扱いが上手い大人だった。僕は彼女に、心底惚れていた。けれど、我に返る瞬間もあった。僕はマミちゃんと、きっちり別れていない。もしマミちゃんが思いつめて、僕を待ち伏せしたりなんかしたら、ひじょうに困る。あまり日が経たないうちに、二度と会う気がないことを、彼女に知らせておかねばならない。

そこで僕はどうしたかというと、阿呆なことに、紙粘土で人形を作ったのだった。スナフキンの人形を。ギターをかき鳴らすボヘミアンのキャラクターに、縁切りの念を込めた。人形だけだと趣旨が伝わるかどうか不安だったので、手紙も添えて。

餓鬼の僕にとって、今の僕らの関係は息苦しすぎます。僕は、気難しいマミちゃんといっしょにいることが、とても苦痛です。悲しいけれど、もう会わないほうがいいと思います。いっそスナフキンのようにギターを抱え、真理を求めて彷徨《さすら》いたい心境です。

僕は矛盾した気持ちを抱えていた。マミちゃんときっちり別れたいと思う反面、極力マミちゃんに嫌われたくはなかった。そして、他に好きな人ができたことを、悟られたくなかった。だから僕は、別れの理由を、すべてマミちゃんに押しつけたのだ（気難しい女に傷つき、疲れた男を演じるという）。そんな手紙をマミちゃんが受けとれば、どんなに悲しみ、自分を責めるかと思えば、良心が苛まれた。けれど、そのときの僕は、きれいごとを言えば、マミちゃんと話し合って了解を得る余裕などなかった。本音は、面倒なことを回避したかっただけだ。

失礼なプレゼントは、マミちゃんの元に届いたらしく、マミちゃんから返事をもらった。マミちゃんは全然納得していなくて、僕と別れたくない、という文面が、くどくどと綴られていた。僕はブルーになり、マミちゃんの手紙をくしゃくしゃに丸め、ゴミ箱に投げ入れた。ああ、面倒臭ぇ。マミちゃん、やっぱり君の左脳は、機能を怠っているようだね。そんなに僕が好きなら、どうして嫌われるような態度ばかりとったんだい？僕には、さっぱり分からない。いや、ちょっとは分かっているんだけど、もう分かりたくもないよ。だってもう、僕は、他に好きな女の子ができてしまったんだからさ。

結局、僕がマミちゃんに感じていた神秘とは、蓋を開けてみれば、マトリョーシカの最後のひとつみたいにつまらないものだったんだ。餓鬼の頃は、マトリョーシカをどんどん展開して、横一直線に並べるだけで笑いが込み上げて来た。マリファナをキメた奴が、つまらないコントにウケ、七転八倒するみたいに。僕は、展開の過程を楽しみ、眺めて笑うこともできたけれど、その小指ほどの、人形ともいい難い代物には興味を抱けなかった、というわけ。我ながら、お粗末な話だ。

もしマミちゃんにしつこくされたら、不本意だけれど、はっきり言わねばならない。君のことは好きじゃない、僕にはもう、大切な人がいるからって。

しかし僕はどうやら、取越苦労をしていたようだ。マミちゃんからは、それっきり、なんの連絡もなかった。ああよかった。簡単にことがすんで。僕は安心し、意気も揚々、新しい恋人と楽しいときをすごしていた。

ある晩のバイト帰り、彼女との約束がなかった僕は、ひとり駅への道を急いでいた。

あーあ、今日は家に帰るしかないな。彼女、残業だって言うし。しかたない、久しぶりに、家で晩飯でも食ってやるか。僕はその時間に、以前よりもっと、精神的苦痛を強いられることが分かっていたので、憂鬱だった。学校から真っすぐ家に帰ることも滅多になく、成績はビリから数えたほうが早いわ（それでも僕より勉強ができない奴がいるってのは凄い）、生活態度は不真面目だわ、という僕に、両親は、もうなにも言わなくなっていた。けれど奴ら、悲しそうな顔して、僕をじっと見つめるのだ。最後にセックスをした晩のマミちゃんみたいに。僕はその視線に耐えられなくて、ますます家に帰る足が遠のいていた。家を出たい気持ちに変わりはなかったけれど、新しい彼女と遊び回っていたので、バイト代を貯金することはできなかった。僕は、（高校生として）すっかり身をもち崩していた。

「お前、こんなとこでなにしてんだよ」

聞き覚えのある声が、僕を呼び止めた。

「サルノスケ！……さんこそ、こんなところでなにを？」

「見りゃ分かるだろ。次の舞台のビラ配りさ。お前も一枚もってけ」

サルノスケは、束の中の一枚を僕に渡し、にいっと笑った。

「よぉ、お前も薄情な奴だな。連絡もなしに自然消滅なんてさ。俺ら、お前にはよくしてやったつもりだけど」

「すいません……」

「ま、いいさ。すぎたことだし。お前、マミちゃんとつき合ってて、上手くいかなくなったから、来るのがヤになったんだろ?」

「その通り、です……」

「店長はカンカンだったけどな、マミちゃん、お前をかばってたよ。自分が辛く当たったから、ヒトシくんは辞めたくなったんだろうってさ。お前、男冥利に尽きるな」

サルノスケの言葉に、僕は驚いた。マミちゃんは、僕のことを、皆に悪く言ってるだろうと思っていたのに。

「それよりお前、なんか顔色わりぃな。声かけるのも、ちょっと考えたよ。クスリでもやってるみたいだぜ」

「えっ? クスリなんかやってませんよ! せいぜい、酒と煙草くらい」

「ふうん。ならいいけどさ、度がすぎてるんじゃねえか? まあ、お前の勝手だけどな」

「はあ。気をつけます」

「じゃ、俺、ビラ配りの続きするわ。元気でな」

「あの、マミちゃんって、どうしてます?」

「さあな。しばらくして、マミちゃんも辞めたから」

「コーネリアスとは?」

「多分、片思いで終わったんだろうさ。イッセイのオヤジだけは、しつこくマミちゃんにつきまとってたけどな。じゃあな、これ、早く配っちまわないと」

「あ、すいません、邪魔して。あの、サルノスケさんも、お元気で」

「おうよ」

サルノスケは、道行く人たちに、ビラを配りはじめた。受けとらない人がほとんどだった。たまに受けとる人がいると、サルノスケは、好物を目の前にした子供みたいな笑顔で、よろしくお願いしますっ、と頭を下げた。受けとられなくても、全然がっかりしないで、根気よく通行人にビラを差し出し続けた。無視する奴が腹立たしく思えるほど、サルノスケは一生懸命だった。


僕があんなに一生懸命になれることって、なんだろう。しかたなく学校に通い、金を得るためだけにバイトをし、女の子と遊んでばかりの僕。そんな僕が選んだ進路は、自分の長所が無難に活かせそうな、美容師。僕は、好きなことに熱くなり、より向上しようと努力したり、あるいは、好きだけれど自分には不向きだと悟ったことを、克服したことがない。バイクと、女の子への情熱を除けば、ただの一度も。なんだか君が羨ましいよ、サルノスケ。頑張れよ。僕は心の中で、サルノスケを励ました。もし声に出して叫んでいたなら、お前が頑張れよ、って言い返されるのがオチなんだろうけど。

で、十年後の僕は、美容師をしている。マザーファッカーな色情狂にぴったりの職業だろ？

世間では、有名サロン勤務の同業者をテレビに引っぱり出して面白がっているけれど、僕には無縁の世界だ。無理難題を押しつける客相手に、一日十時間以上の重労働（カリスマとか呼ばれる奴だって、これが現実）。女優やタレントの写真を持参した客から、これと同じにしてくださいなんて言われると、笑いだしたくなる衝動を抑えるのに、ひと苦労だ。しかしまあいい。曖昧にこんな感じで、と言われ、客と僕の解釈が食い違うほうが、あとで面倒だ。僕は、客の髪質を見て、注文が可能かどうかを見極める。可能なら、注文に、忠実に近づける。無理なら、面倒だけれど、ちょっと話し合って、髪質や、頭と顔の形から、似合いそうなヘアスタイルを提案し、客に納得してもらう。これを怠ると、泣かれたり怒られたり、最悪はタダ働きになるからだ（「こんなヘアスタイルにされて、お金なんか払えない」と駄々をこねる客も、ごくわずかだけれど、いる）。機嫌が悪い日には、ブスな客相手だとやる気も失せるけれど、普段はそうでもない。逆に、このいただけない女を、僕がどう素敵にしてやろうか、というファイトが湧いてくる。結果、僕も客も納得、そのうえ僕は、自己の存在価値まで見出せる、というわけ。

驚くべきことに、客の中には、僕のファンもいるんだ（テレビの影響だろう）。プレゼントをくれたり、デートに誘われたり。だから僕は、その中から好みの女の子を選び、何人かと関係している。もし鉢合わせになったらと、どきどきすることもあるけれど、今のところ非常事態もなく（予約がぶつかりそうになれば、違う日になるように組んでいるから）、カワイイ女の子たちとつき合いながら、僕なりに、真摯に仕事に取り組んでいる。仕事をこなせばこなすほど、僕の愛車の格も上がるからだ。カブから始まった僕の愛車は、今やボルボのワゴンにまで成長した。笑っちゃうことに、クソッタレの餓鬼だった僕ですら、外見も価値観も老化の一途なんだ。だって十年前の僕なら、たとえ今と同じ収入があったとしても、ボルボなんて眼中になかったよ。

そんなある晩、女の子のひとりを誘って、ライブに出かけた。オーディオ・アクティブのライブ。彼女には、本当に気の毒なことをした。彼女、ダブなんか聴かないし、だいいち知りもしない。それに言い出しっぺの僕だって、つまらなくて異常に長丁場な前座に、うんざりしていた。あんまり疲れたから、自棄糞で、2DDの天理教(みたいな)ダンスをいっしょに踊ったくらいだ。けれど間もなく、Pファンクの宇宙とロックの疾走とダブのトリップ感とを、一度に体験できる快楽に酔い、女の子の機嫌をとる余裕も出て来た。それなのに彼女は、もう限界、耳が潰れそう、と吐き捨て、化粧室に閉じこもってしまった。もちろん心配だけれど、ついて行くわけにもいかない。結局ひとりのままライブを見終えた。

残り少ない酒をなめ、バーカウンターにもたれて彼女を待っていると、僕の横に、ひと組の男女がやって来た。

「前座長すぎだって。こんなんだったら、ごはんしてから来りゃよかった」

「まったくな。すげえ疲れた。腹減った」

「ダブだからここまで耐えられたけど、こんなあたしたちに、ジャムバンド鑑賞なんて一生無理かもね」

「ああ、ベロ酔いでもない限りな。シェルター（このハコの近所にあるUKロックバーだ）に、残飯が残ってることを祈ろう。とっととメシ食って、帰ってクソして寝ようぜ」

「うん。メシ食って、クソして寝よー」

「ついでに、一発ヤっとく？」

「そんな余力残ってんの？」

「うるせぇ」

凄い会話。好奇心で彼らを観察すると、男は、とんだ60年代野郎だった。長髪、ヒゲ、ショットの革ジャン、裾がすり切れたリーバイス。うわあ、ラブ&ピースな奴。……待てよ、この60年代野郎、どこかで見たような？　僕は、懸命に記憶の糸を手繰り寄せた。ああ、思い出した。昔、僕にコーラを奢ってくれた、サイケデリックバンドのヴォーカル？　このしゅっと切れた怖い目は、絶対そうだ。男の腹の下にあるバックルを確認すると、グレイトフル・デッドのしゃれこうべが、錆びつきながらも歯を剝いていて、僕は危うく声を上げるところだった。この男、昔はガリガリだったけれど、年齢には逆らえないのか、オヤジ体型になりつつあった。今の彼がデブってわけじゃないけれど、ジーンズのサイズは、あの頃から4インチは増えているだろう(僕はまだ大丈夫)。

歳をとって醜くなることの悲しみにひたる間もなく、僕の脳裏に、高校生だった自分がフラッシュバックした。今よりも、もっともっと格好悪くて、いちばん思い出したくない頃の僕。懸命に背伸びして、スタイリッシュと思えることなら、がむしゃらに試してみた僕。サブカルチャーに精通することが、スノッブへの近道だと思い込んでいた僕。フロッピーのメモリみたいに、キーを叩くだけで消去できればいいのに。今僕は、きっと赤面しているに違いない。握った手のひらに汗が滲んだ。幸い彼は、僕に気がつかなかった。当たり前だ、僕は、彼の記憶になど止まらない存在なのだから。けれど彼は、僕にとっては、忘れ難い存在だった。だって、赤の他人から(しかも、できれば友達になりたい、と願うようなヒップな奴に)優しくされるなんて、そうそうあることだろうか?

「ヒトシくん?」

思いがけず声をかけられ、僕は、さらに冷汗をかかねばならなかった。とんだ60年代野郎の横にいた女、それが、誰あろうマミちゃんだったから。

どうして僕が、今さら十年前の記憶を、こうも延々と辿っているのかと言えば、かつて僕にコーラを奢ってくれた和製ジム・モリソンと、かつて僕の女だったマミちゃんが、揃って目の前に現れたから、ということに尽きる。

和製ジムから新興宗教のグルみたいになった男に対し、マミちゃんは、ゴージャスな出立ちを返上、さっぱりとした身なりだった。あれ？　確かに顔はマミちゃんだけど、こんなに身長あったっけ？　よく見ると、ロングスカートの深いスリットから覗く脚が、高いヒールのブーツで覆われていた。昔は絶対履かなかったハイヒール、昔より5キロは痩せたであろうマミちゃんの体。背が低い彼女、実際の年齢より若く見える。小さい〝カワイイってのは、そして大人になってもカワイイを重んじるむきが絶えないのは、僕が知る限り、清少納言の昔から綿々と受け継がれた、悲しき日本人の性。そういう僕にしたって、小ささゆえか、それとも昔好きだったからという色眼鏡をかけているがためか、今のマミちゃんがカワイく見えないこともない。けれども十年の歳月は、マミちゃんの外見を、確実に蝕んでいた。もちろんマミちゃんの横にいる男も、ふたりを見つめる僕も、今となっては外見が崩れゆく一方なのだけれど。ちょうど今、僕もマミちゃんもマミちゃんの男も、エイジレスな魅力に輝けるのか、それともただみっともなく朽ち果てるまでなのか、岐路に立たされていた。しかし僕はクソッタレだから、気持ちだけは二十で止まったまま、おっさんになるのって悲しいな、と思い続けるだけだろう。もちろん体なんか鍛えないだろうし、歳相応に賢くなろうと努力もしないだろう。

「ヒトシくんでしょ？　こんなところで会うなんて」

「……久しぶり」

ちぇっ。女には、デリカシーってものがないらしい。こんな挙動不審な僕に、いけしゃあしゃあと話しかけてくるなんて。

「元気そうね。凄い、ドレッドにしてるんだ。ってことは、もちろん普通の会社員じゃないよね？」

そうだよ、今の僕のヘアスタイルは、見てのとおりショートドレッドだ。

「うん。美容師。マミちゃんは？」

「三十歳、既婚、アルバイトってとこ」

結婚したのか？　まあ彼女も三十だから、おかしくはないか。だけどよりによって、この男と？　僕は混乱して、一瞬、記憶と時制が目茶苦茶になった。まるでマミちゃんが、ウスノロの僕を捨てて、この（かつて）クールガイ（だった奴）を選んだかに思える。実際は全然違うんだけれど。マミちゃんは、くすくす笑って、怪訝な顔した隣の男に、僕を紹介した。

「あのね、昔の友達なの。ヒトシくん、この人、あたしの旦那サマ」

友達、ねえ。けど、旦那にはそう紹介するしかないよな。昔死ぬほどヤりまくった相手、とは言えないだろうし。マミちゃんの旦那は、やっぱり僕のことなどまるで覚えていなくて、ふうん、という顔で、僕に軽く頭を下げた。

「どうも。ドレッドって、手入れ大変じゃない？　俺もやってみたいんだけど」

「いや、思ったより楽っすよ」

「そう。じゃ、トライするか」

「無理だって。縦のものを横にもしないものぐさのくせに」

「そんなこと言う口は、この口か！」

マミちゃんの夫は、減らず口を叩く妻の唇をつねった。あーあ。なんかこのふたり、阿呆らしいほどラブラブだな。まさかあんたらのスウィートホームには出窓があって、レースのカーテンなんかかってやしないだろうな？　って訊きたくなるよ。けっ。

だけど実際、彼女、幸せそうに見える。意地の悪い見方をすれば、幸せっていうより、安心しきっている感じ？　たいていの女は、いい歳（結婚適齢期以降ってこと）になると、「誰それの妻です」と言うことで、とりあえず面目を保てるらしい。だから僕の女たちも、拗ねたり泣いたり脅したりして、僕に結婚を迫るんだ。僕にはそうとしか思えない。法も「妻」、もしくは「内縁でも妻同然」って立場を擁護してくれるらしいし。ああ、ザ・結婚。

こんなに皮肉が尽きないのは、きっと僕は、ちょっと悔しいのだと思う。いつまでも僕を好きでいるはず、と思い込んでいたマミちゃんが、見ず知らずの僕にさえ思いやりを示してくれるようないい奴と結婚、日々恥じらいもなく互いに間抜けな姿をさらしてなお、欲情し合う間柄だなんてさ。僕は絶対、女といっしょに暮らすのはごめんだ。女に格好悪いとこ見せたくないし、女の間抜けな姿を見て、幻滅したくもないよ。まったくあんたら、ろくでもない阿呆夫婦だな。

「ヒトシくん、ひとりで観に来たの？」

「ううん。彼女を待ってるんだけど、来ないんだ。無理やりつき合ってもらったから、嫌になって帰っちゃったかも」

「えー？ そんな薄情な子とつき合ってんの？」

「まあね。これも身から出た錆、ってやつかな」

自嘲気味に呟く僕に、マミちゃん、にやっとした。そして、凄い皮肉を吐きやがったんだ。

「しょうがないわねえ、スナフキンくん」

このひとことは、こたえた。そしてマミちゃん、こんなこと言っておきながら、ほんの一瞬、悲しそうな顔をしたんだ。駄目だよマミちゃん、これ以上思い出させないでくれ。ほら、僕らこんなところで黙っちゃったら、不審に思われるだろ？ 昔僕らがどんなにマザーファッカーだったかなんて、君の旦那にはなんの関係もないじゃないか？

けれど僕らは、言葉もなく、お互いを見たまま立ち尽くしていたんだ。

僕はかつて、この女が好きでたまらなかった。左脳の通過形跡など微塵も感じさせぬぶっ飛んだ日本語を操る、怖いもの知らずのキンキィ・ベイベェ。彼女といっしょなら、ファックな日常さえバラ色になるような気がした。それなのに、妊娠騒動以来、マミちゃんはネガティブになる一方だった。しかしそれは、僕のせいかもしれない。僕は、マミちゃんを思いやる気持ちが足りなかった。けれども彼女だって、僕への思いやりが足りなかった。ふたりともケツの青い餓鬼だったから、と言ってしまえばそれまでなんだけれど。

僕は、あれからいろんな女の子とつき合った。だけど、ただつき合ってただけだった。有意義な男女関係の果てが、「結婚」もしくは「持続の安心感をパートナーに与え合う同棲」だとしたら、僕とそれまでの女の子の関係は、まったく無為だったわけさ。しかしそれも、僕が自ら無為を望み、今現在も、どっちかと言えば無為な状態であり続けることを望んでいる結果だ。そう、すべて納得ずくのはずなのに、このふたりの前では、自分がひどく餓鬼っぽく、薄っぺらい人間に思えるのはなぜだ？　もしかしたら阿呆なのは、こいつらじゃなくて僕自身？　今は僕の女たちも、こんな（女の敵とも言える）クソッタレの僕でも好きだと言ってくれるし、求めもしてくれるけど、果たして彼女ら、僕の心の奥底を残らず知ったうえでも僕を求めるだろうか？　まさかな、誰ひとりとして求めることはないさ。仮に、一時的に承諾してくれたとしても、一生同意し続けてくれることはないだろう。彼女ら、関係が長くなれば当然、将来のことを考えだすだろうし（周囲からのありがたい助言とか、一度は結婚を経験したいという好奇心とか）、挙げ句「結婚」、もしくは「持続の安心感」をいちばんに望むようになるんだろうさ。たぶん、僕という人間と、真摯に向き合い続けることさえ忘れて。

僕とマミちゃんが、妙な沈黙を作ってしまったので、マミちゃんの旦那はとうとうシビレを切らし、メシ食いに行かないの？　と彼女を促した。

「うん、行こうか。じゃあね、ヒトシくん」

「あ、マミちゃん」

僕は慌てて、名刺を彼女に差し出した。

「いつでも、タダで切ってあげるから。旦那さんも、よかったら来てください」

「ありがとう」

僕に礼を言ったのは、旦那のほうだった。マミちゃんは、戸惑いながらも、笑顔で名刺を受けとった。けれど、旦那が先に歩きだした途端、くしゃっと片手で握り潰し、空のコップに捨てたんだ。僕は、十年前の恨みをまとめて晴らすといわんばかりのマミちゃんの行為に、背筋が凍った（さすが蠍座の女、恐るべき執念深さ）。青くなった僕を見て、マミちゃん、きゃはは、と笑った。この声は、昔となんら変わりはない。

「ぞっとした？」

「うん。ちょっと」

「だってヒトシくん、心にもないことするからよ」

「そんな。違うよ。本当に、また会いたいから」

「また会いたい？　それって、またヤりたいの誤りじゃないの？」

「……うん。そんなところ」

「ふふっ」

怒るかと思ったのに、マミちゃんは、くすくす笑いながら、コップから僕の名刺をとり出した。しかし彼女、また僕とヤりたいだなんて、全然思っていないはずだ。きっと、これ以上僕の自尊心を傷つけないよう、大人っぽく振る舞ったんだろう。どうせ僕ら、もう二度と会わない。だったら、昔みたいに傷つけ合う必要はない。

「いつか、機会があったらね。一生ないと思うけど」

「そうかな？」

この言葉に返事はなかった。マミちゃんは、僕の顔を見ながら名刺をポケットにしまい、旦那の後を追って、人混みの中に消え去った。

僕の待ち人は、いっこうに現れなかった。とっくに帰ってしまったんだろう。けれどなんだか、そんなことどうでもよくなっていた。別のことで頭も胸もいっぱいになっていたから。

マミちゃん、もちろん僕は、今さら君とやり直そうなんて気は全然ない。ただ、僕の記憶の中にいる君がせつない存在だから、そして、きっともうこの手には入り切らないだろうから、ちょっと眩しく見えるだけなんだ。僕の女たちの中に、今の（幸福という幻想に侵されハイになった）マミちゃんなら入れてあげるよ。ヤれる女のひとり、としてさ。僕らがマザーファッカーだった過去、そんなのすべて水に流せる。今の僕らなら、きっとクールにキメられるさ……。だけど僕とすごしたファックな日々など、封印されたままとっくに朽ち果てているみたいで、本当によかった。だって君から見れば僕は、年齢だけは大人になったけれど、未だマザーファッカーな色情狂なんだろうから。そうだよ、僕は当分、しょうがないスナフキンのままだ。まして僕ら、もちろん二度とヤることはない。けれど、ファンシーなイカれ女のお陰で、クソッタレの生きざますら揺るがす問題提起がなされたことは、事実なんだ。

バティ・ライダ

排気音と共にドラッグスター参上。ケツの重いアメリカンタイプに、半分尻の覗いたマイクロミニで跨がりぶっ飛ばすケイは、イカれているけどイカした女だ。

さらに傑作なのは足元で、ショーでモデルを転倒させたヴィヴィアンの靴にも負けないハイヒールだから、俺はやれやれと思う。彼女の両親の心中察するに余りある。当然ケイと歩けば目立つ。迫力ある上背、計算された化粧が映える攻撃的な顔立ち、もう少しで奇形に届く長い脚……、そう、ケイの脚には特筆すべきものがある。見る者すべての視覚を快楽に導くため神が創りたもうたのだ。そして彼女自身もそれを知り抜いている。この脚には、モデルエージェンシーという名の寄生虫がくっついていた。ストッキングの撮影なんかで、下半身丸裸に等しい状態で男に囲まれポーズをとれば、高額のギャラが媒介者の懐に入る寸法だ。もちろんモデル当人にも還元されるから、給料日《ペイデイ》には買い物やら美容院やらエステやらに走り回り、愛車のパーツも抜かりなく増やして悦に入っていた。怖いものなしの湧き出る自信はケイの悪ノリに拍車をかけるから、女の友達は皆無、しかし必要もないのかもしれない。同性の嫉妬など屁とも思わず、欲しいと思えば突っ走る。景気の底打ちもケイには無縁だ、彼女は天真爛漫にすべてを消費していた。痛みも後悔も感じる暇がないほどに。そして、強迫観念の導くままキャンバスの白を埋めてゆくシュルレアリストの如く、病的にスケジュールをびっしり入れる。それを効率よくこなすには、バイクはうってつけの相棒だった。手に入らない男なんてハリウッドスターくらいかしらと生意気な口を叩いて笑うから、阿呆らしくて、いつか天罰が下るぜ、と忠告するのが常だった。

現に、男のトラブルが絶えなかった。蛍光灯にたかる虫さながら相手は群がってくるのに、いつも女であろうとお構いなしに手を上げる血の気の多い奴ばかりを選び取る。顎で使える犬は単なる下僕、猛々しさにじみ出たいかつい奴だけが、ケイの情熱を勝ち取り得る。しかしこのヒスパニック的ともいえる男女関係を故意にこじらせでもしたいのか、ケイのライフワークは夜遊びに重点が置かれていた。男はケイを決してひとりにはしない。ただの知り合いの奴ですら機会あらばと下心丸出しで、ケイも酒が入ると笑顔で相手にしてしまう。そんなふうだから一向に生傷絶えることはない。彼女、脚にだけは気を遣っていた。女なら通常かばうのは顔だが、脚だけはやめてと叫び、相手を拍子抜けさせた。けれども独占欲を暴力でもってまっとうする輩はやはり恐ろしい。ケイは半分べそをかいて俺に電話をかけてくる、ミッキー助けて、殺される。十歳年上のいとこの俺を、あいつは未だにこっ恥ずかしいあだ名で呼ぶ。いい加減やめてくれよ、ディズニーじゃあるまいし。いいじゃん、ミキオだからミッキーで。そんなことより、早く来てよお願い。決まって真夜中だから、俺はパジャマにサンダル履きで車を走らせ、酔っ払いたちの喧噪に突入する。クラブの従業員はもう慣れっこだ、どんないでたちであろうと、トラブルバスターの出現に、金を取ることなく歓迎してくれた。彼女にとっては地獄で仏、複数の男に囲まれたケイは、俺の姿を見つけると、泣きながら駆け寄り抱きつく、やっぱ来てくれたんだあ。おかげで俺は、いったい何人の男に恨まれているか分からない。背中に罵声を浴びながら、時には暴力の洗礼も受けながら、どうしようもない男たらしをかばって外に連れ出す。女主人を待つドラッグスターは、そのたび嫌がらせで、値の張るパーツが盗まれたりねじ曲げられたりしていた。少しはまともになったらどうだ、男もこいつも可哀想だよ。今のあたしにお説教なんてひどいわ。可哀想なのはあたしよ。ケイは懲りていない。仏のはずの俺の腕に、長いエセ爪を押しつけそっぽを向く。お前帰れるのかひとりで？　ケイは黙って愛車に跨がり、小さい尻を覗かせながら振り返る。大丈夫、風にあたって頭冷やすから。ミッキーまた助けてね。愛してる。このひとことのため、四六時中ソープオペラにつき合わされているのだから、俺は間抜けすぎた。

しかし今俺が、必要以上にケイを心配するのには理由があった。幼い頃のケイをさんざん粗末に扱っていたからだ。

俺が中学生の頃、近所に住んでいたケイは、十円玉を二枚握り「十円十円」と言って、学校から戻った俺によくくっついてきた。違うよ、二十円だろ。手に入れたジャムやディスチャージの新譜を、一刻も早く友達と分かち合いたい俺は、苛立ちながら幼稚ないとこを蔑《ないがし》ろにする。ミッキー、十円十円で行ってきますってママに言ってきた……。五歳のケイは両目いっぱいに涙を浮かべ、マスカキ盛りの悪童の気を引こうとした。それなのに俺は無情にも、ケイを家まで送り届け、お友達とお人形さんごっこしてなと捨て台詞を吐き、抱えたアナログばかりに気をとられていた。いよいよプレイヤーにアナログがセッティングされ、針が落とされてから中盤までは胸高鳴るけれど、音がだれはじめると結局は上の空、拗ねたケイの顔が頭から離れず、あいつが大人だったらこのつき合いに混ぜてやってもいいのにと思い、しまいには己れの器量の狭さを責めた……あれから十五年、目の前のケイは、スイートなろくでなしとのメイクラブ三昧の日々を満喫中、弾けたいい女に成長した。

ミッキー、行こう。メットを取りゴーグルを首にぶら下げ、マーク・ジェイコブスのヴィトンを肩に颯爽と風を切るケイ。今や俺が、格好いい年下のいとこに連れ歩いてもらう体たらくとなった。これから異邦人の男を紹介される算段で、ケイのように体でつながって理解し合うことが不可能な俺には気が重い会見だ。

ケイも俺も、もちろん欧米かぶれだ。眩しき栄光は昔話、だけどそれがどうした俺らアメリカーナだ（人種の頂点アングロサクソンだぜ参ったか）、ごたごたぬかすなファック・ユーと叫ぶ、オフスプリングが羨ましくてしかたがない。奴ら大してクールなわけではない。ルックスにカリスマ性はゼロ、音痴で演奏も軽薄なメロコアの遺物だけれど、あの心意気にじむ勢いには恐れ入る。それに比べて俺は格好が悪いじゃないか、物欲満たして貧乏こらえ、じっと手を見る典型的ジャパニーズです、いい音聴いて酒浴びて、女に突っ込んでないと人生クソも同然（種々雑多な民族の混血児である無様なモンゴロイドです、参りましたか？　参るわけないですよね）、だからどうかファックしてくださいベイビーでは、四畳半フォークにしかならない。

俺は割合なんでも聴くけれど、ケイはとりわけブラックにぞっこんで、顔を合わせれば、やれどのラッパーがいけてるだの、あの曲のバックトラックはフロア映えするだの、いつかニューヨークで踊り明かそうだのといった能天気なことばかり繰り返し、腹を抱えて大笑いしていた。俺の彼女は、ケイにひどく嫉妬していた。ケイとは対極にいる女だ、物静かで、フランス文学とゲンスブールに傾倒していた。低い身長にコンプレックスを抱く彼女には、イカしたケイの存在が癪の種だった。ミキオのいとこってさ、頭おかしいんじゃないの。お尻見せて平気で歩いてるなんて。でもあれで二物揃ってちゃ、私なんか生きて行けないけどさ。一度ケイに誘われダブルデートしたことがあったけれど、結局いとこ同士がいちばん盛り上がってしまった。ケイは親父にさえスキンシップを怠らない女だから、残されたふたりの誤解は凄まじく、俺の彼女は泣きだし、ケイは男から張り手をプレゼントされる始末だ。それ以来どんなにいいわけしても、俺とケイの関係を彼女は色眼鏡でしか見ず、二言目には私はどうせ二番目だからと拗《す》ねる。頼む、機嫌を直してくれよ、確かにケイとは仲がいいけれど、あれを女だと思ったことは一度もないし、ましてあいつと寝るなんて、俺にとっては妹やお袋と関係するのも同然、考えたこともないね。彼女はそれでも不満顔だ。そうかしら、だっていとこ同士って、結婚しようと思えばできなくはないでしょ。彼女、倒錯文学の読みすぎだったから、恐らく想像は凄い方向へ走っているに違いなかった。会って話せば摩擦に疲れ、言い争いの果てに彼女を押し倒し続けた。いつか分かってもらえると思った。けれども喧嘩を避けたいがため連絡も途絶えがちになり、もう駄目なんだと思い始めた頃、やっと鳴った電話を取ると、それはケイの母親だった。

「いくら使ったと思う?」

叔母は涙ながらに、ケイの浪費を訴えた。親の甲斐性で大学に行き、バイクまで買い与えられたというのに、見返りは、留年と盗んだ親のカードの乱用だった。叔母は作ったものの眠らせていたカードを、娘に無断借用されたらしかった。俺は高級車が買えるほどの借金の額を聞いてのけぞり、同時に、ケイが買い物依存症なのではと心配した。けれどもそれは違うと叔母が言う。男を尻に敷き、稼いだ金は自分にしか還元しなかったケイが、なにを血迷ったか貢いでいる。しかも外泊ばかりしていて家にも寄りつかない。要約すればそういうことらしいが、怒りながら泣く叔母の話は支離滅裂で理解し難く、適当に励まして電話を切った。そして、すぐさまケイの携帯電話を呼び出した。

「なによクソババア、まだ文句でもあるわけ?」

「俺だよ、ケイ」

「ミッキー! なんだ、お母さんかと思った」

「お母さんに向かってクソババアはないだろ」

「だってあのクソババア、じゃんじゃん電話してきて、うるさいったらないのよ」

「なあ、お前今なにやってる？　どこにいるんだよ？」

「どこって、友達ん家だけど」

「俺相手にしらばっくれるのよせよ。叔母さんから聞いたぜ。なんかまた、トラブってんじゃないの？」

「そんなことない、大丈夫よ。優しいダーリンもいるし」

「能天気だなケイ、男に貢いでんだろ？　それも親のカードで。そんな出鱈目もうやめろよ。じゃなきゃ叔父さんも叔母さんも、首くくって死んじまう」

「貢いでなんかないわ。ただ彼、日本に来て数年だから、困ってるのよ」

日本に来て数年の彼？　俺は説教を忘れ、好奇心でケイを質問攻めにした。ケイの男はブラザーだった。基地の男かと思ったがそうではない、もっとやくざだった。日本には、黒人の歌声が好きな奴らが大勢いる、そう教えられ、ミュージシャンとして生計を立てることを夢見て、ケイの男は合衆国から極東の地にやってきたらしい。しかし自国で成功し得ない奴が都落ち同然にやってきて、欧米かぶれのイエローモンキーを騙そうなんて腹立たしいではないか。阿呆らしくて、うっとりと自分の男の身の上話をするケイを遮《さえぎ》った。

「で、そのミュージシャンはいったいいつ成功するのかい？　女に貢がせて平気な、その男は」

「失礼ね。そのうちきっと成功するわ、そしたらクソババアに耳揃えて金返してやるわよ」

「あっそう。でもなあ、お前が、野暮な黒人詐欺師に引っかかるなんて、ちょっと信じられないよ。お前だって、そんな馬鹿女を嫌というほど目撃してるだろ？」

「詐欺師じゃないってば。こんなにスウィートな男はこの世にふたりといないわ。巡り会えただけでもラッキーよ」

駄目だ、ケイはすっかりイカれている。説得をあきらめ電話を切ろうとしたとき、ケイはとんでもない提案をした。今から三人で会おうと言うのだ。

「お断りだよケイ、一生ふたりでラブラブでいりゃいいじゃん。俺、明日も朝早いし」

「そんなこと言わないでよ、ミッキーに会わせたいわ。そしたら、あたしの言ってることが分かるわよ」

ケイは強引に約束を取り決め、電話を切った。しばらく受話器を握ったまま考えていたが、間抜けな俺は、やはり出かけてしまうのだった。顔を合わせたら、ファックオフとでも怒鳴ってやろうか。しかし相手が巨体であったなら、きっと俺はにこにこして場を切り抜け、後でケイに説教の続きをするのがおちだろう。断るべきだった、俺が会ったところでどうなるわけでもないのに。

いとこの気も知らず、ケイは新品のヴィトンにゴキゲンだった。これニューヨークじゃ品切れなんだってさ。彼のお見立てなのよ。ほら、あれがあたしのダーリン。

ケイの男は、隅の席でグラス片手にふたりの東洋人を待っていた。頭に描いていた像と、男はかなり印象が違った。スキンヘッドは怖いけれど、品のいいニットにジーンズで、アクセサリーはハミルトンの時計だけだ。座っていても分かる長身には、東洋人向けの椅子が窮屈そうで気の毒になった。

「ジェラルドっていうの、長いからジェロでいいわ。こちらはいとこのミキオ。呼びにくいでしょ、ミッキーって呼んで」

「ナイス・トゥ・ミーツ・ユー」

勘弁してくれよ、この異邦人まで俺をネズミ呼ばわりするのか。やれやれと思いながら差し出された手を握ると、ケイは笑って俺の肩を叩いた、大丈夫、ジェロは日本語できるから、緊張しないで。

「よかった。そうだよな、ケイが英語喋れるわけないよな」

「そんなことないよ、勉強してるもん。ね？」

「うん、でもまだまだだね」

てっきりルーズな装いにやたらゴールドを光らせ、今すぐにでもマイクを握るか、ビニールをこするかしそうなブラザーだとばかり思っていたから、このスマートなナイスガイが、ケイに貢がせているなんて信じられなかった。僕たちのために、すみません。笑顔も爽やかで、人種差別の憂鬱などおくびにも出さない。ジェロをはじめこの国を行き交うブラザーたちは輝いて見える。奴ら皆こすったり踊ったりできるわけじゃないし、ぐっとくる韻を踏めるわけでもないだろうに。けれども彼らはブラザーであるということだけでいい。魂から湧き出るビートが、スウィートでワイルドなメイクラブを求めて群がる女の腰をも弾ませる。ケイだって、この男といること自体に白い目を向ける奴らには理解し得ないステイタスを味わっているのだろう。

「ねえミッキー、素敵でしょ、ジェロ」

「うん。あの……どうやって知り合ったの？」

「例のクラブよ」

「えっそうなの、あそこって、外人も行くんだ」

「うん、たまにね。あたしまたやっちゃってさ、騒動になりかけたとき、あたしを殴ろうとした男の腕をねじ上げたのが、ジェロだったの」

「ふうん……」

どおりで、このところ連絡がなかったわけだ。黒い王子様の登場に、黒人崇拝者のケイがイカれたのも、単純で頷ける。

「どこから来たの？」

俺の気が利かない質問に、ジェロは笑って答える、マイマザー。ケイはころころ笑う、この人ね、開口いちばん誰もがそう聞くから、もううんざりしてんの。日本人の女の子は、アメリカって答えれば、それだけでうっとりした目つきになるから馬鹿馬鹿しいんだってさ。アフリカって言えば途端に冷たくなるくせにね。

「じゃあ、まさかアフリカ？　違うよなあ、どう見てもニューヨーカーって感じだけど」

「僕はジャマイカンだよ。カレッジがアメリカ、ソーホーでギター弾いて、ペインティングして、クレイジーだったよ」

「で、なんで日本に来たの？」

俺は意地悪く、ジェロの来日理由を訊ねた。夢みたいなことばかり語りだそうものなら、揚げ足をとってやり込め、ケイの目を覚まさせてやろうと思ったからだ。

「あー……、日本でなら、ミュージシャンで食べていけるって、ガールフレンドから聞いたんだ。ペイが高いって、ジャパニーズガールから……。テレビの幼児番組《キッズプログラム》でテキトーにジャム、それで食べていけるって」

「そうかもしれないけど、そんな恵まれた奴はひと握りさ。君あっちで、日本の女の子とつき合ってたんだ？」

「ハイ。で、彼女が帰るって言うから、追いかけてきたんだけど、彼女すぐに結婚しちゃったんだ」

「ねえ、ひどい話でしょう？」

だからって、カワイイとこがどうして借金までしてこいつに貢がねばならないんだ？故郷を離れ大学へ行き、ソーホーで好き勝手できるくらいなら金持ちのはずじゃないか、俺やケイの家なんかよりずっと。俺の険しい顔つきに、ケイは空気を変えようとしたのか伝票をつかみ、今からブルーノートへ行こうと誘った。

「ブルーノートだと？　馬鹿言え、俺は帰る」

席を立とうとしたとき、ケイの腕のGショックがはかない電子音で「リアルラブ」を鳴らした、ケイは慌てて音を止めた。俺はひとりいきり立っているのが阿呆らしくなり、苦笑しながら座り直さざるを得なかった。なんでこんな時間にセットしてんの？　ふたりは顔を見合わせ笑った、メイクラブの合図なの、部屋にいるときはね。ああそうかよ、お前ら幸せでよかったな。毒突く俺に、ケイは懇願の眼差しを向ける。

「ねえミッキー、ブルーノートに行こうって言ったのはね、ジェロの知り合いがフュージョンやる日で、この人も参加するの。あたしたちは招待客なの、お願いだからいっしょに行ってよ」

ジェロは俺の豹変した態度に驚いたが、どうか来て欲しいと言って、インヴィテーションを握らせた。俺はジェロの話に半信半疑なまま、体を寄せて歩くふたりの後について行った。確かにギターを持つジェロはサマになっていた、しかし俺は、自分の男の晴れ姿に見とれるケイの横で、叔母の話と辻褄を合わせるのに苦心していた。

ケイの浪費は親戚中に知れ渡り、非難の的となった。彼女と俺がつるんでいるのを知っているお袋は、なぜちゃんと言って聞かせないんだと俺まで責めだし、鬱陶しいことこのうえなかった。けれど俺はケイの兄貴でもなければ恋人でもない。泥沼にはまったいとこは救いたいけれど、あいつ自身が目覚めなければどうしようもない。

そんな状況の俺の家に、恋人宅での居候が辛くなったケイが転がり込んできた。お袋はずるい、俺の前ではケイのことをさんざん馬鹿娘呼ばわりしておきながら。いざケイを目の前にすれば、女の子が欲しかったのよと喜色満面、やれ美人だ脚がきれいだと持ち上げる。ケイも世話になる家の重鎮にはいい顔をしなければならない、内心は知る由もないが、ふたり連れ立って買い物に行き、共に夕食を作る姿を見た日には顎が外れそうになった。親父も美しき姪に目尻を下げ、いっそうちの娘だったらなあと顔をほころばせている。俺は聞こえぬよう毒突いた、阿呆か。もしこいつが妹なら、俺に、そしてこの家に降りかかる災難は急増、クローゼットを開けようものならファッション世界紀行に愛想も尽きる。猫かぶりのケイに真の姿を見出そうとする我が親は、どこまでもめでたく、意見する気にもなれない。

お袋と親父が寝室に引き上げると、ケイは、はあっと大きなため息を吐《つ》いた。

「ミッキー、お酒ちょうだい」

「ビールかズブロッカしかないよ。ああ、親父のシーバスもあるけど」

「嫌いなやつばっか。ラムが欲しいわ」

「文句たれだな、それしかないって言ってるだろ。嫌なら飲むな」

俺はやれやれと呟き、ロックグラスに氷を山盛りにしてズブロッカを注いだ。欲しいと言うので同じものを作ってやると、レモンかライムはないの、とまた文句だ。

「あのなあ、ここは酒場じゃないの。勘違いすんなよ、世話になってるくせして」

「分かりました、ごめんなさい」

ケイはちっとも分かってない顔でグラスをひったくり、半分ほど一息に飲んで、煙草に火を点けた。そして自分の男の愚痴が始まる。些細な言葉の取り違えから心がすれ違い、喧嘩はたやすく勃発する。最初はケイの独壇場、己れの言葉にあおられどんどん激昂していく恋人を、相手は冷静に観察しているらしい。しかし女の逆上は、えてして以前受けた仕打ちにまで遡る、こうなったら男は、いつまでも念仏を聞き流す馬を気取ってはいられない。しまいにふたりは母国語でお互いを罵り合う。日を追うごとにいさかいの頻度は増し、自尊心を優先したケイは、マザーファッカーの捨て台詞と共に、浸かっていた蜜壺を割った、というわけだ。けれど俺に言わせればケイこそマザーファッカーだ、そんなこと今さら悩んでどうする、英語がろくに話せないこいつには、最初から分かり切っていたことだ。覚悟のうえだったんだろ、そんなに嫌なら別れろよ、阿呆くさい。とっとと家に帰って、バイトに励んで借金返しな。なにがマーク・ジェイコブスだ、そんなもの売っちまえ、お母さんの身にもなれよ。しかしケイは食い下がる、聞いてくれるだけでいいから、もうちょっとそばにいて。だって、ミッキーしか、話せる人いないの。ケイには兄がいたが、偏固な変わり者で、煮ても焼いても食えない嫌な奴だったから大人になってからはまともなつき合いがない。奴は社会と折り合いをつけることが困難になり、マッキントッシュのモニターに救いを求め俗世に背を向けている、当然ケイにとっても煙たい存在だった。今家に帰ろうものなら、理解なき家族に責められるばかりで針の筵《むしろ》状態だから、戻りたくても戻れないのかもしれない。そして、ケイには悲しいことに、性の悩みを分かち合える同性の友達もいない。

「あいつのどこがそんなに好きなんだよ?」

投げやりに訊ねると、ケイは少し考えて、アイスクリームみたいな人だ、と答えた。わあ美味しそうと思って口にしたら、舌を刺すほど冷たくて、くどいくらい甘くて、夢中でむさぼっている間に、刺激は絶望に変わっていたのだという。ケイの絶望は、ジェロのために背負った借金ではなく、言葉の行き違いでもない、一世一代の恋の相手が他の女とも関係していることだった。しかし金（イコール自らレーベル発足、音楽業界デビュー）のために相手の欲望を利用するなんて、胸クソ悪くて呆れるしかない。需要と供給の見事な釣り合いに、俺が言うべきことなどなにもないけれど。

「お前なあ、前から馬鹿だと思ってたけど、まさか真性とは思わなかったよ。不治の病でももらわないうちに、他の女にくれてやったらどうだ。だいいちお前なんかもうお払い箱だろ、逆さに振ったところで一銭たりとも出てきやしないんだから」

ケイはわずかに残った酒をグラスにぶちまけ、空瓶をゴミ箱に投げ入れて、抵抗の目つきで俺を睨んだ。

「あの人が本当に好きなのはあたしなのよ。お金だって頼まれたわけじゃないわ」

「ああそうかよ、なら好きにしな。けどお前、いっしょに住んでたのに出てきたんだろ？　そんなに愛されてる男の元からどうして逃げてきたのさ？　他に女がいてもお前はその頂点だったんだろ？　金持って出直してこいとでも言われたのか？」

とうとうケイは大粒の涙をこぼした。泣くと途端にケイは五歳に戻るから、俺ははっと胸を突かれる。ミッキー遊んで、行かないでと泣いていたケイ。

「だってふたりだけじゃなかったんだもん」

「どういうこと?」

「あの人さ、ヒモなのよ。いつもいっしょにいたいって言うから家出たのにさ、行ってみたら変てこな女といっしょ。あたし気に入られちゃって、三人ですることなんかザラ。その女、地味なくせして爪だけ妙に伸ばしてさ、見てよこれ」

着ているニットをたくし上げ、ブラジャーを忌ま忌まし気に取り去って、ケイは裸の胸と腹をさらした。引っかき傷と、厚い唇に吸われた跡が生々しく模様をつけていた。俺は思わずじっと見つめてしまった。ケイは俺など男のうちに入っていないから、たじろぎもせず裸の上半身を見せびらかす。

「まったくおかしな話よ。あたしは好きな男と暮らせると思って家を捨てたのに、行ってみたら僕のハーレムにようこそでしょ。女も女よ、あたしなんか追い返せばいいじゃん。なのに嬉々として迎え入れるのよ、マジ頭イカれてるわ」

俺は複雑だった。端から性愛対象外の相手とはいえいきなりもろ肌さらされたうえ、普通ではない男女関係を告白されたのだから。脳内整理に追われる俺、放心するケイ、横たわる沈黙。そして長い年月に培われた互いへの情すら、どこの馬の骨とも知れぬブラザーに崩されつつあることに、俺はやるせなくてしかたがなかった。

いったいジェロって、どんな奴なんだ？　品よくすましていて外見には胡散臭さなど微塵もない、けれども実はとんでもない食わせ者だなんて、まったくマザーファッカーな輩だ。俺の頭の中では、ジェラルドに対する疑問が膨れ上がる一方だが、いつも途中でうんざりして考えるのをやめた。彼女とはすっかり縁が切れ、俺の毎日は、職場と家の往復のみだ。ああ早くケイがもとどおりになってくれれば。どこかのクラブで弾けて、馬鹿な話でもしたいなあ。あいつは頭が空のろくでなしだけど、やっぱり俺にはいちばん気の合う、他の友達など取るに足らないといっていいほどの存在だった。あいつだってそれは同じはずだ。俺たちは下手すれば恋人同士と変わらない頻度で顔を合わせ、酒を飲み、阿呆なジョークに涙を流して笑ういい関係だった。ケイは俺を信頼して甘え、それがたまらなく可愛かった。たまに甘えの度がすぎて、閉口させられることもあったけれど、今となってはすでに懐かしい。それもこれも、ファックなブラザーがケイの心を奪ったせいだ。自信を失い泣いてばかりのケイは、きらきらした部分が削げ落ち、つまらない女になってしまった。家に帰りさえすれば会える、けれども弾けていないケイなど見るに耐えない。もうドラッグスターは似合わない。サドルに乗る覗いた尻が痛々しくて、今やケイはバイクに乗らされているだけだった。

仕事を終え、まっすぐ家に帰るのが嫌な俺は、CDショップに足を運んだ。バスタ・ライムスの新譜が出ていて、手に取って眺めたが、眺めているだけだった。クレジットされたオジー・オズボーンの名に笑わされた、トリックスター同士の組み合わせなんてまったくお似合いだ、格好いいじゃないか。

「ミッキー、なにがおかしい？」

ひとりほくそ笑んでいたところを話しかけられたから、肩を揺らして声の主を見上げた。ケイの男だった。男だった男、と言うべきか。

「やあ。……ひとり？」

「ハイ。あー……ケイは？　どこにいる？」

「さあな」

家にいるとも言えず、俺は言葉を濁して立ち去ろうとしたが、どうやら顔に出ていたらしく、引き止められた。

「知ってるの？」

「知らないよ」

「ＯＫ、ケイのことはもういい。ミッキー、急ぐ？」

「別に、家に帰るだけだよ」

「ドリンキン、しない？」

「飲みに行くってこと？」

「そう」

「いいよ、どうせ暇だし」

ジェロはほっとして、俺は奴への憤りを押し隠して、ふたりはそれぞれの思いを胸に並んで歩いた。酒に湿った喧噪に入れば、ジェロはあちらこちらから声をかけられる。気がつけば周りは黒い奴ばかりだ。心細くなるけれど、彼の横に佇むしかないので、しかたなく奴らが離れていくのを待った。

「ゴメン、退屈させて」

「ああ別に。ちょっと怖かったけど」

「ミッキーは優しい、ケイはすぐ怒って、僕を置き去りにしちゃうんだ」

「そうだろうな。あいつすぐキレるから」

「キレる?」

「えっと、クレイジーだってことさ」

「OK、そう、そのとおり」

「日本語上手いなあ、ガールフレンドからずいぶんレッスンされたんじゃないの?」

「それと、僕の努力。カレッジでは頑張ったから」

「へえ、日本語専攻してたの? 物好きだね」

「ハイ。東洋の神秘《オリエンタルミステリー》に憧れて……って言うのはジョークで、僕、ジャパニーズガールが大好きなんだ」

「それにしてもアンラッキーだね、よりによって、あんなビッチにつかまるなんてさ。だいたい日本の女が好きな外国人ってさ、皆ヤマトナデシコの影を追ってるんだろ? 三歩下がって男に従うようなさ。日本人の俺だって、間違ってもあいつは選ばないぜ」

「あー……、始めはそうだったけど……どの国でも、都会にいる女の子はワイルドだよ。ケイはビッチクイーン、僕はバスタキング、お互いさま」

「はあ……それじゃ、ベストカップルだ」

「ケイはベリーゴージャス、僕はスゴクケイが好き。ミッキーだって、ケイのことカワイイでしょ?」

「うん、カワイイよ。心配だね」

「僕がボーイフレンドだから?」

「……そうじゃないけど」

恐らく日本人のガールフレンドの家族からいい扱いを受けたことがないのだろう、彼はお見とおしだった。いいよ無理しなくてと笑い、狭いビルの階段を上がる。扉を開ければ、日本にいることが疑わしくなるほど客のほとんどが外国人、しかも黒人の率が高い。いくら俺がブラックカルチャーに傾倒しているとはいえ、足がすくんでジェロの背後に回った。ミッキー、コワクない、ダイジョーブ。ブーツィのPファンクに合わせて腰を振ってるブラザーはゲイなのか、しなを作って俺らにウインク、両手でカモンと誘う。ジェロは眉尻を下げ、ミノワンティ《ノーサンキュー》と呟いて、カウンターでレッドストライプをオーダーし、ジャマイカだったら日本の缶ジュースより安いんだけどとため息を吐《つ》く。空席に促され、斜交いに腰を下ろした俺は、ケイが首ったけだった男をしみじみ見つめた。

「ミッキーもゲイ?」

遭遇した珍獣を、好奇心丸出しで観察しているような目つきだったのか、相手の表情がこわばった。俺は慌てて、日本人らしく顔の前で大袈裟に手を振って見せた。

「まさか。生一本のストレートさ。ゲイなら君の隣に座って、手のひとつも握ってる」

生一本の意味は通じていないだろうが、俺の言葉にジェロはグッドと微笑み、瓶を宙に差し出した、カンパイ。彼の外見は落ち着いていて、スピリチュアルで、とてもケイのような子供にうつつを抜かす男には見えない。まして女たらしにもヒモにも見えない。なぜケイのような物欲まみれの餓鬼を好きになったのか、しつこく尋ねずにはいられなかった。

「君は、ケイがゴージャスだから好きなの？　理由はそれだけ？」

「あー……。あの、バティ・ライダが好き。スゴク格好いい。ブタの女には似合わないでしょ、ケイはナイスプロポーション」

「バティ・ライダってなに？」

「パトワ語（英語の文法と発音をラフにしたジャマイカの言語）で、お尻が見えそうなショートパンツのことを、バティ・ライダって言う。ケイがバイクで走ってるのを見かけて、ゴージャスな女の子だなと思って……、僕、あのサドルになりたいっていつも思ってた。ファットガールはノーサンキュー、僕はスキニーが好き」

「俺もいいとこじゃなかったら、そう思ったかもな。確かに、ケイはグッドルッキングだ」

俺は言葉を切り、遠い国から運ばれた酒で、悪い空気に音を上げそうな喉を癒す。煙草の煙が、ゆっくりと異臭立ち込める空気の中を漂う、それを目で追いかけるだけでも、疲労からくる不機嫌に犯された俺はバッドトリップしそうだ。ケイ、どこに行っちゃったのかな。呑気に呟くジェロに、苛立ちはどんどん募っていく。

「……なあどうして、ケイにあんなことさせた？」

「あんなこと？」

「金だよ。あいつは、親のカードで凄い借金してるんだぜ。知ってるだろ？」

「……知ってる。ケイは、僕のレーベルのために、お金をくれた」

今目の前でレッドストライプの瓶をあおる男の顔が、どうしようもなく間抜けに見え、機嫌の悪さも手伝い思わず鼻息が荒くなった。

「レーベル？　まったく羨ましい限りだね、夢を語りながらセックスすりゃ金出す女がいるなんてさ。だいいち君、ヒモが仕事なんだろ？」

「……イイエ、ドリンカーの前で、ピアノ弾いて、歌ってる。本当はギターが弾きたい、でもそんな仕事はいつもない」

「ああ、クラブミュージシャンってことか。でもそれじゃあ、食べていけないよな。だから女に食わせてもらってるわけ？」

「ハイ」

「悪いこと言わないからさ、今いっしょに住んでる人と幸せに暮らせよ。ケイが相手じゃ君の夢を実現させるなんてとんでもない、君を食わすこともできないぜ」

「分かってる、だけど僕はケイが好き」

「ふざけんなよ、自分で食うこともできない男がなに言ってんのさ」

つかみ合いになろうがどうでもよかった、開き直った酔っ払いは怖いもの知らずだ。

「だけど」

「あのなあ、俺だって毎日、面白くない仕事に追われて、理不尽な説教を上司から聞かされて、それでも自分で立つために働いてるんだぜ」

「ワット？　もっと、ゆっくり」

「だから女に食わせてもらう男なんて、俺に言わせりゃシットなアスホールだ」

「でもミッキー、これが、アメリカでも僕の仕事だった」

「これがって？」

「あー……。僕の望みはミュージシャンだけど、チャンスはない。パパのビジネスでいっしょにアメリカに行った、でもペインティングとギタープレイ、マイニチマイニチで、ペイのためにグラス運んで」

知らなくていいことを知ってしまった、俺はかぶりを振って額を押さえた。

「……プッシャーかよ。まさか、君自身もジャンキーじゃないだろうな？　ケイに勧めてもないだろうな？」

「ノープロブレム」

「分かったよ。けど、警察に捕まったんじゃないの？」

「ハイ、何回か」

ハイ、何回かだと？　こいつイカれてる、しゃあしゃあと己れが前科者だとぬかして涼しい顔しやがって、どういう気だ？　俺が頭を抱えたので、ジェロは遠慮がちに話を続けた。

「そうしてた頃、リッチなジャパニーズガールが僕を好きになった。彼女言ったよ、そこにいて、愛してくれるだけでいいって」

「勘弁してくれよ、やっぱヒモか。君、ジャマイカンらしいよ」

初めてジェロは、俺の悪態に眉をひそめた。

「それは侮辱だ。だってよく知らないでしょ？　失業率四十パーセント、ゲットーではガンショットがマイニチ、その中を日本人は、防弾ガラスのバスからカンコウ、バカげてる」

「……ごめん。たしかに、俺はよくは知らない。けど、君にはアメリカに行く金も、日本に来る金もあったんだろ？」

「カレッジに行けたのは、パパのおかげ。だけどそれだけ、あとは僕が」

「けどやっぱ金持ちじゃないか」

「ニューヨークはカンコウの人がいっぱい、特にジャパニーズガールは、ブラザーに憧れて、近寄ってくる。僕は、気に入ればエスコートして、ダンスをエンジョイして、ホテルまで送って、キスするだけ。でもメイクラブのアプローチがあれば、する。だってパートタイムだから。よくある話」

「よくある話だと？　それ以上言ったらぶっ殺す」

ジェロは悲しそうな顔で、俺を見た。

「僕はケイが好き、ケイも僕が好き、それだけじゃダメ？」

なりはスタイリッシュなくせして、餓鬼みたいな精神論を平気で口にする阿呆に、俺は頭に血が上った。

「駄目に決まってんだろ、この男妾《おとこめかけ》、とっとと国に帰りやがれ！」

怒鳴ってしまってから気がついた、ここは恐らくこの黒い同行者の仲間ばかりの店だということに。どんな国の奴でも、外国にいて気に障る現地の言葉には敏感だ。わらわらと黒い人だかりに囲まれ、睨まれて、退散するのは俺のほうだった。ジェロはノープロブレムと言いながら奴らを追い払い、俺を連れていっしょに店を出てくれた。ミッキー、ゴメンナサイ。畜生、なぜ謝る？　奴は天性の男妾だった。そしていとこは、その才能に引っかかってしまった。俺はやり切れない、そして腹が立つことに、あの男妾を憎めない。あれが仕事だ、だから理不尽に人に優しくて、馬鹿馬鹿しいほどいい奴になれる。こんな情けない男に、カワイイケイがぞっこんだなんて、世の中間違っている。いや正しいのかもしれない、ケイは関係を持った男に、容赦なくわがままで、思いやりのかけらもなく傷つけてきた。ここらで天罰が下ってもおかしくはないが、ケイの両親や俺はどうなる、巻き添えを食って疲労困憊だ。しかし俺にできることといえば、ケイがジェロを忘れる日が一日も早くやってくるよう、彼女に天罰を下したもうた神に祈ることのみだった。

　ドラッグスターの排気音が響いて、ケイが待ち合わせ場所に現れた。俺の親父とお袋の説得に負け、家に戻った、大学にも復帰した、けれどジェロとはよりを戻してしまった。さすがに奴の部屋へ行くことはないらしいが、毎日バイトとデートに忙しそうだ。しかし俺とも低くはない頻度で会っていた。

「ごめん、待った？」

「慣れてるよ。どうせ俺、暇だし」

「そっかあ、ミッキー、彼女と別れたんだよね。可哀想、慰めてあげようか？　全然ヤってないんじゃないの？」

「大きなお世話だよ。お前とヤるくらいだったら夢精でもしてるほうがマシさ」

「ひどーい。ジェロはどうなるの？」

「だってお前のあそこなんか毛の生えてないときから知ってるのに、今さら欲情なんかするかよ」

「だったら言わせてもらうけど、あたしだってミッキーの、知ってるわ。どうせ大人になったって、彼の半分も育ってないはずよ」

「悪かったな。お前あの男とまだつき合ってんの?」

「うん。だって、好きだもん」

「へえ。他に男はいないわけ?」

「そんな暇ないよー、学校行って、バイト行って、彼かミッキーと遊んで、それで精一杯だもん。忙しいよ」

「結構だね。借金は返してる?」

「ちょっとずつね。けどまだまだ」

「まあ、頑張れよ。でも、あいつとは切れたほうがいいと思うけどなあ」

「ちょっと、会うなりイヤミか説教なんてまっぴらよ。もう遊んであげないから」

「いいよ、別に」

「強がるんじゃないの、あたしが好きでたまらないくせに」

「馬鹿言え、お前なんか好きじゃないよ」

「あっそう。じゃ、帰ろうかな」

ケイがサドルに跨がりメットをかぶったので、俺は慌てた。

「ごめん、好きだよ。その、恋愛とかの好きとは違うけど」

ゴーグル越しのケイの目はにやついていた、当たり前じゃん、いとこになに言ってんの？　ケイは尻を半分見せて愛車に跨がり、俺は渡されたメットをあたふたと被って、その後ろに乗る。さすがにしがみつくことはできないから、いつも俺は背中をのけぞらせ、シートに両手を回していた。俺を乗せると、いつもケイは調子に乗ってスピードを上げる。何かにぶつかれば即死間違いなしだが、バイカーの腕を信じるしかない。いつものとこでいいよね、あたし今、フェイスにぞっこんなの。多分今日もかかってるよ。ケイは機嫌よく飛ばし続けた。

目当てのクラブは、入り口から客が長蛇の列をなし、待ちくたびれて煙草をふかしたり酒をあおったりしてる奴らや、携帯電話に入場できないことを大声で怒鳴っている奴らでひしめいていた。

「いとこさんたち、お揃いで」

フロントのスタッフは俺たちを見て、珍しい、ケイちゃんがレゲエのイベントに来るなんてねえと、ごった返しの状況に目をやりながら話しかける。

「ええっ、今日ってレゲエなんだ。がっかりだなあ、隣に行こうかしら」

「待てよケイ、サウンドクラッシュ（複数のサウンドシステムが、いかにいい音を出すかを競い合うこと）だろ。見ようぜ」

「見なよ、この並んでる人たちを。喧嘩の野次馬で全国から集まってんだよ」

「お前も渦中にばっかいないでたまには見物に回ったらどうだ？　とっとと並ぼうぜ」

「ヤだー、あたし並んでまで見たくない」

「しょうがないね、すぐ入れてあげるよ。美人顧客ナンバーワンのケイちゃんだから。あ、ひとり四千円いただきます」

　スタッフに入場料を渡すと早速誘導され、俺たちはすんなり中に入れた。話によるとこのイベントは、人数制限で締め出された客が、外で漏れる音に歯がみしている状況らしい。すでにウォーミングアップ中らしく、馬鹿でかいスピーカーが積み上げられ、そこからバウンティ・キラーが大音量で鳴り響いている。

「うーん、どうもレゲエって苦手、あか抜けてないし」

「そこがいいんじゃないか。まあ、お前みたいに、古きよきものを水で薄めたR&Bとニュースクールばっか聴いてる奴には、このよさは一生分からないだろうけどな」

「そりゃあルーツがなきゃニュークラシックソウルもニュースクールもないでしょうよ、

でもそんなこと鼻の穴おっ広げて説教するミッキーって、遺跡発掘命の考古学者みたいよ。ジジくさーい」

「うるさいな、そんなこと言うお前の男はジャマイカンだろ」

「ジャマイカ人だからって、レゲエ好きとは限らないんですぅ。彼、ジャズとかヒップホップの方が好きだもん」

「ああそうかよ」

浅学者同士で貧しい音楽談義に興じていたら、背後からのざわめきが近くなり、やっと入場を果たした奴らが大挙して押し寄せてきた。俺とケイはあっという間に人波に飲まれ、一気に落ちた照明にショーの開始を知らされた。周囲の輩は一斉に拳を振り上げる。運悪くスピーカーの真横に押し流されたふたりは、体に走る音圧に飛び上がった。耳がイカれるよー、助けてえ。オーバーだな、死にやしないよ。しかしケイは俺をクッションにしたところで、しばらく難聴から逃れることはできないだろう。流暢なパトワのMCに、サウンドクラッシュ東西対決の幕は切って落とされた。足元から重低音は這い上がるけれど、客は満杯で一向にステージが見えない。音の合間の辛辣なこき下ろしがおかしい。〝お前らオカンのオメコなめとけっちゅーねん（「マザーファッカー」河内弁訳)〟にはどっと歓声が上がった。許容範囲を超えた音量に頭が朦朧としはじめた頃、前にいた奴らが一斉にこちらを振り返った。高い場所から客を見渡すDJが、野郎ばかりの中、だんとつで目立つ一輪のアンスリウム、ケイを見初めたのだ。そこの彼女、上がっておいで。視線を浴びることに無上の快楽を覚えるケイは、喜び勇んでステージへ向かう。身柄を引き上げたDJは、マイクロミニから伸びる脚線美に賛辞を送る、ミスパティ・ライダ、今日は可愛い君のために歌うよ。おかげで期待は外れ、ラヴァーズが始まった。ところが俺は、もうこの場にいること自体が息苦しく、見知らぬ他人とひしめき合うのに耐えられなくなってきた。そしてケイも限界だった。熱気を帯びた薄い空気に貧血を起こし、ステージに座り込んでしまったのだ。まだステージが残っているDJは、このイカした彼女の彼氏は手ぇ挙げてと慌ててマイクに怒鳴った。俺は阿波踊りの如く諸手を挙げ、ケイを迎えに行く。大丈夫か？　駄目、気分悪い、外に出たいよ。仕切り直しであろう「地獄行けバカ」のリリックに後ろ髪引かれる。〝気の狂いそうな虫歯三十年、頭が割れそうな二日酔い三十年、どーだまいったかバカ、反省しろ……〟俺はランキン・タクシーの怒りの的ではないけれど、参りましたと思いつつ、ケイを抱き締め野郎をかき分け、いったん出たらもう入れませんよと叫ぶスタッフに頷きながら外に出た。

外に出た途端ケイはアスファルトに寝そべり、両膝を立ててあられもない格好だ。お前パンツ丸見えじゃん、もっとしおらしく倒れてろよ。閉め出しを食った客の視線が痛くて、膝を落としてやると、ケイはうーんと唸って姿勢を変えた。ああ、冷たくって気持ちいい。気分よくなった？　うん、けどもうちょっとこうしてる。ねえごめん、もっと観たかったんでしょ。実は俺も限界だったんだ、もう歳だな。ケイはなにか呟いたが、聞き取ることができない。顔を近づけると、ばさっと抱きつかれ、ケイの下敷きになった。隣のヒップホップのクラブから、ビート・ロックのトラックが漏れてくる。メロウなギターループ、ビートのこすり、下半身直撃のウィスパーヴォイス、冷えた外気さえ濃密さを増す。あなたは思い知るの、私も百も承知よ、あなたは私が必要、私はあなたが欲しい……俺は歌詞の内容に気を取られ、そしてケイは場の雰囲気に頭が飛んでいた。俺に抱きつき、音を立てて口づける。冗談よせよ酔っ払い、男なら誰でもいいのかよ。怒ったところでケイは離れない。知ってるよ、ミッキーでしょ。聴こえてくるじゃん、マインド・ブローイン。お願いだから今はこうしていて。俺ははねのけることができない、妹同然のいとこだというのに。ケイは最愛の男と上手くいかず、はけ口を俺に求めているだけだ。分かっていながらどうして俺は、ケイの体の重みすら心地よく受け止めていられる？ それは多分俺も酒に頭が飛んでいるせいだ、しばらく女に突っ込んでないせいだ……だからケイやめてくれ、俺はそんなもの要らないんだよ。今さら男と女になってどうする、いとこ同士で場の勢いに流されてどうなる？ そうだ俺たち血族じゃないか。俺はお前が可愛い塊の頃、布団の上で両手両足ばたつかせていたのに微笑まされた。お前は解せぬ叫びを発して笑い返す、たまらず俺は、首の座らぬケイを抱き上げ大人たちの肝を冷やした。成長すれば俺にくっついて離れず、蔑ろにされるたび、餓鬼である己れとペニスがない己れの性にいつも苛立っていた。幼くいじらしかったケイ。脳裏をよぎるのは、あの拗ねた眼差しと、小さな手に握られた二枚の銅貨と。

ふいに頭の後ろで、はかない電子音の「リアルラブ」が鳴った。途端に朦朧とした意識が現実に連れ戻され、俺は絡まる腕を首から外して、ケイの体を押しやった。

「よくないって、こんなの」

「……怒ったの？」

「俺はお前の男じゃない、相手が違うよ」

「だって」

「だってもクソもあるか」

立ち上がった俺を、ケイは親の仇の如く睨みつけた。

「キスくらいどうってことないじゃないよ。いつだってしてるじゃん」

「口にしたことはねえだろ。愛し合ってるもん同士がすることじゃないか」

「だって愛し合ってるじゃない」

「愛の種類が違うんだよ」

「あっそう。ミッキーが帰るんだったら、あたしキフ君でも誘ってこようかな」

「馬鹿、お前またトラブる気か？　だいたいお前の男は今どうしてるんだよ」

「知ったこっちゃないわ、あんなマザーファッカー」

ケイは俺がどうすればこの場に止まるかを知っていた。つい先程まで地面に転がっていたことも忘れ、隣のクラブを目指す。しかたなく俺もあとからついて行く。フロントのスタッフは明らかにほっとしていた。ケイの横に仏頂面の俺がいる、なにかあっても大したことにはならないな、と顔に書いてあった。

「おやおや、隣はレゲエだから、あきらめてここに来たってわけだ」

「もう観てきたわよ、ステージにも上がったって。それより今日ってキフ君の日？」

「そうだよ。さあ入った入った」

ケイは俺を見てにやりと笑い、尻を振ってフロアへ続く扉を開けた。キフ君は香港が実家で、父親の稼業を助けるため日本語を学ぶアッパーな学生だ。ブラックミュージックが大好きな彼は、最初俺たちと同じ客のひとりだった。しかし毎晩通いつめ、オーナーに頼み込んでとうとうDJデビューしてしまった。こすりが必要なヒップホップはかけられないが、R&B寄りのものなら抜群の選曲をする、だからケイは、踊る気満々で扉を開けた。フロアにはまだ客がまばらで、DJはここぞとばかりにティンバランドの曲を回していた。アブストラクトなビートは実験音楽に近くて、客がシラけるリズムだからだ。

「まだ怒ってんの?」

「当たり前だよ。まったく頭にくるぜ、お前って奴は」

「あっそう。ならいつまでも怒ってればいいわ」

元気を取り戻したケイは、DJブースに向かって、キフ君を見ながらウォーミングアップを始めた。俺はいつもはらはらする。あんな高いヒールで、磨かれた床をはねたりバイクで飛ばしたりするから、今にも転びそうで心配でならない。しかしアリーヤが囁くこの曲はスローだ、白痴みたいに白い肢体を伸びやかに宙に踊らせ、ケイはハコ中の客の視線をものにする。キフ君は満足気にフェイス・エヴァンスの「ラブ・ライク・ディス」をつないだ。ケイは俺に顎をしゃくる、こっち来なよ。いつまでも怒っていては損だと悟った俺は、飲み干したグラスをバーカウンターに置いてフロアに出た。ジブラ曰く、「金払ってんなら払っただけ／遊んでかなきゃお前の負け」だから、無邪気に盛り上がるいとこと、音に乗って自棄糞に魂を揺らす。冬の日本海だよな、フェイスの声って。え？　ああ、演歌入ってるってこと？　ケイが笑ったから、調子に乗って俺は続けた。そうだよ、あのジャケの顔だって、日本海の荒波が似合うと思わないか？　けどセリーヌ・ディオンより断然好きだよ、あれはうんざりだね、あたしはディーバよ、あんたたち黙ってあたしの歌をお聴き！って感じじゃん。どんなに頑張ったって、マリア・カラスにはなれやしないのにさ。やめて、お腹がよじれそう。ついにケイは笑ったまま転倒した。大丈夫？　起こしてやると、ケイは身を俺に預けた。ねえミッキー、あたし今、凄く楽しい。駄目だって、こういうことは好きな男とやれよ。頭かたぁい、まだ怒ってんの？　寄りかかったからって減るわけじゃあるまいし。ケイは拗ねて体を離すと、転んだダンスホールクイーンに心を配るキフ君の元へ行き、耳打ちして、彼の気を引こうとする。違うよケイ、俺が本当にお前に惚れたらどうするつもりだ？　そこまで考えて、己れの心が空恐ろしくなり、俺は呆然とした。断じて違う、勘違いしているだけだ。だいたいこいつは露出狂だし男にはだらしがない、おまけに阿呆ときている。だからキフ君、糞餓鬼の憂さ晴らしなんか真に受けちゃ駄目だ。

交替要員が現れ、ブースから降りたキフ君は、俺たちの仲のよさを心底羨ましがり、故郷に残した妹に会いたいと言った。キフ君の妹は日本へ来たがっているが、両親が箱入りにしているらしく、その憂さを地元の繁華街で晴らしていてそれが心配だと言う。友達が、そこで片手を落とされたからだ。ヴィトンのアタッシュケースで出勤し、そのまま飲みに出かけた彼は、うっかり路地裏に入って手と一緒に鞄を持ち去られた。中身は札束ではなく書類だったというのに。父も母もわからずやだ、妹は日本にいるほうが安全だと呟き、キフ君はビールをあおる。ケイの修羅場をいつも対岸から見物していた彼は、冷静にいとこの愛想をあしらった。トラブルを回避した臆病者ともいえる。ケイのキスマークが頬についたキフ君の顔はおかしい。けれどケイは、誘惑に乗らない男にすっかり機嫌を損ねてしまった。俺たちに背中を向け、顎で言うことを聞くバーテンと盛り上っていた。

ケイは相当酔っているのに、愛車で俺を送ると言い張る。何度も辞退したけれど、頑なで従わざるを得なかった。俺もまた酔っ払いだったからだ。走りながら、楽なのよね、とケイは叫んだ。え、なんて？　走ってるとさ、楽ちん。皆馬鹿らしく思えて、ジェロみたいなクソ男も、借金も、あたしにはなんにも関係ない。あたしにエクスタシーをくれるのはこのドラッグスターだけ。それにしてもスピードの出しすぎだ。俺はメーターを覗いて仰天した。針が150を行きつ戻りつしている。駄目だよケイ、スピードを落とせ。ケイはフルスロットルのままカーブに突入した。ケイの肩が揺れたように見えた、途端にバイクは重心を失い、転倒した。宙に投げ出された勢いでメットは飛び、尻から着地して路上をくるくると滑る、摩擦の衝撃に目がくらんだ。回転を止めるために、両手を地にやろうとしてバランスを崩し、顔からアスファルトに突っ込んだ。段差があるのか、鼻には当たらず上唇をしたたか打った。歯が折れたかもしれなかった。舌で探ると、たちまち歯茎が水ぶくれのようにぷうっと腫れ上がり、血の味が広がった。なにもかも瞬時のことだ、全身に走る痛みが目をつぶらせた、ライダーの姿を確認できないうちに。

当然ケイも俺も重傷だった。俺は奇跡的にも上手く転んで、尻への皮膚移植と脚の複雑骨折、歯茎と唇を数針縫うだけですみ、医者にレーサーになれとからかわれた。歯が折れていなくて助かった、差し歯にするのは辛いし、この先不自由だ。しかし俺より体も心にもダメージを受けたのはケイで、顔は無事だったが、商売道具であり自信の源でもあった脚が、ひどく傷ついてしまった。

かなり重傷のケイは、狭い個室で怪我と闘っていた。俺は松葉杖の助けを借りて立ち上がれるようになると、ケイの顔を毎日覗きに行った。しかしいつもベッドの中でケイは忍び泣いている、これを聞かされるほうはたまらない。頼む、泣かないでくれよ、俺まで悲しくなるよ。心底からそう言うと、ケイは泣くのをやめ、泣き腫らした目で俺を見た。

「痛い?」

「まあね、応えたよ」

「ミッキー、あたしもう生きていけないよ。こんな脚じゃ、ミニも仕事も男も全部駄目だもん。死にたい……」

「馬鹿野郎、死にたいのはこっちさ。今食うことしか楽しみねえのに、歯茎が疼いて不味い飯がますます不味いよ」

「……だって、あたしの自慢の脚が」

「言うなそれ以上。そんなに死にたいんだったら、今度は壁にぶち当たるんだな」

　ケイは黙った。そしてまた嗚咽が始まる。俺はうんざりしてその場から立ち去り、やり切れない気持ちで自分のベッドに戻る。そして、不味い飯の時間まで、疼く傷と泣く女に苛立ち、疲れて眠りについた。目が覚めれば、いつの間にか枕元でお袋が仁王立ちしていて（マスターベーションの体勢で寝てしまったのを見られた高校時代を思い出した）、いっしょに来いと言う。行き先はケイの病室で、正月でもないのに一族郎党雁首揃えている。これからろくでなし娘と馬鹿息子をこきおろす夕べが始まるというわけだ。俺はケイのすぐ近くに座らされた。ケイの母親と俺のお袋は、鬼の首でも取ったかのような勢いで我が子の親不孝ぶりをまくし立てるが、男連中は情けなくも頷き同調するだけだ。頼むから退院してからにしてくれ、こんな阿呆な集会、せめて健康でなければやってられない。主役の俺らは、あさっての方を見れば怒鳴られ、ため息を吐《つ》けばなじられる。意気揚々と同じ台詞ばかり繰り返す年増女ふたりの説教を、座禅も同然の姿勢で拝聴せねばならない。俺は内心何度ファックと言ったことか、もう飽きて別の言葉を探したくらいだ。ケイは俺よりもっと露骨だった、クソババア、うるせえんだよ。馬鹿、長引くだろ、黙って聞いてりゃそのうち終わるのに。ろくでなし同士の会話に全員がいきり立った。あんたたち、親を馬鹿にするのもいい加減にしなさいよ。ああファックファックFUCK、なにゆえ俺までこんな目に遭わねばならないんだ、俺がいったいなにをした。その場に居合わせただけじゃないか……。ケイはふて腐れ、天井を見たままだった。運ばれてきた飯を見て、やっと大人たちは引き上げた。しかしケイは用意された食膳に目もくれない。

「早く食えよ。薬飲めないだろ」

「要らない。毎日飽きもせず不味いもんばっか出してきて、凄いうざいよ」

「俺らまだ当分ここの飯食うんだぜ、子供みたいなこと言ってないで食えってば」

「ミッキーこそ、とっとと戻ってお食事したら?」

「もちろんさ。けどお前、いつも半分も食べてないって俺のとこに来る看護婦がこぼしてるぜ。心配するだろ」

「分かったわよ。食べりゃいいんでしょ、食べりゃ。それじゃあ、味噌スープでもいただこうかしら」

ずずずと自棄糞に音を立てて味噌汁を啜り、乱暴に椀を台に置くと、ケイは再び横たわった。

「はーあ、見た? あのクソババアの顔。毎日ワイドショーネタで井戸端会議してる女って、あんなふうにしかならないのよね。あたし、絶対ああはなりたくないわ」

「そんなこと言うなよ。お母さんだろ」

「だけどさ……」

「それより、ジェロは? ぜんぜん見舞いに来ないな」

「うん……そうだね」

「お前、とっくに捨てられてるんじゃないの?」

「ひどい、捨てられただなんて」

「だって事故からだいぶん経つのに、電話ひとつよこさないじゃないか」

ケイは、病院じゃ携帯使えないでしょと強がり、目を潤ませた。しまった、せっかく泣くのを忘れていたところなのに、また泣かれてはたまらない。慌てたがもう遅い。イは泣くと俺が怒るから、枕元の電気を消し、頭まですっぽり布団をかぶってしまった。

多分朝までこのままだ。俺って駄目だ、妹みたいないとこすら上手く扱えないのだから、
これではつき合う女に呆れられて当然だ。畜生……。すごすごと自分のベッドに戻らざるを得なかった。不味い飯は喉につかえ、傷は疼く、話し相手はふて寝してしまった。

飯を終えればもうすることもない、自然と惰眠に流れた。

俺は焦っていた。ジャージが見つからない、体育の授業があるのに。しかも時計は八時を回っている。とっくに電車に乗る時間だ。俺のジャージどこ？ 叫びは無視され、あわてて箪笥の引き出しをかき回す、しかし目当てのものは見つからない。もういいよ、体育なんかどうせうざいから見学する。駅まで全速力、電車に飛び乗れば、アナウンスが各駅停車を告げる。違う、乗りたいのは急行なのに。扉は閉まる、俺は鞄を抱えてうつむく。あきらめて座ろうとすれば、なぜかすっと横から現れた奴に席を奪われる、何度挑もうが結果は同じだ。遅刻だ、そのうえ嘘をついて仮病をとおさねばならない。トラック十周もすれば、行き場のない胸のつかえもごまかせるだろうに。半分しか開かない瞼、瞳に映るのはセピアの景色、そしてなぜか見える俺自身の背中……。

「ミッキー」

眠っているところを起こされた。時計を見ると明け方で、ケイの顔が目の前にあっても、頭はしばらく高校生のままだった。

「なんだよ、こんな時間に来るなんて。他の人に迷惑じゃないか」

「大丈夫、音を立てないように気をつけたから。……いろいろ考えてたら眠れなくて」

ケイは手を握ってくれと言う。ひとりでいることに耐えられなくなったのだろう。可哀想になり、俺は不憫ないとこの片手を両手で強く握った。

「あのさミッキー、ほんとごめんね」

「もう謝らなくていいよ」

「ねえ、聞いてくれる?」

「ああ。なに?」

「あたしさ、あの日酔っ払ってて、ジェロとは上手くいってないし、ミッキーに甘えたら説教されるし、キフ君にまで適当にあしらわれて、くさくさしてバイク飛ばしてたらさ、なんかもう全部面倒臭くなっちゃって、カーブなのに150出したまま行っちゃったの。けど分かって欲しいのよね。あたしは皆に迷惑かけてさ、悪い子だったけど、ジェロだけには真剣だったの」

「お前、事故ってもまだそんな寝言いってんのか? あの男、売人のうえヒモだったんだろ? なんかドジ踏んで、日本に逃げて来たんじゃないの?」

「かもね」

「かもねって……。やっぱお前は、真性の馬鹿だ」

「だから、あたしの馬鹿さ加減は筋金入りだってば。真顔で尻出して、歩くのも辛いようなハイヒールでバイク飛ばしてたくらいだし。けど、あの人とだけはマジよ。あの人だって、あたしをカワイがるときだけはマジだし。他に女がいて嫌だけど、いっしょにいるときは楽しいわ。あたし思わずあきらめちゃったもん、あんなに誠実なセックスをくれるんだったら、もう他はどうでもいいやって……」

「十年早いよ、二十やそこらの餓鬼が言う台詞じゃないね」

「そうよね。けど餓鬼にして目覚めちゃったんだもの」

「お前幸せだな。あーあ、早く治ろうぜケイ、ジェロが待ってんだろ？」

「さあ……。もう終わってるよ、あたしたち」

「俺もとっとと元の生活に戻って上手い酒飲みたいよ。俺なんか望みはそれだけさ。お前と馬鹿やってるときがいちばん楽しいくらいなんだから」

　返事がないので耳を澄ますと、聞きとるのがやっとの小さな呟きが聞こえた。ミッキー、愛してる、本当よ。俺も愛してるよ、その、恋愛とかのじゃなくって……。ちょっと、ミッキーってどこまでもダサいよ、言葉くらいスマートにキメたら？　憎まれ口と共につないだ手が離れた。ケイはやっと眠りに就く気になったらしかった。

娑婆に出たケイの携帯電話を、いちばんに鳴らしたのはジェロだった。彼はありったけの優しい言葉を並べ、事故の一件を気づかったらしいが、かえってそれが彼女を正気に戻した。またもやマザーファッカーの一言で、ケイは最愛の男を足蹴にした。けれども辛い選択には違いない。結局残ったものは借金と脚のでかい傷だけだ。もう脚で稼ぐことは無理だと思っていたのに、寄生虫は今なお彼女にくっついている。ファンデーションで傷口を覆わせ、都合のいい角度から撮影すれば十分使用に耐え得るからだ。実に寄生虫らしいやり方で反吐が出る。もうやめてしまえと言いたいところだが、彼女は他に芸もない。傷の上に刺青《スミ》をのせることも考えたらしいが、職業上無理な話だ。しかし醜い縫い傷は、意外な効果をもたらした。コンプレックスゆえ高飛車だった性格が少し謙虚になり、相手を驚かせたいがため裸になれば、かえって男は、ガラス細工を扱うかの如くケイを大切にした。心根いい男と穏やかな愛を育む悦びを知り、借金の額が少なくなるにつれ、ケイは再び元気を取り戻した。バイクは卒業、バティ・ライダは箪笥の肥やしへと成り下がった。

俺は彼女とよりを戻した。しかし女バイカーに目をやる俺に機嫌を損ね、怒られてばかりいる。そんなにあのいとこが好きなの？　バイク乗りが好きなんだったら、私も免許取ろうか？　事故のことを知らない彼女は、俺がバイクに跨がる女に欲情していると勘違いし、いつも呆れている。なんのことはない、今までケイの悪乗りに苦言を呈してきたはずの俺が、誰よりもドラッグスターに跨がる糞餓鬼にしびれ、崇拝していたのだ。彼女と共に街の喧噪に混ざれば、道行く奴らの中に決まってひとつ出た黒い頭を見つけ、俺は舌打ちする。奴はいつもケイを彷彿とさせる上背のある女を連れていた、しかし断然ケイの方がイカしてる、ケイはもっと脚が長くて、もっと尻が小さくて、もっと美人だ。あの男はなにを考えて未だ故郷へ帰らないのか。さすがにもう話しかけられもしないけれど、時々視界を遮り煩わしい。よほどこの国が居心地いいのか、腰を据えているようだ。もう名前も忘れてしまった。確かデザートみたいな名前だ。ケイもアイスクリームみたいな奴だって言ってたっけ。ええと……。阿呆らしい、思い出したところでどうなる。知らずに握力を上げていたので、彼女は痛いと言って俺の手を放し、なぜ黙ってばかりいるのと責めた。けれども俺は口数増やせず、魅惑的な脚にひどい傷を負ったいとこのことばかり考えていた。

もしも人生を計る尺度が金しかないとするなら、間違いなく俺は敗者で、この先勝ち得る展望などない。しかしケイはもっと悲惨だ、勝利のステージからむごたらしく引きずり降ろされ、けれど眩しき栄光は忘れられない、俺より無残な敗北者に他ならない。両親や俺に庇護されながら大して感謝もせず、他力本願なまま心地よさだけに寄り添い、酒に頭が飛んだまま俺を事故に巻き込み、それでも自分ひとりがいちばん不幸だと思い込んでいる。そしてそれ以上に出鱈目な異邦人のジェロは、厚顔下げてのさばっている。しかし俺だってあいつらとなんら変わりはしない、己れの非力を恥ずかし気もなく肯定し、目の前のことにあがいて、自棄糞に日常のすべてを消費していて、それについてなんの痛みも後悔もなく今まできた。おまけに若くもなく年寄りでもない自分に呆然としている。どうにも格好は悪いが、所詮は無様なモンゴロイド、自分は自分でしかない。己れを否定しようものならすべては終わりじゃないか。だから無為も半端も抱きしめよう、自分で尻が拭けるのなら問題ない《ノープロブレム》、失うものなどなにもない《ナッシングトゥルース》。きらきらした悪ノリが剝げ落ちほんの少し悟ったケイ、あいつにもきっと生産に貢献する日がくるだろう。けれど、一生輝ける糞餓鬼でいて欲しかった。若気の享楽は永遠の闇に葬られた、バティ・ライダの眩しいケツと共に。せめて俺は、バイクの排気音をバックトラックに鎮魂歌《レクイエム》を捧げよう、手のひらを見ながら「ファックしろよベイビー」と。

shit-ass

俺が今よりももっとクソだったのは三年前。その頃の俺ときたら、失笑に値するクズだった。明日のことなど考えず、辞表を出して翌日には職場とおさらばした。なにせ忙しすぎた。生活のほとんどを仕事に奪われ脳は破綻寸前、己れが壊れる前に辞表を出した。気がかりなのは、オズワルドのスーツの支払いが残っていたことだけだった。

辞めて二、三日は満足だった。昼すぎに起きてコーヒー片手に音楽鑑賞と洒落こみ、手つかずのまま溜まった本を読み漁り、友人に手紙を書く。道行く奴にぶつかることのない街も快適だった。普段は喧噪にかき消された秘めたる部分を見たような気がして、目的もなくぶらぶら歩くのが楽しかった。足早に通りすぎるスーツ姿の男に、かつての自分を見出し、同情したりもした。

しかし安息の日々も束の間だった。猛烈な吐き気や頭痛、めまいは治って楽になったけれど、後先考えずにキレてしまったため、一週間も経たぬうちに将来への懸念が暗雲の如くたれこめ、慌てて失業保険番号《ＵＢ４０》をもらいに職安へ向かった。はじめての土地、駅から遠い田舎道を、俺は地図に従い歩いた。平日の昼間、寝床から抜け出したようないでたちで歩く、すべてに迷っていた俺は、さぞ挙動不審な輩だったに違いない。

そんな俺についた整理番号は、「ちり８００」だった。傑作だ。俺の前には７９９人もの塵、あるいは塵だった奴がいる。予算を渋って作られた官舎の中は、親の臨終に立ち会ってきたかの如き顔ばかりひしめいて、苛立たしいほどシケた雰囲気だ。皆失業を恥じ、後ろめたく思い、隣り合わせた奴と目線を交わすことすらもない。当然といえば当然かもしれない。俺たちは、「失業保険を不正受給するとこんな目に遭う」というビデオで脅されたばかりだった。固い椅子にじっと身を縮め、面接を待つ退屈を持て余しているうち、気持ちは嫌でも刺々しくなる。どうせ今ここにいる全員に、判で押したみたいに同じ言葉を繰り返してるんだろ。不正なんかしねえよ、今までの給料から天引きされてた雇用保険を利用する機会に恵まれただけじゃないか、とっとと俺の名前を呼びやがれ馬鹿野郎と思い、能面を貼りつけたような表情の職員を睨んだ。しかし奴らは皆忙しそうで、目前の迷える子羊の群れをさばくのに必死だった。そのうち「ちり800」は、毒突く気力も失せ、一時間後にはまさに塵同然となった。川べりの冷たい風に吹き飛ばされそうになりながら、うんざりするほど長いもと来た道を、渦巻く不安を抱えて歩き続けた。

　職安で失業保険番号《UB40》をもらうと、阿呆な俺はそれですべてをやり終えたような気になり、三カ月後から振り込まれる金をすべてもらってから社会復帰してもいいなと開き直ってしまった。幸い蓄えも少しならある。長い人生、半年くらい遊んだって罰は当たるまい、これから嫌でも一生働かねばならないのだから。しかし俺の女たちがいい顔をするわけがない。皆申し合わせたかのように眉をひそめた。早く働いてよね、彼がプーだなんて、恥ずかしくて誰にも言えやしないわ。こう言われては退職の事情を話すのも面倒だ。空気が悪くなれば自然と酒量はかさを増す。女のひとりは、仕事を探す素振りも見せず飲んでばかりいる俺に、誕生日に贈ったパトリック・コックスのバッグを突き返してきた。これがせめてプラダだったら質入れもできるのにと、留め金に刻まれたユニオンジャックを爪で弾きながら。就職したら電話して、今のあなたって、ただの負け犬よ。俺の女たちは、鼻っぱしの強いのが揃っていた。失業当初は頭を撫でてくれたけれど、彼女らは皆立派な社会人で、ばりばり働く精力的な男の妻になることを夢見ている。ジーザス・ファッキン・クライスト！　たかだか仕事を失っただけで、こんなに追いつめられるなんて。

その頃からだ、寝る前には決まってジョン・ケイルの「ハレルヤ」を聴くようになった。昨日も今日も多分明日も繰り返されるであろう、起伏なき無職の日々。だから寝る前には、一日にけりをつける作業が必要だ。俺に時間の感覚をくれる、そして一瞬でも救ってくれるジョンに神のご加護を……、祈りながらももう次の瞬間には、泥のような眠りに就いていた。

絵に描いたように間抜けな俺を、ユキだけが庇護してくれた。俺はユキと知り合ったばかりの頃、がらがでかいうえ気の強い女たちに疲れていたので、ユキの「手に負えそうな」愛らしい背格好と顔立ちに恋してしまった。しかし間もなく、外見を裏切る彼女の物言いに仰天させられた。彼女は、ある有名な神社の巫女だった。幼い顔に似合わぬしゃがれた声で、自らを神の子だと吹聴していた。とんでもない神の子もあったものだ、二十をいくつも出てないのに、三度も堕胎手術を受けた身だった。男と歩いているところに出くわせば、にやりとして唇に人さし指を突き立てる。「知らん顔しといて」ということだ。そのたび嫉妬に苛《さいな》まれるが、なにせそのときの俺は、デートにかかる金をすべて彼女に払ってもらっていて、責められる立場ではなかった。それでも一応抗議はした。頼むから目立たないようにやってくれよ、見てしまうと辛いから。ユキは俺の言葉を鼻で笑った。なに言ってんの、あんたこそ、今までさんざん他の女とよろしくやってたじゃないよ。けどあたしがいちばん好きなのはあんたよ。今あんたがお金ないからって、あたしヤな顔したことある？　あんたの飲んだ分も払ってあげてるでしょ？　気に障ったらごめん、恩に着せる気はないのよ、好きでやってるんだからさ。俺に返す言葉などない。いい女とつき合えてラッキーだ、と神に感謝するしかなかった。

ある晩、バーでひとりで飲んでいたら（ユキは恐らく他の男に会っていた）、野郎のふたり連れが隣に座る気配がした。俺はグラスの中身ばかり見つめていた。しかしふたりの話し声はでかく、嫌でも耳に飛び込んでくる。なあニュース見た？　アメリカで、スパイダーマンみたいに壁よじ登ってマンションの十階に盗みに入った奴が捕まってたろ。ああ見た見た、すげえ金持ちの家だろ。そうそう、まったく金が欲しけりゃ壁までよじ登るんだから、ヤンキーにはかなわねえ。しかもそいつ、そこん家のババアを犯したらしいぜ。五、六十の未亡人を。うわあそいつ勇気あるよな、俺なら金目のものだけいただいて、とっとと退散するよ。犯人ってジジイ？　ジジイじゃ壁はよじ登れないだろ、写真じゃ俺らよりちょい上くらいに見えたけど。まあ、奴ら歳食って見えるから、差し引いて俺らと同じくらいかな。ふうん、じゃあ被害者はラッキーだな、自分より若い男にヤってもらえたんだからさ。少々家の中のもん盗まれても文句は言えねえ、ババアも当分夜のおかずにゃ困らないだろうよ。うえー、お前ぞっとするようなこと言うなよな、さっき食ったマックが込み上げてくるじゃねえか。

ついおかしくて、「くっ」と喉を鳴らすと、野郎ふたりが一斉に俺を見た。ひとりはひょろりとしていて、あどけない顔一面に、クモの巣を張り巡らせたかのような刺青《スミ》が広がり、眉尻と耳にはピアスが刺さっている。もう一方も黙っていても道でよけられるタイプで、ごつごつした輪郭に吊り上がった目尻、相棒より数多く顔中にピアスを突き刺し、袖からはみ出た手の甲が幾何学模様の刺青でびっしり彩られていた。しまった、こんな極悪そうな輩とは思わなかった。俺は心臓が縮む思いで、しどろもどろにいいわけした。申しわけない、盗み聞きしたりして。固唾を飲んで相手の出方を待っていると、クモの巣の方が、笑われちゃったよと頭をかいた。あんた待ち合わせ？　岩石巌《がんせきいわお》の方が、ひとりで飲んでいる俺に訊ねる。俺は、いいやひとりさと答え、残りの酒を飲み干した。女いないの？　ああ、マリア様みたいなのがいる、俺みたいな失業中の男に、愛の手をさしのべてくれる優しい女がね。けど今頃他の男と楽しくやってるさ、誰でも愛せる女だから。ふうん、君心広いな。俺だったらぶっ殺してるよ。クモの巣の言葉に岩石巌はかぶりを振る。ツイティ、お前が殺すなんて言っちゃシャレにならんねえ。

「なんでシャレになんないの？」

俺の呑気な質問に、ツイティと呼ばれたクモの巣は表情を固くした。

「こいつさ、殺しで長いことパクられてたんだよ」

向かいでシェーカーを振っていたバーテンの手が止まり、俺は再び恐怖にかられた。

「やめろよレスリー、べらべら喋りやがって」

「いいじゃん別に。殺しもお前にとっちゃハクのひとつだろ」

「いい加減にしろって、皆怖がってるじゃないか」

レスリーと呼ばれた男はすでにできあがっているのか、たまたま袖振り合った俺にさえ臆さず相棒の身上をまくし立てる。

「とっくにてめえの面で怖がってるさ。なあニイちゃん、こいつ女みたいにカワイイ顔してて、自分の親父をぶっ殺したんだぜ。十代を更生に捧げたおかげで、今じゃ立派な彫師だけどさ。けど俺なしじゃ繁華街のど真ん中で店は持てねえ。彫師じゃ店舗登録は無理だ。俺がボディピアスやってっから、アクセサリーショップとして営業ができるわけさ」

この言葉が、ふたりの関係の微妙さを表していた。ビジネスパートナーでもあり、仕事のあとは仲よく酒も飲める。しかしレスリーの方が、ツイティより優位に立っている雰囲気は否めない。相棒に辛い過去をほじくられても、負い目のあるツイティは強く抵抗することができないのだろう。

「……へえ。俺は君らとは比べものにはならない。働けるのに毎日ぶらぶらしてるんだから。おまけに女になにかと金払わせてるし」

「ニイちゃん、ムスコにピアス入れてやるよ。女喜ぶぜえ、おっ立てるだけで一生食わしてくれるよ、ニイちゃんの優しい女ならな。俺の女なんか、もう他の男とできないって離れないぜ。安全は保証つき、安くしといてやるよ」

「せっかくだけど遠慮しとく。痛そうだし」

「まあそう言うなって、気軽に店に来いよ。俺らがマジに仕事してるとこ見れるぜ。それだけでも傑作だろうが」

レスリーは名刺を置くと、帰ろうぜ、お前でかい仕事が待ってんだろと相棒を促す。ツイティも俺に来店するよう誘った。

「明日、背中一面の仕事が久しぶりにあるんだ。よかったら俺の仕事見に来てよ、異端芸術に触れるチャンスだから。客じゃないからって遠慮は無用だよ」

「でも俺なんかいたら、邪魔じゃない？」

「全然。ギャラリーは多いほど燃えるよ。ペニスのピアスのことなら心配しなくていい、こいつ男には誰彼構わずそう言って営業してるだけだから」

ふたりが店を出たあと、表でバイクの重厚な排気音が響き、やがて遠ざかった。バーテンは、行かない方がいいんじゃないですかと俺を気遣った。俺はそうだなと頷きながらチェイサーを一口飲み、勘定を払った。


翌日俺はユキを連れ、ツイティとレスリーの店へ行った。背中一面に入る刺青が見たいわけではなく、ツイティに好感を抱いたからだ。父親殺しも、やむにやまれぬ理由あってのことに違いない。そんなことなど知らないユキは、うきうきと俺について来た。あんたもクールな知り合いいるじゃん、あたしタトゥ入れるとこ見るのはじめて、などと能天気なことこのうえない。店の外にはトライアンフとハーレーが並んでいて、ハーレーには大胆にカスタムが施されていた。きっとこれがふたりの愛車だ、奴ら目茶苦茶リッチだ。俺なんか原付買う金もないのに。

「おおニイちゃん、ムスコにピアス入れる気になったか」

レイジ・アゲインスト・ザ・マシーンをBGMに現れたレスリーを見て、ユキはあっと叫んだ。

「もしかしてあなた、ＳＬＩＴのヴォーカル？」

ユキの言葉がレスリーの顔の筋肉を緩ませた。

「なんだ、俺のこと知ってるのか？　まさかライブ観に来たとか？」

「ええ、観たわ。あなた私のこと、『そこの女連れて来い』って、仲間に拉致させようとしたのよ。あたしが中指立てたもんだから、凄い怒ってビール瓶割ってたじゃないよ。周りが止めてくれなかったら、あたし今頃縫い傷だらけだったかもね」

「ええっ？」

「なに、そんなことがあったの？」

「うん、ほんの数カ月前にね」

レスリーは改めてユキの顔をまじまじと眺めて記憶の糸を手繰り寄せ、顔色を変えた。

「そういえばそんなこともあったような……。ごめん、とりあえず謝っとくよ。ライブのときは人格変わるからな、あのときの俺は俺じゃないから」

「ううん、もう気にしてない。顔見たら思い出しただけ」

「参ったなあ、世間は狭いや。まあとにかく入れよ」

レスリーは小さくなって俺たちを迎え入れ、かつて玩具にし損ねたユキを、ようこそマグダラのマリアと持ち上げた。

「なに？　マグダラのマリアって」

「ユキは無職の男にさえ夢を与える聖母ってことさ」

俺の言葉にレスリーは苦笑いし、その奥では、真剣な顔のツイティが、痛みに震える男の背中に、ハンス・ベルメールの「マダム・エドワルダ」を彫りつけていた。顔を両手で覆って大きく股を開いている女、ジョルジュ・バタイユの小説のための銅版画だ。ツイティの腕は確かだった。あの緻密なベルメールの仕事を、人間の皮膚の上に見事に再現して見せた。ツイティがタトゥガンを動かすたび皮膚が赤みを伴って腫れる。客は椅子の背もたれにしがみつき、懸命に激痛と闘っていた。

「我慢してください、俺真剣にやってますから。ちょっと休憩しましょう」

涙目の客にウーロン茶をさし出し、ツイティはタトゥガンの電源を切って、皮脂のこびりついた針を外した。

「今晩は」

「来てくれたんだ。そちらは彼女？」

「そう」

「どうも、お仕事の邪魔してすみません」

ユキは顔を赤らめ、ぺこりと頭を下げた。俺は心で舌打ちした、こいつとことん男好きだ、ツイティのこと気に入りやがったな。

「ツイティです、よろしく。ご覧のとおり彫師やってます。こいつはレスリー、ボディピアス専門」

「ツイティとレスリー？　なんでそんな名前？」

レスリーは、けけっと笑い、相棒を指さした。

「だってこの男似てるだろうが、あのカナリアに。顔にタトゥがなかった頃はモテモテだったよ、『カワイー』なんて言われてさ」

「うるせえな、お前なんかもっと笑える理由じゃないか。こいつ昔さ、前世占いしてもらったとき、『あなたの前世はイギリス人の女性で、名前はレスリーでした』って言われてその気になって、それからずっとレスリーだよ」

俺とユキが吹き出し、客の男まで笑い出したので、レスリーはむっとした顔でツイティを睨んだ。

「俺のは人の名前だぜ、お前なんかアメコミの鳥だろ、格は俺の方が上さ」

「さあ、はじめましょうか」

ツイティはレスリーを無視し、続きにとりかかった。俺たちはレスリーに案内され、ケースに陳列されたボディピアスを物色した。ユキは片耳にいちばん小さいのを入れてもらい、ゴキゲンだった。痛くないの？　そりゃちょっとは痛いよ、けどピアスは慣れてるもん。ユキはレスリーに金を払おうとしたが、彼は受け取らなかった、以前無礼を働いたお詫びのつもりらしい。

「このお嬢ちゃんの方があんたよりよっぽど度胸があるよ。なあお嬢ちゃん、あんたの彼氏、ムスコにピアス入れてやるって言ってるのに、ビビってんだぜ」

「そうなんだ。怖いの？」

「そりゃそうさ、勃たなくなったら困るし」

「あっ、それあたしがいちばん困るな」

「大丈夫だって、安全は保証するって言ったろ？　精液《ザーメン》も尿も排泄はすべてOKさ」

「レスリー、無理強いはやめろ」

奥から飛んだツイティの言葉に助けられ、俺はペニスを傷つけずにすんだ。タトゥガンのモーター音が、ザック・デ・ラ・ロッチャの説教の合間を縫って響く。ユキは、額に汗して「マダム・エドワルダ」を彫るツイティの横顔を、じっと見つめていた。

　俺は相変わらず仕事に就かなかった。働きたい気持ちはあるけれど、希望の職種に就けないまま三ヵ月がすぎ、第一回目の失業保険が給付された。十三万だった。俺の四年の労働力に対して国がつけた値段は三十九万で、三ヵ月にわたり三分の一ずつが支給される。しかし失業保険番号《UB40》があるうちはいい、そろそろ本当に就職せねばならない。仕事を辞めてからというもの、親父とお袋からは穀潰し扱いだった。ある日の夕飯時、いつもの如く苦虫嚙み潰した顔の親父が、お前はこの先いったいどうする気だと言った。俺は分かりませんと答え、家を出た。

　もちろん行き先はユキのところしかなかった。ユキは俺を受け入れた、あたしの可愛いワンちゃん、ずっとここにいていいからね。彼女は、俺が他の女に負け犬呼ばわりされた話がよほどおかしかったのか、俺をワンちゃんと呼んでからかった。ユキは優しく負け犬を抱き締める。だから俺は年下の彼女に甘えてばかりいた。ユキは飲んだくれる俺に遅くまでつき合い、朝早く仕事に出て行く。若い証拠だ。巫女の仕事は、朝六時から夕方四時までで、ふたりの生活サイクルはずれていた。俺は昼の間眠り続け、夕方ようやく起きて、出鱈目に求人誌を捲《めく》りながら彼女の帰りを待つ。俺がユキの部屋に居座っているから、他の男は入って来れなくなった。それでは彼女も息が詰まる。もちろん猛烈な嫉妬に苦しめられるのだけれど、たまには部屋を空けてやらねばならない。なにせ今の俺は、彼女のヒモ状態なのだから。

　ユキ以外のすべての女に縁を切られた俺は、ツイティとレスリーのところへ行き、店を閉めたふたりと遊んだ。俺は生まれてはじめて、道で人によけられる感覚を知った。どんな店に入ろうが、隣はたちまち空席だ。遠巻きにじろじろ見られるのは不愉快だった。俺が見られているわけじゃないけれど。ふたりは慣れているのか、まったく気にしていなかった。しかし俺の気持ちを察したレスリーは、皆こんなに怖がってくれるんだったら、いっそマジで悪いことやらかしてやろうぜとブラックジョークを飛ばす。てっとり早く強盗でどうだ、俺はチェーンソー、お前は散弾銃、兄ちゃんはトロそうだから見張りな。そうだな、俺が壁よじ登ればマジでスパイダーマンだなとツイティは力なく笑う。年中相棒から質《たち》の悪い冗談を聞かされ、辟易しているようだった。

　腹が満たされれば、レスリーはハーレー、ツイティはトライアンフに跨がる。レスリー、このローライダー凄い格好いいよ、高かったんじゃないの? 俺が褒めるとレスリーは鼻の穴を膨らませた、おうよ、よくぞ訊いてくれたな。高いなんてもんじゃねえぜ、車乗りに言わせりゃ馬鹿みたいな値段さ。おまけにいじりだしたら金がいくらあっても足りねえ、こいつみたいにノーマルで乗ってるほうがよっぽど賢いよ。なんだよ、俺のがノーマル仕様だからって馬鹿にしてるわけ? ツイティが眉をひそめたので、俺は間に割って入る、ただでさえ不機嫌なトラだからカスタムしないんだろ? 俺ずっと憧れてたんだ、乗せてくれる? ザマ見ろ、泥つけんの怖いから、誰もそいつの後ろにゃ乗りたがらねえもんな。うるせえ、真のバイカーは孤独さ、ちゃらちゃら誰か乗せて走るなんざ邪道だぜ。邪道で結構、俺は誰かといっしょに走るのも好きだよ。ほらメット。傷に塗装が剝げ、あちこちへこんだ代物を渡された。臭い嗅ぐなよ、倒れるから。俺はツイティの後ろに乗せてもらって、野郎三人は狭い道路でヘルズエンジェルズを気取った。

バイクが向かう先はテクノをかけるクラブだ。これはレスリーの意見で、音にまったく興味はないが、テクノがかかるクラブには、カワイイ女の客が多いらしい。だいいちふたりが好きなハードコアやガレージはクラブミュージックではないし、ユーロビートは論外、妥協点はテクノだったわけだ。俺はそれならヒップホップかハウスのかかる箱はどうだと意見したが、レスリー曰く「女の質が悪い」そうで、却下された。

端《はな》からナンパしか頭にないレスリーは、扉を開けるやいなや女の物色に励んでいた。相手は思いがけぬ男に引っかかって迷惑そうだが、逆らうのが怖くてやって来る。しかしその誰もが、遠目には恐ろしいツイティの顔を真近で見てはっとした。ツイティには、女を引き寄せる磁力があった。顔に刺青が入っていようが関係ない、一生懸命喋って場を盛り上げようとするレスリーより、寡黙に酒を飲んで音に乗るツイティの方が、断然女の興味を引いた。レスリーの下らない冗談に笑顔を見せようものなら、酔った女は、凄い可愛いと言いながらツイティに見とれる。慎重なツイティも、酒が入っているので喜色満面になり、口数が増す。しかし盛り上がるふたりにレスリーの表情が険しくなるから、結局女は居たたまれなくなり、立ち去ってしまう。ツイティは、馬鹿じゃねえの、てめえがナンパした女じゃねえかと苦笑いし、その繰り返しだった。

俺はユキ以外の女なんか要らなかった。知り合ったところで縁を育む金もない。嫌でもストイックにならざるを得ない。それより野郎ふたりとくだらない話で盛り上がる方が楽しかった。ぽつりぽつりと過去を告白するツイティ、彼の家庭は、世間話にありがちな複雑さを抱えていた。父親は厳格で、ツイティとその姉の躾に厳しく、体罰も当たり前だった。そんな父親に限って実の娘を犯したりする。ツイティは、血に染まったパジャマを泣きながら洗う姉を目撃してしまった。エロジジイにヤられたんだよ、と泣きながら、生地に染みついた処女の血を、自棄糞《やけくそ》にこすり落とそうとする彼女。すべて知りながらも暴力亭主に逆らえない母親。姉思いの弟は、出刃包丁で親父の腹を滅多刺しにし、結果臭い飯を何年も食う羽目になった。しかし彼が未成年であったことと、理由が理由であったこともあり、親殺しにしては異例の早さで娑婆に戻ることができたという。

この話のあとはさすがにレスリーもしんみりして、三人は無言で酒をすすった。その沈黙をツイティの熱い言葉が押し破る。俺、この仕事頑張るよ。日本じゃ未だタトゥは反社会の象徴だけど、若い奴らにはそんなこと関係ない。これはアートだ。しかも額に入れて遠目に眺めるもんじゃない。作品といっしょに呼吸できるんだぜ。こんなリアリティが他の芸術作品にあるか? 日本で食えなくなったら、ロスでもアムステルダムでも行ってやるさ。流行りなんかじゃ終わらせない、俺は仕事に誇りをもってる、自信もある。この腕ひとつで生きていくよ。その言葉どおり、ツイティは、仕事ばかりして、仕事のことだけ考えていた。俺とレスリーが酒や女に溺れるように、ツイティは仕事に溺れていた。背負った業を振り切るかの如く彫り続ける己れだけが心の支えで、彼のすべてだった。

ジーザス・ファッキン・クライスト！　俺はツイティの言葉を噛み締めていた。それに比べて俺はなんだ。手に職もないくせに、能書きばかりたれてモラトリアムに甘んじている……。どうした？　気持ち悪くなった？　違うよツイティ、そうじゃないんだ。今たまらなく自分を嫌いになっただけだよ。うつむく俺にレスリーも心を配る、ニイちゃん、誰にでもそんなときはあるさ。口開きゃ下ネタの俺だって、店をいかにでかくするか悩んでたりするんだぜ。俺のパートナーは、腕はいいけど営業下手だ、だから俺がトリックスターになってやってるのさ。けどニイちゃんは違う、きっと俺らより頭も切れるし、堅気だ。俺らみたいに和彫の奴らとタメはることもない。つまらないいさかいとは無縁だろ。これだと思うことさえ精一杯やってりゃ、いつか道は開けるよ。幸せにしてやれよ、マグダラのマリアを。

しかし慰められれば慰められるほど、俺の自己嫌悪は募る一方、酔いも手伝い気持ちは沈んだ。昔シンナーやってた奴が、ラリって死んだら「トンボの神様」が現れて、天国へ連れて行ってくれると言ってたっけ。もちろんトンボとは昆虫のことではない、ボンドの隠語だ。もし俺がアル中で死んだら、どんな神様が出て来るのだろう。ジーザス？

まさかな、俺はバタイユほど筋金入りの無神論者じゃない。葬式出すときになって慌てて宗派を調べるだろう不謹慎極まりない仏教徒だ。こんな救いようのない阿呆を、クソ真面目に俗世憂えるブッダがおめおめ極楽へ導くはずがない。それならユキが、さしずめ俺の現人神《あらひとがみ》なのか。無職の俺に生きる希望を与えてくれる、マグダラのマリア……。

野郎ふたりは、駄目だこりゃといった顔で、殻に閉じこもる酔っ払いを見放した。レスリーは、バンドの方向性に頭を抱えていた。ったくよぉ、皆ミクスチャーやりたがってんだ、レイジはいいよ、社会悪に怒れる大衆の代弁者だから、ラップになってもしかたない。けどコーンは分からねえ、俺はあんなのヤだよ。なのに皆に言わせりゃ、所詮お前のミクスチャーの知識はレッチリで止まってるってこうだぜ。悪かったなってんだ、あんなクソみてえなのを崇拝する間抜けに言われたくねえよ。そう言うなってと相棒を慰めながら、ツイティは、彫る練習をした自分の腕の刺青を消す話を切りだした。レスリーは、レーザーは体に悪いからやめろ、上からかぶせりゃいいじゃないかと反対したが、ツイティの意志は固かった。ロンドンで行われる世界規模のタトゥイベントで、憧れの彫師に、ウォーホルのマリリンを入れてもらうときかない。だっせえ、今さらウォーホルかよ、お前六〇年代の遺物か？　レスリーの言葉にツイティは反論する。確かに俺がいちばん好きなのはベルメールさ、エッチングも買ったし、好んで客にも勧めてる。けどベルメールはポップじゃない、知る人ぞ知る異端芸術家だろ。俺はウォーホルのポピュラリティをリスペクトしてるんだ。だから、俺自身に彼のポピュラリティが授かるよう、もっとも有名な作品彫って願かけるのさ。お前マジで大馬鹿だな、けど、そこまでほざくんだったら気のすむようにしなよ。

アルコールが回った脳に届くツイティの言葉は、俺にユキの家を出ることを決意させた。俺は、ユキの部屋で暇を持て余すことにいい加減うんざりしていた。仕事が忙しかった頃は、勝手気ままな暮らしに憧れ、働かなくてもなんら後ろ指さされることない女を羨んだ。けれど俺は働きたくないわけではない、納得のいく仕事に就けないだけだ。このままけじめなくユキのところにいたのでは、俺はだらしないまま彼女の好意に流されてしまう。出て行くなら今だ。ふいに俺が立ち上がったので、ツイティとレスリーは驚いた。便所? ごめん、帰るよ。俺いつまでも無職でいるわけにはいかない。足元の怪しい俺を、ツイティは支えようとしたがレスリーがそれを制した、いいよ、俺がいっしょに行くから。

どこまで送ればいい? レスリーは俺を外へ連れ出し愛車に手をかけたが、俺はかぶりを振った。いいんだ、ひとりで帰れるから。この酔っ払いめ、茶でも飲んで正気になれよ。レスリーはそばにあった自動販売機に小銭を突っ込み、ボタンを押した。

「なにへらへらしてる?」

ごとっと缶が落ちる音がしたのと同時に、悪意に満ちた声が響いた。振り向くと、背後に革で身を包んだ輩が立っていた。

「なああんたら、俺の女に手ぇ出そうとしたろ?」

革装束の野郎の後ろから、宵の口にレスリーがナンパした女がおずおずと顔を出す。

「とんでもない、寂しがってたから相手してやっただけさ。手も握ってねえぜ」

「出鱈目ないいわけするんじゃねえよ、とっとと迷惑料置いて失せな」

「なんだと?」

血の気多いレスリーが、黙って喧嘩を売られっ放しのはずがない。俺は悪くなる一方の空気に足がすくんだ。誰か。誰か来ないとおっ始まっちまう。すでにレスリーはナイフを握っている。それを見た相手は、薄笑いを浮かべて足元に転がるビール瓶をつかみ、乱暴に割った。途端に革装束野郎が三人に増えた。レスリーは苦々しく呟く、けっ、つまらねえ。レスリー、こいつらどうせ金目当てでさ、あんな卑怯な奴らの憂さ晴らしにつき合っちゃ損だ。俺の言葉を無視して、レスリーはビール瓶の男に飛びかかった。ままよと思い俺もビール瓶を割ってみたけれど、なにせ暴力沙汰とは一切無縁の酔っ払い、しかも相手はふたりがかりだ。凶器は簡単に奪われ、意識がなくなる寸前まで顔を殴られた。右、左、右、左、右……痛いと叫ぶ前にもう次のパンチが来る。視界が狭くなっていくのは腫れ上がった下瞼のせいだろう。どろりと鼻血が出て、殴られるたび飛び散った。おうおういいザマだねえ、この男前。俺を押さえている男が、失われつつある五感をも蘇生させる臭い息を吹きかけ、けけっと笑った。あらら、もうノックアウト？　可哀想だからこの辺で勘弁してやるよ。あーあ、汚い血で手が汚れちゃった。殴っていた男に突き飛ばされ、背中に蹴りが入った。レスリーたちが畜生だのこの野郎だのやり合ってるのを聞きながら、俺は地面に崩れ落ちた。

　そのときだ、のされた俺と立ち尽くす女の脇をすり抜けたツイティが、卑怯者たちに向かって鉄パイプを振りかざしたのは。飄々たる横顔が、ちらつく街灯に照らし出されてパッシングした。そんなものどこにあったのか、そしてあの華奢な体のどこにそんな力があるのか、難なく雑魚を押しのけ、大して力みもせずビール瓶の男の臑《すね》を叩きのめした。ぐきっと鈍い音がするのを、加害者と被害者以外は呆気にとられて聞いていた。

ツイティの中に封印されていたものが解き放たれてしまったのだ。彼の双眼は狂気をたたえていた。きっと親父を殺したときもこんな目をしていたに違いない。もはや何人《なんぴと》たりともツイティを止めることはできない。唸ってうずくまる被害者の頭に蹴りを入れ、顔面に向かってもう一撃加えた。血しぶきと共に鼻は無残にへし折られ、女が金切り声を上げた。俺は胃液が込み上げ、血みどろで転がるレスリーの横にげえっと反吐《もど》した。レスリーの背中越しに、ツイティを押さえつけようとした奴らが鉄パイプの餌食になる呻き声が漏れた。修羅場を見かねた女がとうとう人を呼ぼうとしたので、レスリーは慌てて、よお逃げようぜとツイティを促す。俺は鉄パイプをつかんで渾身の力を振り絞り、なんとかツイティの凶器を捨てさせた。三人は、バイクを停めた場所まで全速力で走った。

助けてくれるのはありがたいけど、もうちょっと穏やかにやってくれや。ああ畜生、血が目に入って前がよく見えねえ。愛車を飛ばしながら叫ぶレスリーに、ツイティは笑って答える、なら喧嘩なんか買うんじゃねえよ馬鹿野郎、あんな手応えないの相手させやがって。バイクはこれ以上ないほど加速し続けているように思えた。このふたりは捕まるのだろうか。そしてツイティは、またしても臭い飯を食う羽目になるのだろうか。俺はツイティと風を切りながら、恐らく生涯忘れることのない悪夢を反芻していた。

それからしばらく、ユキにもツイティにもレスリーにも会わなかった。職なしのままでは三人に合わせる顔がないからだ。試合後のボクサーみたいな顔で戻った俺に、お袋は泣いて怒った。親父はこの馬鹿めと吐き捨てた。俺は、すいません、これからは真面目に働きますからここに置いてくださいと頭を下げた。

ユキは、断りもなしに出て行くなんてひどいと電話でなじった、あんたひとりくらい面倒見られるのにと。しかし俺の気持ちを話すと、そんなに働きたいんだったらしょうがないわねとため息を吐《つ》いた。あんたの願いはきっと叶うわ、なんたって、あたしという神の子がついてんだから。

顔の腫れが引くのを待って、支払いの残ったオズワルドのスーツを原価償却するかの如く就職活動に励んだ。FM局の制作、レコード会社の営業、CDショップのバイヤー。FM局とレコード会社は二次面接までいったが、落とされた。しかしCDショップが俺を拾ってくれた。

ああこれで、やっとまっとうな生き方ができる。俺はさっそくユキに一報を入れた。喜んでくれるかと思ったのに、なぜか彼女の歯切れは悪い。おめでとう。あのさ、こういうことって重なるもんなんだよね。なにが重なるの？　だから、おめでたいことよ。え？　ユキも、なんかいいことあったの？　ユキは黙った。悪い予感が胸をよぎる。しかし口にするのはためらわれ、言葉を失った。そうよ、あたしおめでたなの。ジーザス・ファッキン・クライスト！　そこで待ってろ、出かけたりするなよ。俺は彼女の部屋へ向かって走った。

　会うの久しぶりだよね。ユキはベッドに力なく座ってうつむき、「考える人」のポーズを取った。四度目の妊娠が、なにを意味するかは分かっていた。彼女は生まねばならない、三度目の堕胎のとき、医者にそう宣告されていた。俺は避妊には気を配ったつもりだ、ゴムなしの方が気持ちいいとぬかす懲りないユキを無視して、コンドームを消費し続けた。俺に落ち度はなかった。ユキの素行を思えば、腹にいる餓鬼は不貞の産物としか考えられない。

「この孕《はら》み易い子宮には、まったく愛想が尽きるわ。世の中には欲しくてもできない人がいっぱいいいるっていうのにね」

「軽口叩いてる場合じゃないだろ？　生まなきゃいけないんだから」

「あたし子供なんか要らないよ！　けど今度こそ生まないと、死ぬかもしれないもん。

それに……」

「それに、なに?」

「うん……」

ユキはしばらく言葉を選んでいたが、しかたなく口を開いた。

「父親が誰だか分かんないのに生まなきゃならないなんてさ、ヤだよね」

俺は返事ができなかった。どうしよう、もう堕ろせないよあたし。悩み苦しむマグダラのマリア、しかし俺には見守ることしかできない……。いったい彼女になんと言えばいいのだろう? 俺の知ったことじゃない、勝手にしやがれと、彼女の不貞を罵るしかないのか? しかしそうするには、小さい体を苦悶に丸めるユキは痛々しすぎた。俺はつき合いが長いから分かる。彼女の多情は、きっと男のいい部分を理解する能力が他の女より秀でているから。彼女がセックス好きなのは、きっとそこにはじめて他者とのつながりを見いだし、それでしか安らぎを得ることができないからだ。

「さすがに呆れた?」

「……いいや、どうしたらいいのかなと思って。どうしたい?」

「だから選択肢なしだって。生むしかないのよ」

「違うよ。生んだあとのことさ。その……本当に父親の見当がつかないのか？」

「そりゃあ、避妊しないでヤった相手の誰かに決まってるけど」

「で、見当つけた相手と結婚するの？」

「しない。だってそんなつもりでヤったんじゃないもん」

「なあ、俺、父親になってもいいよ」

ユキは俺の顔をまじまじと見て「くっ」と喉を鳴らした。それに俺は無性に腹が立った。こっちは真摯に最善の道を考えているというのに、当事者がふざけていてどうする？

「なにがおかしい？」

俺が怒ったので、やっとユキは真面目な顔になった。

「だって……、ごめん笑ったりして。だってあんた間抜けすぎる。自分の子供でもないのに、父親になりたいなんて。あたしを可哀想だと思ってくれるのは嬉しいけど」

胸の奥が冷えていくような気がした。彼女は俺との生活を望んでいない、望んでいるならこんな言葉が出てくるわけがない。彼女は俺が欲しくないのか？　俺は焦った。

「けど、望んでもない子供を生んで、ましてひとりで育てるなんて、できるのか？」

「しょうがないでしょ。それにあたし、ひとりで生むなんてひとことも言ってないよ」

「どういうこと?」

「あたし、あんたより好きな人がいるの。今つき合ってる人だけど。あんたも知ってる人よ」

ユキの言葉が脳に届くまで時間がかかった。カノジョトヤッテルヤツノナカニ、オレノシッタヤツガイル? ソレハダレダ?

「誰だ? まさか……ツイティ?」

「当たり」

畜生、なぜ当たる? どうして悪い予感ばかり的中するのだろう、そしてどうしてユキはこんなに落ち着いているのだろう。俺は焦ってばかりいるのに。

「あのさ、あたし、あんたはずっとあたしの可愛いワンちゃんでいてくれると思ってたのよ。いつまでもあたしなしじゃいられないあんたでいて欲しかったのに。あたしは、仕事にも女にも精力的なあんたより、あたしだけを頼りに、あたしに甘えてくるあんたがいちばん好きだった。あたしを愛してくれるためだけに存在するあんたがね」

「そんな。それじゃあ、俺は今後一生君から自立できないじゃないか。マジで君の犬じゃないか」

「いいじゃない、一生あたしのワンちゃんで。それなのにあんたまた働くなんて言うじゃない、こっちは不安だらけよ。あんた女好きでしょ。あたしだって男が好きだから分かるの、あんたがよけいなお金を持ったら、気に入ったすべての女と寝ることが」

「けどユキの言ってることは矛盾してるよ。ツイティは重度のワーカホリックだぜ、絶対ハウスハズバンドになんかなりっこないよ」

俺の言葉に、ユキは頷いた。

「そうだね、矛盾してるよね。つまりあたしが言いたいのは、誠実な男が欲しいってことなのよ。言葉にするとクサいけどさ。なんて言うか……あんたは、なにもかも取り上げて縛っておかないとすぐどっか行っちゃうでしょ？　けどツイティならそんな心配ないの、不器用だから。ごめん、あたし馬鹿だから上手く説明できないよ」

彼女が言いたいことは分かった。ツイティは恐らく彫ることしか頭にはない。女はひとりで精一杯だろう。子を体内に宿した母は冷静だ。いっそ俺がハウスハズバンドになりさえすれば、彼女は一生俺を愛してくれるのか？　しかし答えはノーだ。ユキの心は、すでに別の男に移っている。しかもその相手がツイティだなんて……。

「ツイティは承知しているのか？」

俺の心配を皮肉と取ったのか、ユキはむっとして語気を荒げた。

「よくぞこんなあばずれを引き受ける気になったって言いたいのね？　ご心配なく、彼あたしにぞっこんだから。勝手なこと言わせてもらうけどさ、あたしは自分に甘くて、他人に厳しいの。あたしには貞操観念なんてない、けど相手にはそれを求めるの。結婚相手ならなおさらね」

「悪かったな、誠実な男じゃなくて」

「あの人本当に、あたしなしでは生きて行けないのよ。そういう体になったのよ」

「もう聞きたくないよ。俺が君の人生から出て行きゃいいんだろ？」

「ありがとう、あんた物分かりよくて助かるわ」

俺はいつも、怒ること自体に疲れて、相手に気持ちをぶつける前に萎えてしまう。泣きたいのはこっちの方なのに、ユキが涙ぐんでいた。そして、ひとりにして欲しいと声を震わせた。俺はぼんやりと、無造作に壁に貼られたフライヤーを眺めていた。レスリーのバンド、SLITのチラシ、ユキがこれを手にしたのは、ツイティとの仲の序章だったのかもしれない。

何年つき合おうが、終わりとは呆気ないものだ。

それからは仕事に慣れることに忙しかった。ＣＤ屋で働くのもはじめてなら、上司が年下ということも、接客業もはじめてで、戸惑うことが多かった。肉体に負担をかける立ち仕事、疲労を助長する精神の打撃。ふらふらになって帰宅し、むくんだ足の裏に湿布を貼るたびやりきれない気持ちになった。まっとうに生きていれば、ユキと幸せになれると思っていた。それなのに……。あいつの腹は、もうせり出している頃だろうか。ツイティと仲よくやっているのだろうか。一時であれ妊娠はユキからファックを取り上げる、それがせめてもの慰めだった。

そんな俺に追い打ちをかけるかの如く、職場ではスエードの「トラッシュ」が大音量でプレイされていた。俺らはクズ、お前も俺も、俺らはわずかな風にさえ飛び散りゆく邪魔者……、俺は、数えきれない業を背負ったユキを思い、俺の女を寝取ったツイティに怒り、そしてとことん間抜けな己れに苛立ち、胸を痛めた。阿呆なクズたちは――きっとみんな瞬時の悦楽しか望んでいない――欲に溺れて身をもち崩し、呆然と街を徘徊し続ける……。彼女は誰の子とも知れぬ餓鬼を生もうとしている、自らの命の存続だけのために。俺らはまさにクズだった。彼女は、そして彼女以上に俺は、風に飛ばされるしかない塵だった。

可愛い女とエキセントリックな友のいない毎日、忙しく仕事に追われ、もらった給料を一ヵ月の日数で割って、一日いくらも使えないことを思い知らされる毎日。いったい俺はなんのために生きてる？　畜生、今の俺は、あくせく働いては飲んだくれて寝るだけだ。眠りに就く前に、明日こそましな気分で一日がすごせるよう祈った。「ハレルヤ」を聴きながら、ブッダにでもジーザスにでもなく、己れで勝手にでっち上げた偶像に向かって。

ある晩その偶像の顔がフジノさんの顔になった。フジノさんは、以前の職場の清掃員だ。誰よりも早く出勤し、黙々と職場中を磨いていた。フジノさんは、夫と子供を事故で失っていた。俺と顔を合わせれば死んだ息子を思い出すと言って涙ぐむ。俺はどう反応していいか分からず、曖昧な笑みを浮かべるだけだった。しかし俺がどんなに無愛想でも、フジノさんは優しかった。俺が自律神経失調症で倒れたときは、火事場の馬鹿力で男の俺を自転車の後ろに乗せ、病院に運んでくれた。彼女に、結婚の予定はないの？と訊ねられたことがある。正直に、何人かつき合っている女の子がいて、ひとりに絞りきれない、と答えたら、相当俺に呆れたのだろう、嫌な顔をされてしまった。彼女、薬指にはまった指輪をいとおしそうに撫でながら、ひとりの人と添い遂げる悦びを知らない可哀想な人だと、俺の不貞を嘆いていた。しかしそのときの俺の耳には、フジノさんの言葉は説教にしか聞こえず、ただうざったいだけだった。

身を切られるほど冷たい風が吹く朝、俺は職場を去った。デスクに残した自前のワープロを箱にしまって宅配便の送り状を貼り、二度とここに来ることはないんだろうなと思っていると、あらどうしたのこんなに早くと言いながらフジノさんが出勤してきた。フジノさん、俺今日で辞めるんだ。お世話になりました。俺が頭を下げても、彼女はぽかんとしていた。辞めるの？　本当に？　うん、黙っててごめんね。フジノさんはわあっと泣いて、俺のトレンチコートの肩にしがみついた。どうして？　みんないい人は辞めていってしまう、もうここで私と口を利いてくれる人なんかいない、私も辞めてしまいたいと言って、大粒の涙をこぼした。俺はただ呆然と立ち尽くし、俺の肩を濡らして泣く彼女の重みを受け止めていた。気の利いた言葉のひとつも言えればよかった、それでフジノさんはどんなにか救われただろう。けれど俺は阿呆のひとつ覚えのように、ごめんねごめんねと繰り返すだけだった。

フジノさんはどうしているのだろう。今なお、あのオフィスの吸い殻を捨て、床を磨き、そこで働く若い男に息子の面影を見ているのだろうか。そしてそいつが辞めるときは、もう二度と会えないことに胸を痛めているのだろうか。だとしたら彼女はいく度泣かねばならない？　お願いだ、もうフジノさんを泣かせないでくれ。そしてユキもツィティも、誰も泣かせないでくれ。そんなの俺が全部引き受けるから……。けれども俺の偶像になったフジノさんは、小さい目にいっぱい涙を浮かべて、じっと俺を見ていた。泣きたいのは俺の方なのに、どうして皆先を越してしまうんだ？　偶像は答えなかった。ただ涙をたたえた双眼が俺を責める……。

俺はもう少しで気が狂いそうだ。慌てて布団から起き上がって台所へ走り、冷凍庫のズブロッカを瓶ごと飲んだ。薬草の不快な味が広がり、喉が焼け、むせて咳き込んだ。このまま飲み続ければ倒れることは分かっていた。職場では笑顔で走りっ放し、おかげで晩はいつもへとへとだったからだ。しかし瓶を手放せない、いくら冷やせど凍らない酒は、俺の体温をすべて奪っていくような気がした。立っていることが辛くなり、冷たい台所の床に座り込んだ。ひと筋ふた筋流れる涙は、湯気が立つかと思えるほど熱かった。ユキといっしょにいたい。あのしゃがれた声で俺を好きだと言って欲しい。あのいけないことばかりしてきた手で、俺に抱きついて欲しい。なぜ俺を選んでくれなかった？

俺は違う男の子供でも構わない、彼女の体から誕生する命なら、喜んで共に育てるのに。

そこまで考えて、ふと唇から瓶が離れた。果たして俺は、そんなに立派な人間なのだろうか？　俺はつい最近までクソ以下だったじゃないか。己れは好き勝手しておきながら、彼女の多情に傷つき、悲しみ、どうして俺だけを見てくれないんだと苛立ってばかりだった俺が、ユキが他の男とヤった証しを受け入れ、親としてやっていけるはずはない。まして彼女はツイティと寝たのだ。たとえユキとのつき合いが続いたとしても、彼女といる限り、あのクモの巣顔は決して脳裏から離れない……。時がすぎるのを待つしかない、そうなれば、過去になってしまえば、やっと俺は背負える、反吐《へど》が出るほど嫌だったことも、身悶えするほど悲しかったことも。分別をわきまえることとはあきらめること――俺は女たちに、とりわけユキに、それを嫌というほど思い知らされた。

俺は酒を飲むでもなく、煙草を吸うでもなく、ただその場にじっと座り込んでいた、歩く力を蓄える極地の旅人のように。

三年ぶりにスエードの新譜が出た。懐かしいなあ、ここに来たばかりのとき、「トラッシュ」ががんがんかかってたっけ。店頭に並べるそばから売れていくCDにプライスガンで値段をつけているうち、ユキを思い出し、ツイティとレスリーはどうしているのかなと懐かしくなった。あの頃の俺はクソ以下だった。可愛い牝犬《ビッチ》とヤりまくり、野郎たちと男根主義《マチズモ》を謳歌した。思えば、他力本願とはいえ、俺がこれまでの生涯で最高に男らしい時期だったのかもしれない。今は目の前のことに流されるがまま、時は間抜けな俺をあざ笑い通りすぎていく。多情は一向に治らないけれど、女と深くかかわることに臆病になる一方だった。

もう歳なんだろうか。落ち着くとはこういうことなのだろうか。ほんの三年前の俺は悪ノリばかりしていた、一生落ち着きたくなんかないと思っていた。なにが俺の気持ちを変えたのだろう。なにがあの頃と違ってしまったのだろう。俺はあのとき、なにもかも使い果たしてしまったのだろうか。もうとり返しはつかないのだろうか。流行りを追うことに虚しさを覚えた「大跨びらき」のジャック同様、俺も憂鬱に取り憑かれていた。もはや多くの若い奴らのように流行りに飛びつくことはできない。けれど生きていくためには、そのすべてに耳をふさぐわけにはいかない……。

望む答えが欲しかった、まだ大丈夫だよと誰かに肩を叩いて欲しかった。俺の足は、ツイティとレスリーの店に向かっていた、もうあの場所にふたりがいなかったらどうしようかと迷いながらも。

果たして同じ佇まいの店はあり、クールなローライダーもそこにあった。しかしトライアンフはなかった。俺は恐る恐る扉を開けた、ツイティとレスリーの姿がその向こうにあることを期待して。

「……ニイちゃん、久しぶりだな」

レスリーは、三年ぶりに現れた俺に一瞬ぽかんとしたが、まあ座れよと言って椅子を勧めてくれた。

「ごめん、ご無沙汰で。あの、その後どうなった？」

「その後って？」

「喧嘩のこと」

「ああ……そんなこともあったたな。あんな美人局《つつもたせ》まがい、警察《サツ》に行きゃ藪蛇《やぶへび》さ。それより、働いてんだろうな？　だから俺らのとこに来なくなったんだろ？」

「うん、忙しくてへとへとだよ。立ち仕事だしさ」

「へえ。なにやってんの?」

「CD屋で働いてる。今度来てよ」

「そうか、そういやスイサイダルもシック・オブ・イット・オールもとっくに新譜出てるな。奴ら頑張ってるよなあ」

「そういえばSLITは? いつか店にチラシ置きに来るんじゃないかと思って、密かに現れるのを待ってたんだけど」

「ああ、もうやめた。グッドリスナーであってもグッドプレイヤーにはなれないってことが分かったからな」

レスリーは眉尻を下げ、くしゃくしゃになったマルボロのソフトケースからよれた一本を取り出し、火を点けた。

「そんなことないだろ? 今シーンは盛り上がってるじゃん、なんでも『コア』ってつけりゃ若い奴らは勝手にキレてくれるし」

「いや、もう飽きたんだ。きついビートも、ノイジーなギターも、おえおえ叫んで暴れるのもな。売れてなくても、長くやってるだけで餓鬼どもからは大御所扱いさ……そんなの俺はごめんこうむるよ」

苦笑いしながら煙を吐き出すレスリー、俺は呆然とした。そしてツイティの姿がないことに焦った。ツイティは？　彼も俺と同様、あきらめることを覚えてしまったのだろうか？

「レスリー、ひとり？」

「ああ。ツイティならいないよ。体壊してな……、今ジャンキーより薬漬けだぜ、肝臓いいいわして」

「肝臓？　なんで？」

「タトゥの大会で好きな彫師にやってもらうとか言って、レーザーでそれまでの刺青を消したからさ。あいつ高熱出したままロンドン行ったもんだから、望みは叶ったけど、ぶっ倒れてすぐ帰国」

「そうなんだ……。大丈夫なの？」

「ああ、命に別状はないよ。けどそれから仕事ができないんだ。可哀想だよ、もう三年は経つかな。ニイちゃんが来なくなってすぐくらいだから」

「そんな……」

ツイティは熱い奴だ。己れの道をわき目もふらず突進していた。それなのに体が言うことをきかないなんて。そして俺はユキの言葉を思い出していた。アノヒトホントウニ、アタシナシデハイラレナイカラダニナッタノヨ。俺はずっと体の相性のことだと思っていた。ユキをただの尻軽と見下し、体が合う男を選んだとばかり勘違いしていた間抜けな己れに愛想が尽きそうだ。ジーザス・ファッキン・クライスト、あいつはマジで聖母になってしまった！

「でもこの店は？」

「彫ってる奴はツイティだけじゃないぜ。今組んでる奴も、腕がいいから心配ないよ。もうちょっとしたら来る、今飯食いに行ってるから」

「もうツイティとは組まないの？」

「どのみち奴とは別れることになっただろうな。こう言っちゃ奴には気の毒だけど、潮時だったんだよ。俺うるさいし、恩着せがましいからさ」

「そんなことないだろ？」

「いや、そうなんだよ。そりゃそうと、マグダラのマリアは元気？」

「それは俺より君らの方が知ってるんじゃないの？」

「は？　なんでニイちゃんの彼女のことを、俺らの方が知ってるんだよ？」

「だって俺、フラれたんだよ。ツイティの方が好きだって言われて」

「ええっ？　初耳だな。だって奴、何年も女いなかったし、あれからすぐ病気になって女どころじゃないし。それにあのお嬢ちゃんにも、あんたといっしょに来て以来会ってないよ」

「そうなのか？　でも、そう聞いたよ」

「いや、俺はまったく知らない。俺、奴とは一日のうちほとんどいっしょにすごしてたけど、奴があのお嬢ちゃんといっしょのとこなんか見たことないぜ」

俺は混乱して、しばらくレスリーの顔を眺めていた。いったい俺が今まで信じてきたことはなんだったのだろう？　俺はツイティならしかたがないと思った、俺は彼が好きだった。ツイティに比べれば、街をのさばる無気力な鼻たれどもなど、見ているこっちが恥ずかしくなるほど滑稽だ。だから俺はユキをあきらめることができたのに……。

「ニイちゃん？」

呆然と宙を見る俺に、レスリーは大丈夫かという顔で声をかけた。

「あの、ツイティは今どこにいる？」

「たぶん、家だろうな」

「どこか教えてくれる？　会いたいんだ」

「ああ、ちょっと待ってな」

レスリーがマッキントッシュのキーボードを叩いてモニターにアドレスを呼び出していると、彫師が飯を終えて戻って来た。予約のお客さん？　彫師は、慌てて支度をしようとしたが、違うよ、昔のダチさというレスリーの言葉にほっとして、ゆっくりと仕事の準備を始めた。ほら、ここにいるよ、ちょっとややこしい場所だから気ぃつけてな。ああそうだ、電話してやるよ。駅まで迎えに来てもらえばいい。

「そんなの悪いよ、病人なのに」

「大丈夫、入院するほど重病じゃないから。送ってやりたいところだけど、今仕事中だから勘弁してくれよな」

レスリーは電話をかけてくれた。ツイティはいるらしかった。あのニイちゃん覚えてる？　そうそう、今店に来ててさ、お前に会いたがってるんだよ。お前駅まで迎えに行ってやれよ。そうだな、三十分後くらいに。俺はレスリーに頭を下げた、ありがとう。レスリーは、ニイちゃん、ムスコにピアス入れる気になったらいつでも来いよと言い、笑った。

排泄物の悪臭に顔をしかめながら改札を出ると、トライアンフT20に跨がるバイカーが俺を待っていた。懐かしいクモの巣の顔がそこにある、しかし顔色はどす黒く、白目は黄色く濁っていて、代謝の悪さに体がむくんでいるのか少し太ったように見えた。当然鉄パイプを振りかざした頃の面影など失われているが、凶暴な表情が蘇るのにはさほど時間がかからなかった。

久しぶりだね。俺は声をかけたものの、ツイティに対して抱いていたさまざまな感情が交錯し、その場に固まってしまった。俺が決してもち得ないさまざまなものをもつ彼をリスペクトしていた。しかしツイティは、俺の女を寝取った。恐らくユキが猛烈にアプローチしたに違いないが、ツイティは、ユキを俺の女と知りながら奪ってしまった。今さらなにを言ってもしかたがないが、捨てられた俺はどうなる？　ふたりが乳繰り合っていることなど知らず、ユキの妊娠を不憫に思い、結婚の提案をしためでたい俺は？

心が表情に出ていたのであろう、ツイティはためらいながら、乗る？　とぼろぼろのメットを差し出した。三年前の俺なら——ユキを取られる前の俺なら——これを素直に被って彼の後ろに跨がり、颯爽と風を切っていただろう。けれど俺は憮然としたままメットを押し戻した。俺たちは、しばらく黙ってその場に佇み、気まずい空気を味わっていた。なあ、なんとか言えよ。ツイティは沈黙が辛くなったのか、苛立って口火を切った。そっちから会いに来たんだろ、なのにだんまりはなしだぜ。ユキのことか？　そうだよ、なんで俺から彼女を奪った？　だって君、その方がよかったんだろ？　本音は身重な女なんかうざかったんだろ？　なんだよそれ。かっとなり、思いきりツイティに眼《ガン》を飛ばした。ツイティは開き直っていた。殴るなりなんなり好きにすりゃいいだろ。けど俺は殴られたら殴り返すし、刺されたら刺し返すぜ。

　あとに引けなくなった。ツイティは人殺しの前科者で、彼がキレたときの恐ろしさも目の当たりにしたことがあるのに、勢いのままツイティが手にしているメットを蹴り上げた。メットは音を立てて地面に転がり、彼は衝撃でふらりとした。が、上質の鞭がしなるように、簡単に態勢を立て直した。よお、警察《サツ》が割って入るとでも思ってんのか？　なんだと、どこまでも俺を馬鹿にしやがって！　俺がツイティに向かって拳をふり上げたときには、鳩尾《みぞおち》に衝撃が走っていた。目の前が暗くなり、一瞬、息が詰まった。うずくまった俺をツイティは引きずる。残念だな、ここのポリ公はこんなことくらいじゃ動かないぜ。丸腰のいざこざなんざ、奴らにとっちゃ退屈しのぎのエンタテインメントだからな！　俺は懸命に酸素を取り込む。その腹に、ツイティのスニーカーのつま先が容赦なく食い込んだ。今度は目の前が白くなった、顔から血の気が引いていく、俺は体をふたつに折って、げえげえ言いながら膝を地に着き、両手を腹にやった。したたる汗が、コンクリートの上、ひとつふたつ染みをつけた。感謝しろよ、これでライダースブーツだったら内臓破裂だぜ。畜生、あんたほんとに病人かよ……。

ツイティは朦朧とする俺の襟首をつかみ、バイクの後ろに座らせた。よお、なにやってんの？　通行人に声をかけられたツイティは、この男に呼び出されたもんでと、嘔吐《えず》きながら腹を押さえる俺を叩く。呼び出し？　笑わせやがる、シメるんだったら加勢するぜ、ちょうどヒマだしよ。馬鹿言え、そんな呼び出しじゃねえから失せな。ツイティは俺の顔を覗き込んだ、だから最初からおとなしく乗っときゃいいのに。触るな！　力の差は歴然、負けも同然なのに、俺は未だ抵抗してツイティの手を振り払った。いったいどうしたいわけ？　さじを投げる彼に返事はできなかった。ツイティに会えば、そして彼の話も訊けば、心のもやが少しは晴れると思っていた、三年前の自分に戻ることができるのでは、と。しかし俺は、話し合うどころか、感情に流され勝目のない相手に喧嘩まで売ってしまった極めつけの阿呆で、自己嫌悪に悲しくなるばかりだった。

うなだれる俺に、ツイティは俺の話も聞けと言いながらスターターを蹴り下げた。重厚な排気音がしてバイクは走り出す。情けなくも俺は、ぐったりとバイカーの背中にもたれていた。ツイティは安全運転だった、俺はそれに涙がこぼれた。気持ちは熱いのに、俺なんかよりずっと力があるのに、己れの道を突き進むことのできない体、そして疾走するために生まれてきたのに全速で飛ばされることはないバイク……。肝臓を病むツイティと精神を病む俺を乗せたトライアンフは、質素なアパートの前で止まった。排気音だけはワイルドに。

壁という壁にタトゥのパターンが貼られ、棚にびっしりと彫り道具が詰まった部屋。俺は腹が痛かったので、散らばったタトゥの洋雑誌を枕に横たわった。その横にツイティはあぐらをかく。なあ、ユキのことは悪かったよ。けどな、それはユキの選択だろ。ああそうだよ、そのとおりさ。今さらなにも言うことなんかないよ。けど違う、俺が会いに来たのはそんなこと言いたかったからじゃないんだ。ただ……。

「ただ、なんだよ?」

「ただちょっと、昔のこと思い出しただけなんだよ」

「で、俺が許せなくてカタでもつけに来たわけ?」

「違うって。その、君とレスリーがどうしているのかと思って、顔が見たくなったのさ」

「そうかよ。なら、気がすむまで見てくれや」

腑に落ちない顔のツイティを、俺は改めて眺めた。俺がクソ以下だった頃、最高にクールだった友人、しかし今や彼は病み、働くこともできない……。俺は言葉を失ったままだった。ツイティはユキとの経緯を喋り続けた。ユキがひとり店番するツイティを訪ねて来たこと、自分に気に入られようと頑張る彼女がとても可愛らしく思え、勢いで関係してしまったものの、その後俺に気まずくてユキと疎遠になってしまったこと。しかし間もなくユキからの連絡で彼女の懐妊を知り、あけすけにだらしない性生活をぶちまける彼女に愛想が尽きかけたけれど、身重の女を捨てきれなかったこと。餓鬼は死産で、それにほっとする自分がとても腹立たしかったこと……。今自分が薬なしではいられない体になったのはその報いだと、ツイティは自嘲気味に呟き、長袖のシャツの腕をまくった。両腕に以前の刺青が消された痕があり、その上に、マリリンがふたり現れた。きれいに色がのっているから、時々自分で手入れしているに違いない。表では、猫が盛りの時期の如き鳴き声を上げている。やがて鳴き声は勢いづいて叫びに変わり、ごろごろと二匹が屋根を転がる音がした。俺は吐き気もするし、不快なBGMに気分はどん底、それをどこにももって行きようがなく、壁にはられたパターンを眺めたままだった。俺がなにも言わないので、とうとうツイティも黙ってしまった。それが何分続いたのかは分からない。

しばらく眠ったような気がする、吐き気が治まってきた。いつまでもここで寝ているわけにはいかない、俺は起き上がった。

「レスリーから聞いたんだけど」

急に俺が話しかけたので、ツイティは驚いて肩を揺らした。

「ビビらせんなよ、なに？」

「働けないほど肝臓悪くしてるの？」

「ああ。治りたいよ早く。うんざりだ」

いくら俺が阿呆でも、一度患った肝臓は、生涯完治しないことくらい知っている。自分から振った話題とはいえ、変えざるを得なくて、再びユキのことにふれた。

「だけど……ユキはいいよな。子供が要らないって思えば死産。ハウスハズバンドが欲しいと思えば君は働けなくなる。いったいどうなってるんだ？」

「そういや、すべてあいつの思いどおりになって不気味だな。それってあいつが……」

神の子だから？　俺たちはハモった。重い空気に疲れていたことも手伝い、たがが外れたようにげらげら笑う俺を、やべえ、マジで壊れやがったとツイティは呆れて眺めていた。今までぐじぐじとかき回してきた「なぜ」に差しかかる一筋の光明、ずっと欲しかった答えを、形而上学的にしか悟ることができない俺は、まったく軽蔑すべき阿呆《シットアス》だった。ツイティはさらに俺を笑わせた、ユキが俺を選んだのはな、クソはクソ同士と思ったからだぜきっと。けど今どうしてるかは知らない。他に好きな奴ができて、俺の前から消えちまったから。形而上学ついでに教えてくれよファッキン・クライスト、どうしてツイティをこんな体にした？　どうしてユキばかりが報われる？　そしてどうして俺は、こんなに健康なのに阿呆にしか生きることができないんだ……。俺は涙を流しながら、畳の上をのたうち回って笑った。

　別れ際、治るのに願かけて酒断ってやろうか？　と言う俺を、ツイティは、勝手にしろよ偽善者めと罵倒した。だから女取られるんだぜ、めでたすぎて言葉もないよ。そんなに人に嫌われたくないわけ？　スターターが蹴り下げられ、排気音にツイティの呟きが混じる。けどな、今の俺には、偽善者のたわごとさえぐっとくるよ……きっとツイティは、今までこうやって誰も彼も突き放して来たのだ、体を重ねたユキも、長いつき合いのレスリーさえも。突き放すのは勝手だが卑怯だ、とことん蛮行貫けばいいものを、半端に人道ちらつかせるなんて。あんたこそ人に嫌われるのが怖いんだろ？　偽善者はどっちだ？　思い渦巻く中、トライアンフは遠ざかって行った。

ひとりになった俺は、依然こみ上げてくる笑いを抑えるのに苦心していた。傑作じゃないか、そうさ、俺は、偽善で保身してきたからこそなにも背負わずにすんでいる。もしユキが、場の勢いに流され結婚を承知していたら？　そしてもし誰の子とも知れぬ餓鬼が産声を上げ、そいつをふたりで育てていたら？　果たして俺は今、こんなに身軽でいられたか？　そう思えば、ユキが俺を裏切り、ツイティの元へ走ったことに感謝のひとつもできる。彼女が、ツイティも俺と同じように捨ててしまったからこそ、俺と彼に、奇異な連帯感がもたらされたのだから。遅かれ早かれ、ユキとは終わっていただろう。あいつマジで神の子だ、俺にとっては現人神だったよ、本当に。まったく俺はクソ以下だけれど、健康で阿呆だからこそすぐに立ち直れる。まだ大丈夫だ、まだ自分で生きざまを選べる……。偽善者で結構、酒なんかやめてやるさ、まして女などクソ食らえだ。だってファッキン・クライストは、一生地に足着くことない男の性を哀れむがゆえ、「友誼」というクールなヴァイブを与えたもうたのだから。ハレルヤ。

BAD GODDESS

酔ってふわりとした心もちで歩くのが、たまらなく好きだ。酒に湿った夜の喧噪がひどく魅力を帯び、目に飛び込んでくる。気持ちは高揚しているのに体はおきざりで、こんな状態の俺につき合わされる女は、いい迷惑だ。アルコール漬けの息を浴び、大胆なくせしていい加減な手口で抱かれ、愛を言葉で確かめ合う間もなく眠りに落ちる男に体を提供するのだから。しかし女は、そんな俺に嫌な顔をしなかった。どの女も。安らぎと永遠の孤独との紙一重を、いつも苦々しく噛み潰すことに慣れていた俺は、周りから間抜けと思われても一向に構わない、酒に溺れてエセ恋愛に胸を焦がす瞬間に賭けていた。

昨夜は、ジャズで酔客を踊らせるDJが回すハコで、酔って気持ちよく音に身を委ねた。同行の輩、職場の新入りの、またかよ、という視線が、袖振り合う女と楽しくやる俺を刺す。俺はとり立てていい男ではない。しかし、俺を拒否しない女は、きっと俺の匂いを嗅ぎとり、悪くないと感じているに違いなかった。

酔いに任せて踊る俺に、女がぶつかった。派手な音がしてグラスが割れ、酒と氷とガラスの破片が飛び散る。ばらばらと周囲の奴らが後ずさり、俺といっしょにいた女も、服が濡れていないかと気にしながら遠のいた。スポットライトでくり抜かれたかの如く、俺と、ぶつかった女が立ち尽くす。女は、くたびれた煙草を右手にはさみ、薄笑いを浮かべ、唇から濃密な煙を吐き出した。瞬時に女の外見にやられた。奇跡だ。俺の理想が、服着てすぐ目の前に立っている！

やらない？　女が煙草を差し出す。女の言葉と匂いで、それが普通の煙草ではないことが確認できた。俺はマリファナが好きではなかった、吸っていい思いをしたためしがないからだ（俺はよほどガセネタばかりつかまされていたのだろう）。それに、完全に気が動転していた。ちょっと心を動かされる程度の相手になら流暢に口をつく口説き文句、しかしそれは喉の奥で押し殺され、賛辞のひとつも言えずに、無様に女から離れた。まったく俺ときたら、理想の女の前でダサい酔っ払いになり下がり、恥にまみれてその場を去ることしかできなかった。

「待ってよ」

背後の声にふり向くと、ほんの数分前に俺の心を鷲づかみにした女がそこにいた。なぜだ？　どうして俺なんかについて来る？

「これからどこか行くの？」

「いや。帰るよ」

「ひとり暮らし?」

「そうだけど」

「いっしょに行っていい?」

耳を疑い、狼狽してただ女を見つめた。

「困る?」

「困らないけど……なんで、俺なの?」

女はふふん、と鼻を鳴らした。そうねえ、あたしの飲んでたもの弁償してもらいたいのよ。これでいい? あたしがあなたといっしょにいる理由。女はにやにやしながら、俺の腕に自分の腕をからませる。イヴ・サンローランのジャズが鼻をくすぐった、男の匂いも、この女にはよく似合っていた。上出来じゃないか、願ってもない。ヤらせてくれるんだろ、きっと。けどいいのかよ、俺? わけありか? 不治の伝染病患者かもしれないし。そうでなくともマリファナ片手なくらいだ、他にもクスリやっててゴキゲンなのか? けれど挙動不審でもない、それなら俺のほうがよっぽどだ。俺、なにか人に恨まれるようなことしたか? 長くつき合っていた女と別れたばかりで、このところ異性関係は荒れていたけれど、運がいいのか悪いのか、後腐れなしの女ばかりだった。しかしそう思っているのは俺だけで、その中の誰かに仕向けられて現れたとか？　小心者の俺には、できすぎの話は神経にさわる。

取り越し苦労がぐるぐる脳を渦巻く間に、部屋に到着してしまった。喉渇いた、勝手に冷蔵庫開けるわよ。長い脚をもて余し気味に組んで、女は、ビールの缶を片手に、煙草に火を点けた。今度は、普通のに。

「マリファナ常用？」

俺の気の利かない質問に呆れた顔もせず、女は笑顔で、違う、と答えた。

「普段はしない。気が向いたときだけ」

「そうなんだ。よかった」

「心配してくれてるの？　一夜限りの女にいちいち優しくしてたら、身がもたないわよ」

「一夜限りだから、優しくできるんだって。けど、君とそうなるのは残念だ」

「どうしてよ。彼女いないの？」

「いない」

「女がいても男って、皆いないって言うのよね」

「本当にいないんだ。神に誓うよ」

「クリスチャン？　ジーザス・クライスト、どうか悩める子羊を導きたまえ、って？」

「……違うよ。俺、好きな神様いるんだ」

女の眉間に皺が寄り、片眉が、きゅっと上がった。

「新興宗教にでも入ってんの？　まさか一晩中、あなたの全能の神について講義する気じゃないでしょうね？」

「安心しろよ。弁財天さ」

俺の言葉に、女は、実に魅力的な表情で微笑んだ。

「へえ、変わってる。どうして？」

「どうしてって……。そうだな、欲張りだからかな。全人類皆幸福より、俺ひとり幸せでありたいから、かも」

「正直ねえ。けど、それだけ？」

「それだけじゃない。俺、奈良の天川《てんかわ》出身なんだ。天河弁財天社と、陀羅尼助《だらにすけ》以外なんにもない田舎さ」

「ダラニスケ？」

「薬だよ。今は丸薬で飲みやすくなってるけど、昔は薄い板状で、削ったり噛んだり、皆嘔吐《えず》きながら服用したんだってさ。天川は、大峰山っていう、ハイキング気分で登山すると痛い目に遭う険しい山懐に抱かれた土地なんだ。陀羅尼助ってのは、その大峰山を制することができた密教の行者たちが、秘伝を元に開発した万能薬なんだよ。まあ今となっては、もっぱら腹痛の薬だけど」

「ふうん」

会話はそこで終わった。女が急に脱いだからだ。ノースリーヴのワンピースが床に落ちると、青く光るボディスーツが現れた。女は俺の顔を穴が開くほど見つめながら、ガーターベルトに吊られたストッキングに包まれた脚以外は、惜しげもなく肌を露出した。胸は形よく大きく、下着の矯正を必要としなかった。エイズの道連れにされたら？　脳裏をかすめる瞬時の恐怖、しかしそれは、すぐに底なしの欲望に取って代わられた。

目覚めて再びひとりにされた俺は、安易に手中に収めた悦びが、まぼろしと消えたせつなさに苦しんだ。

俺はこの頃仕事がどうでもよく思え、給料イコール酒と女、と内心呟きながらタイムカードを押していた。また同じ場所へ行けば、出会えるかもしれない。いやもし出会えたところで、彼女が再び俺に脚を開く保証はないし……などと、彼女のヴァギナの奥底に潜む誠意を求めているのに気づき、そんな自分に絶望した。

こういう落ち込んだ日の俺には、誰か他の奴、たとえば俺におとなしくついて来る新入りとか、まあ誰でもいい、誰かといっしょの方がよかったのかもしれない。ひとりで飲むという行為に、ハイを期待するほうが間違っている。クスリと酒は違うから。俺は酒なしでは生きられないけれど、そして飲む前まではとても焦がれるけれど、もちろんただ飲むだけでは、エクスタシーなど約束されていない。さまざまな欲望が押し寄せ、自己嫌悪募るばかりだから。

それなのにひとりで飲むことを選んだ俺は、イカれたアルコールジャンキーに相違ない。だって、あんないい女とヤってすぐ、別の女をナンパする気になんかなれるものか。家へ戻ることにした。けれどどうにもつまらなくて、販売機に小銭を押し込み、ビールで喉を潤しながら、家路へと急ぐ人波を眺める。

こうしていると、学生の頃を思い出す。よく仲のいい連中と、店で飲む金がなくなってからも満たされない欲に任せて、路上を酒場にしたものだ。明け方近くなればなるほど、人と車の通交は激減するし、ジーンズ越しのアスファルトの冷たさは心地よかったし、遠慮なく吐けるし、いいことずくめだった。

「リーマン丸出しの格好で自動販売機のビールじゃ、アル中にしか見えないわよ」

昨夜の女が、俺を地球に引き戻した。俺は自分の格好悪さを呪った。ぐじぐじとこの女への未練をかき回すのが辛くて、昨夜より遠い過去までもち出してぼんやりしていたところを見られた俺は、母親にマスターベーションの現場を押さえられた中学生男子も同然だ。

「どうせアル中だよ」

気取ったところで、もう遅い。女に背を向けて残りのひとくちを飲み干し、顔を見ずに訊ねた。どうして、黙って出ていった？　女は意外にも、申しわけなさそうな声で、起こすまでもないかなと思って、と返事した。

「その……俺、よくなかった？」

「なに？　ああ、よかったわ」

「それならいいんだ。嫌われたかと思った」

「へえ。あたしのこと、気になる？」

「なるよ。名前も知らない」

「リョウ。涼しいって書くの」

「いい名前だ」

「ありがと。あなたは？」

「カオル」

「源氏物語の？」

「まさか。字は同じだけどな。一度親に訊ねたことあるけど、源氏物語に薫（大将）って奴が出てくることも知らなかったぜ」

「ふうん。まあそうよね、あんな煮え切らない男の名前を我が子に託す親なんて、いないわよね」

「だろ。けど俺、名前負けしてないよ。まさにそういう男だから」

俺の言葉に、女は眉尻を下げた。

「やさ男で酔っ払い？　絵に描いたみたいに単純な人ね」

「そのとおり。酒と女で十分幸せになれる小市民なもんで」

「それはよかったわね。ところで、あたしのこと、気になるって言ってくれたけど、それって、好意をもってもらってるという解釈でいいの？」

「いいよ。君のルックスと雰囲気と、体が合うってことぐらいしか知らないけど」

女はくすくす笑った。

「そうよねえ、そのとおりよね。お互い、なんにも知らないわよね。けど、気持ちが重要なのよ」

「そんなこと言う君は、俺が好きなのか?」

「好きよ。どうしてだか、理由いる?」

「いや、いいよ。君、理屈こねるの得意そうだもんな。負けるよ」

「負けるってなにに? 一晩でよく分かるわね」

女は苦笑しながら言葉を続ける、ねえ、好きな者同士だったら、一緒に住まない?

「へ」

一緒に住まないか、だと? いったいこの女、なにゆえこんな唐突なこと言いだすんだ?

「嫌?」

「……そうじゃないけど、俺、頭ん中謎だらけだ。昨日知り合ったばかりで、もうそんなことになるなんて」

「あなたって、飄々とした顔してるくせして、どんなことにも理由を求めるのね。神経症なの？　今どきの女の子のほうが、よっぽど物分かりがいいわ。そんなにどうしてだか知りたいのなら説明してあげるから、あたしをいっしょに連れて帰ってよ。あたし、立ちっ放しで疲れちゃった」

　昨夜の懸念は当たった。わけありなのだ。そりゃそうだ、こんなにいい女がいきなり言い寄ってくるのだから、裏があって当然だ。関係した女の履歴を指折り繰ってみる。けれど、どう考えても、誰にも恨まれるようなことをした覚えがない……。俺はまるで、女の部屋へはじめてお邪魔する男の如く、後ろからのこのこついて行った。

「弁財天が好きだって言ったわね」

　部屋に着くなり、リョウは厳しい目つきで言い放った。ああそうだよ。でも急にどうしてそんなことを？　相手の勢いにどきどきしながら訊ねると、彼女、ふわりと宙に浮いた！　俺が口を開けて見守る中、彼女の服は裂け、見事な肢体が剝き出しになり、次の瞬間には、光り輝く宝飾品と美しい着物をまとったリョウが、琵琶を抱え、ゴージャスな蓮華座にあぐらをかいていた。

「……君、弁天様だったのか？」

「そう」

「そう、って……。あっさり言ってくれるね。俺、マジでイカれたみたいだ。ちょっと失礼、顔洗ってくる」

洗面所へ行こうとしたが、引き留められた。

「お待ちなさいな。イカれてなんかない、あなた至って正常だから」

そうだ。フラッシュバックじゃあるまいし、これは幻覚ではない。扉の脇にある姿見にも、宙に浮いた弁財天の姿が映っているから。

「そっか、俺、イカれてなかったんだ。よかった。けど弁天様、どうして俺のところに？」

「天川出身なんでしょ？」

「ああそうだよ」

「どうしてあなたが、天川に生まれることになったのか、知ってる？」

「そんなの、俺の両親が天川に住んでるからってことぐらいしか見当がつかないよ」

「ちょっと長くなるけど、説明するわ」

リョウは語りはじめた。

江戸末期にね、ひとりの武士がいたの。

当時の武士なんて、誇れるものは地位だけ。ましてその男、田舎侍だったから、経済事情はかなり悲惨よ。実際には商人が栄華を極めてた時代だし。その男、病弱なご母堂を抱えていて、家計は火の車だった。おまけに男が仕えていたのが、手のつけられない悪代官でさ、男は良心のかたまりみたいな人だったから、それは心を痛めていたの。とはいえ生活があるし、ご母堂のためにも人より稼がなきゃならない立場でしょ。しぶしぶ仕えてはいたんだけど、男の働きぶりがよいほど代官の悪事も世にはびこるんだから、皮肉よね。だけど彼、仕事を、ご母堂のためにも失うわけにはいかなかった。

こうなったら神頼み、とばかりに、男は毎晩、あたしの社《やしろ》にやって来た。どうか代官が、心を入れ替えてくれますように、って。けどあたしも万人の神よ。あたしに信頼を寄せて慕ってくる人間すべてに、なにかしら恩恵を与えなければならない。けど、毎日毎日、数え切れないくらいの人間が、はちきれんばかりの煩悩を、情け容赦なくあたしにぶつけてくるのよ。気持ちに余裕のあるときなら、よしよし可哀想にって思えるけど、たまにブチキレそうになるわ。

だけどあたし、男を、とても不憫に思ってた。毎晩毎晩、世界中の不幸を背負ったみたいなシケた面して、あたしの社にやってくるんだから。けど、やってくるには時期が悪かった。十月だったのよ。神無月っていうでしょ。あたし、戎《えびす》やら布袋《ほてい》やらといっしょに、出雲へ一ヵ月出張でさ。なのに男は、あたしのいない社に、毎晩せっせと代官の心が清らかになるよう祈願に来てんだから、まったく抜けてるわよね。でも、裏返せば、神無月ってことすら忘れるほど思いつめてたわけ。可哀想な人じゃない。あたし、出雲で男の祈願を受けとめながら、戻ったらすぐになんとかしてやろう、って思ってた。

出張最後の晩は、年一回の恒例で、飲めや歌えの大騒ぎになるの。そりゃそうよ、あたしたち七福神は、人間どもの煩悩をかなえんがため、四六時中骨を折ってるのよ。眉間に皺寄せて道徳押しつけるブッダやジーザスなんかとはわけが違うんだから。祈願に応えられるよう、いつも精一杯努力しているわ。そのために、皆クソ忙しいのにわざわざ出雲に雁首揃えてさ、祈願達成の技術向上セミナーやってんだから。だからたまにはハメ外したいじゃない。毎年、弁財天ワンマンショーよ。あたし、弦が切れるほど琵琶かき鳴らして、喉が潰れる寸前まで歌っちゃう。弁天サイコー、君は世界一ゴージャスでセクシーな女神だ、なんてスケベな大黒《だいこく》がもち上げるもんだから、またぁ、って思いながら、つい調子に乗っちゃうのよね。だって、負の感情以外は表に出さない毘沙門《びしゃもん》までが、あたしが喜々として歌いまくる姿に目尻下げてんだから。阿呆極まりないド宴会、ってところね。

で、七福神でしたたか飲んで、明け方、社に戻ったのよ。日本酒って、ほんと足とられちゃう。あたしゴキゲンで、ふわっとしてた。そしたら、男がそこに立ってんじゃないよ！　神無月、あたしのいない空の社に、毎晩祈願しに来てた間抜けが。彼、思いつめすぎてノイローゼ気味だった。彼の頭の中では、もうあたしになんとかしてもらう以外に術はなし、って決め込まれてたみたいね。

あたし、酔っ払ってたもんだから、うっかりと人間の前に姿を現してしまってたの。しまった、どうしようって思いながらも、もう男と目が合ってて、失礼しましたぁ、なんて消えることもできなかった。だって彼、とってもいい男だった！　だからよけい気になってたんだって。その場に固まっちゃったあたしに、彼、近づいてきて、そっと手をとった。「美しい」って呟きながら。彼、あたしの姿を見て、今まで自分がなにを祈ってたんだか、完全に忘れちゃったみたい。あたしはあたしで、彼の手を振り払うこともできずに、そのまま抱き合ってしまった。ふたりは恋に落ちたの。そう、神のあたしが、人間の男と契ったのよ。

それからは、愛のヤりまくりの日々よ。彼、誠実な男だったから、全身全霊込めて、あたしを愛してくれた。あたしも彼を愛したわ。お互いの立場の違いも忘れて、すっかり溺れた。彼、毎晩あたしを胸に抱きながら、穏やかな口調で、いろんな話を聞かせてくれるの。たいていは、いかにあたしを愛してるかっていう、第三者にしたらくだらないことこの上ないピロートークなんだけど、たまにね、ちらっと話すのよ、自分が仕えてる悪代官のことを。けど、もうあたしになんとかして欲しいなんて気持ちは消えてたみたい。たとえ彼のそういった態度が、計算のうえであったとしても、あたしは、喜んで騙されようと思ったの。今思えば、ウブで阿呆よね。だってしょうがないじゃん、初恋にして処女を捧げて、夢中にさせられちゃったんだから。

ある晩の丑三つ時、あたしは、寝込む悪代官の枕元に立った。幽霊みたいだけど、真っ昼間に現れたんじゃ迫力不足でしょ。で、琵琶で悪代官の額を突いて、起こしたの。代官、起きてあたしの姿を見るなり、悪びれもしないで、あたしを拝んだわ。ありがたい、ようやく運が向いてきた、弁天様が目をかけてくれた、って。あたし、畳に琵琶をどすんとおいて、己れの悪行三昧を振り返って反省したらどうだ、って怒鳴った。あたしがなにゆえやって来たのか、それで分かるだろうって。けどあの馬鹿、それでもにこにこしてんのよ。弁天様、おっしゃっている意味がよく分かりません、私は民草のため最善を尽くしてます、だってさ。まったくとんでもないマザーファッカーね。さすがにクソッタレ、って中指は立てられなかったけど（だって一応神だし）、あたしって元々キレやすい質《たち》だから、床の間の、大陸から渡ってきた高価な水墨画を叩きつけてやった。少々荒っぽいけど、筋金入りの阿呆相手には、なんでも分かりやすく行動してやらなきゃなんないから苦労するのよ。当然、悪代官はご立腹よ。弁天ひとりの力でなにができるか、七福神揃ってこそありがたみもあるものだって、開き直った。こやつとことんムカつく！　あたし、キレそうになったけど、なんとか感情を抑えて、とにかく心を入れ替えろ、と忠告したの。そうしないと、ただではおかないってね。

もちろんそのことは、あたしの男には黙ってた。だってあたしは、男の愛だけが欲しかったんだもの。あたしを愛してくれる彼の気持ちは、いちばんの宝物だったから、幸せなまま終わりたかった。そうよ、彼との愛は、あたしが自分の立場を捨てない限り、いずれは終わるの。人間みたいに、死が互いを分かつまで、ってわけにはいかない。だったら、せめて思い出だけでも美しいほうがいいでしょ？　男があたしに飽きて、恩恵だけを目当てにあたしを手玉にとり、そんな彼に愛想を尽かすような別れ方だけは、嫌だった。彼も所詮は人間、心が弱いから。

代官は、あたしの忠告にもかかわらず、私腹を肥やして旨い汁を吸うことばっか考えてて、気の毒にもあたしの男は、その使い走り状態だった。けど、仕事と情事に忙しいあたしは、しばらく野放しにしてたの。だから、彼があたしの胸で吐《つ》くため息は、日々深くなるばかりだった。仕事辛いの？　って訊ねると、彼、苦笑いして首を振る。落ち込んだりしてゴメン、君がずっと俺のそばにいてくれるのなら、なんにも辛いことなんかないよ、って。彼、イケナイ男よ。あたしにしてみたら女心を翻弄する魔物よ。だけど、それでもよかった。あたし、彼が好きで好きで、気が狂いそうだったから！

　で、代官に、本格的に制裁を加える決心をしたあたしは、毘沙門を訪ねた。だって暴力沙汰なんて、あたしの得意分野じゃないもの。だから、その筋の専門、彼の部下である夜叉を拝借しよう、と思ったわけよ。あたしの童子を使うことも考えたけど（弁財天は、己れの意のままに操ることができる部下を五億八千従えた、竜の化身）、争いごとには巻き込みたくなかったの、不慣れで可哀想だし。

　毘沙門、渋ったわねえ。なあ考えてみろよ弁天、俺が守るものは仏法だぜ。そんな阿呆いちいち相手にしてたら、体がいくつあっても足りやしない。だいいち、俺らの仕事じゃないだろ。いくら祈願が熱心だからって、お門違いなんだから、放っておけよ。ブッダがいるじゃん、人間を改心させるエキスパートが。彼なら、脅しじゃなくて、身をもって罪を償わせるよう、上手に道を作るよ、だってさ。

　毘沙門の言い草はごもっともだったけれど、あたしは、縁の薄いところへ、この一件を委ねるのが嫌だった。だから毘沙門を強請《ゆす》ってやった、これまであたしの童子をいくら貸したかしら、って。そしたら毘沙門、あんなにいるんだからちょっとぐらい借りたっていいだろ、っていいわけしながらも、しかたなしに承諾したわ。で、今までの恩があるから、夜叉を行かせるのではなく、俺が行ってやる、と約束してくれたの。

　さっそくあたしと毘沙門は、またしても丑三つ時に、悪代官の枕元に立った。今度は毘沙門が、三叉戟《さんさぎ》の柄で額を突いたわ。こんな阿呆に触っちゃ俺の大事な道具が汚れるなあって、文句たれてたけどね。で、あたしも、せっかく毘沙門にまでおいでいただいたんだから、頑張った。迫力作りのため、竜に化身したの。

　目覚めた代官、さすがに腰抜かしたわね。だっておっかないじゃない、その場にいるだけでもいかつい毘沙門、その横には天井まで届く身の丈の竜が、揃って睨みきかせてるんだから。で、悪代官、間髪入れず命乞いよ。畳の下に隠しもってた大判を両手いっぱいに、命だけは、命だけは、って、失禁しながらあたしたちに差し出してさ。毘沙門、笑いだしたいのをこらえながら、精一杯恐ろしい形相をこしらえて、馬鹿者、お前のような不埒な奴がこの世で生を謳歌する資格などない、成敗してくれる、とかなんとか言いながら、悪代官の顔すれすれに、三叉戟を投げつけたのよ。もちろん、命中させるつもりではないわよ。壁に向かって投げたの。で、ちょっと脅かしたら、悪代官、元々患ってた心臓を麻痺させて、ご愁傷様。

めでたしめでたし。

「それってめでたいか？　肝心のその後はどうなったんだよ？」

「ぬかりはなしよ。あたし、慶喜公の夢枕に立って、一部始終を話して聞かせたわ。で、夢ではないという証拠として、将軍が愛でていた翡翠《ひすい》の七福神像の中から、あたしの像を、枕元に転がしておいたの。将軍は賢明な人だったから、悪代官の後任に、立派な代官を寄越したのよ。あたしの男、凄い喜んで、以前にも増して代官に尽くして、男の暮らしは、物心《ぶっしん》共に安定した。こうなったら、お別れよ。あたし、彼を愛してた。気が狂いそうなぐらい。だけどあたし、自分を慕ってくる人間を打ち捨てることができなかった。それって結局、神としてのプライドが捨てられなかった、ってことになるわね。もちろん、身悶えするような心の葛藤と闘うハメになったわ。このまま男と愛の日々を続けるためには、神道を捨てなきゃならない。結局、愛し愛される幸福な日々より、立場を選んだ。男の記憶からそっくりあたしを消して、内面も外見も申し分のない女と結ばれるよう、とり計らったわ。だからあたしは、今も神でいるの」

「けど、そんなに愛した男を、簡単に忘れられる？　他の女に愛した男を譲れるなんて、おかしいよ。そんなの、本当の恋じゃないよ」

まったく面白くない、好きになった女から、延々と過去の恋愛談を聞かされるなんて。第一、リョウの告白が、俺の出生地とどういう因縁があるというのだ？

「だから言ってるじゃない、とても辛かったって。どうしてこんな昔話をわざわざあなたに聞かせてると思う？　あたしに辛い思いをさせたあの男、あなたのご先祖なのよ」

「へ」

俺はわけが分からなくなり、後光が一層美しさを際立たせているリョウの顔を、呆然と眺めた。

「……けど、その武士との恋の話って、天川だった？」

リョウはにやりとした。

「さすが子孫ね。この話はご存じ？」

「ああ、学生の頃、なにかで読んだ。記憶は曖昧だけど。だけど君は、どう見ても、天川じゃなくて、江ノ島のはだか弁天だよ。奔放そうだし。……いや、それよりも、ミイラとりがミイラになった愛染明王女神版、ってのが相応しいかも……」

「あのねー、なにも弁天の存在が複数あるってわけじゃないのよ。滞在場所によっては気分も変わるってこと。それに、あたしが愛した男の子孫たちが、全国の弁財天社の近くに住む、ってのは不自然じゃないでしょ。あたしが、そうなるよう仕向けてきたんだから」

とんでもない女、いや、神だ。それなのに俺は、目の前の、いでたちだけは神の、さばけた現代風美女の話に、ただ納得させられるばかり。

「あなたには、あの男の子孫として、あたしの気持ちを苦しめた代償を支払ってもらうわ。お金くれ、って言ってんじゃないわよ。あたし高給とりだから、お金なんて腐るほどあるもの。ただ、ご先祖と同じように、あたしを愛してくれればいいの。だからあなたの前に現れたのよ。前の彼女とはずいぶん長かったわね、しびれを切らしたわ」

「けど、弁天様の力なら、待たなくても別れさせることなんかわけないだろ。男女の仲を破綻させるエキスパートじゃないか。昔っから言うじゃん、好きな人とは弁財天社には行くな、別れることになるから、って。そうそう、弁天様って、嫉妬深くて有名だよな。それなのに、よくも恋しい俺の先祖を他の女に手渡せたもんだ」

リョウの顔はみるみる険しくなったが、すぐにそれは、落胆の表情へと変わった。

「忙しかったのよ。このところずっと不景気でしょ、あたしを頼りにする人間は増える一方だから、本業に没頭してたの。あなたが仕事でひどい目に遭ってるのも知ってたし、なんとかしなきゃ、とは思ってたんだけど……。あたしは、あなたのご先祖を、本当に愛してた。タイムスリップして、過去の愛の日々に戻ることも、わけないわ。もう一度抱かれたいって何度思ったことか。けど、過去のみに己れの存在理由を求めるなんて、あまりにも後ろ向きじゃないの。そんなのプライドが許さないわ。あたしは、大黒の言葉を借りれば、世界一ゴージャスでセクシーな女神よ。煩悩だらけの人間の男に振り回されるなんて、終わってる。それに元々は、あなたのご先祖が言い寄ってこなきゃ、こんなことにはならなかったんだから。そんな言い方されちゃあ、リョウなんて人間の女の名前名乗ってさ、人間のフリしてあなたに近づいたあたしって、超バカじゃない。陀羅尼助だって、腹痛の薬ってことぐらい知ってるわよ、あなたが生まれるずっと前から。とにかくあなたの歓心を買いたくて、マリファナまで片手に現れたのに！　やっぱあなたとご先祖は違うのね。あなたみたいな心根では、あたしが愛したあの人の子孫である資格もないわ」

「君だって、ずいぶんひどいこと言うじゃないか。俺にどうしろって言うんだよ？ 急に現れて惚れさせといて、どんどん君の勝手にされちゃ、俺はどうなるんだよ？ 自分の存在理由まで疑わしくなってキレそうになるよ。いくら俺が君の愛した男の子孫だからって、先祖は先祖、俺自身じゃないし。惚れた女に、うっとりした顔して過去の恋愛話なんかされちゃ、いい気するわけないだろ」

リョウは、俺の言葉に機嫌を直した。

「だからあたしは、あたしをあんなに愛してくれた男と、その子孫たちの幸福と、なおかつあたしの幸福とが両立する方法はあるかしら、って考えたの。で、あたしが、一時的にカワイがってもらえばいい、っていう結論に至った。子孫の男たちの中でも、時代で、もっとも恋愛至上な人を相手に選んでね。あなただって、一時とはいえ、楽しい時間をすごせるわ。だってあたし、外見も内面も、すっかりあなた好みの女に化身してるんだもの。ねえカオル、今のあたしみたいな、物言いのはっきりしてる女、好きでしょ？ 長身のナイスバディ、好きでしょ？ あなた好みの女になることなど、わけないわ。まあ、口が達者なところは、元々のあたしだけどさ」

「そのとおりだけど……。種明かしされちゃ、味気ないよ。それに、先のない恋愛なんて」

「だから、ものは考えようよ。あなたはあたしと、楽しい時をすごす。あたしは、あなたが人生幸せにまっとうできるよう、最善を尽くす。あなたが幸福の軌道に乗ったら、あたしはあなたの記憶から消えるわ。もちろんすぐに、あたしの代わりに、申し分ない女が、あなたのパートナーとして現れるわけよ。あたしとのことは、あなたの記憶からはすっかり消えてるから、ハッピーに暮らしていけるわ」

「俺、分からないよ。なにが幸せかなんて、今訊かれても答えられないし。どうして、最初から正体を明かしたりしたんだよ？　人間のフリして、最後まで騙してくれればよかったのに。それに、俺がそのうち、君の力だけを当てにするようになったら、どうするつもり？　天罰でも下すわけ？」

「だって、嘘つき続けるのって疲れるもん、あたしの性に合わないよ。だいたいあなたのご先祖、あたしの正体を知っていながら、大胆不敵にも口説いてきたんだから。まして天罰なんて下さないよ、安心して」

「……えっと、さっきから引っかかってたんだけど、君、旦那いたんじゃなかったっけ？

たしか、毘沙門天と夫婦だろ?」

「やめて、毘沙門なんかタイプじゃないって! あんな文句たれ相手にできる物好きなんて、吉祥だけよ。毘沙門天の奥方は吉祥天、お間違いなく。まあ、日本じゃあたしと吉祥をごっちゃにしてるから、勘違いするのも無理はないけどね」

「そうか。俺が浅学でした」

俺はリョウとの会話に疲れ果て、ソファーに体を沈めた。あまりに驚いたせいで、座ることすら忘れていたのだ。彼女、神の装束から、現代女性の格好に戻った。セクシーな変身シーンは、仮の姿から本来の姿に戻るときのみ、らしい。

「あー、言いたいこと言ったら、凄いお腹空いたー。カオルも空いてるでしょ? なんか作るよ」

「いいよ、マジで天罰が下りそうだし。それに、わざわざ作らなくたって、君の力で目の前にすぐ出したりとか、できるんだろ?」

「いくらそうできたところで、喜んでくれるのは最初だけ。あなたのご先祖、どの男も、あたしの離れ技を不気味がってたわ」

たとえ期限つきの恋愛だっていいじゃないか。俺は、すっかりリョウが好きになっていた。だって彼女、なにからなにまで、俺の好みだ。浮き沈みが激しそうな気性も、この女には、よく似合っているし。彼女を見ていると、この部屋で暮らしはじめた頃、同居していた猫のことを思い出す。

ある日のこと、洗濯物を干しにベランダへ出ると、子猫がちんまり座っていた。三階の部屋だから、まあそう驚いた話でもない。俺の姿を認めた彼女(メスだった)、でっかい目に涙をたたえながら、ニャ、と力なく鳴いた。カワイイじゃん。俺は彼女に手を差し伸べた。彼女、怖がりもせず、俺の手に身をすり寄せ、ニャ、ニャ、と鳴いて喉を鳴らした。腹が減っていたせいだ。俺はそのまま彼女を抱き上げ、部屋へ連れ込んだ。

手のひらに乗るほどのカワイらしい大きさだった彼女は、半年で立派な大人になった。俺が仕事から戻って玄関の前に立つと、もう扉の向こうに彼女の気配がする。開けた途端、夫を迎える新妻の如く、俺の胸に飛び込んできた。彼女、しきりに外に出たがっていた。けれど、避妊手術をしていない。閉じ込めておかないと、恋でもされたら、あっと言う間に猫屋敷だ。

俺は彼女を、避妊手術のため病院へ連れて行ったことがある。順番待ちをしていたら、隣に座った老夫婦に、カワイイ猫ちゃん、どこが悪いんですか?　と話しかけられた。

いえ避妊手術なんですよ、と俺が答えると、老夫婦、驚いた。え？ だってまだこの子、一度も出産してないんでしょ？ 俺が、そうですよ、だって子猫が生まれても面倒見られないし、と答えると、婆さんのほうが、そう、この子は、女の悦びを知らずに一生を終えるのね、と呟いた。婆さんのひとことのせいで、手術はキャンセルせざるを得なかった。

俺は惜しみなく、彼女に愛を注いだ。当時の俺の女が嫉妬するぐらいに。愛猫は、日々女らしくなり、まるで人間の女のようにしなを作って甘えてきた。単なる猫の仕草なのかもしれない、けれど俺の目には、カワイさのあまり、そう映った。寒い晩は、喉を鳴らしながらベッドに潜り込んでくる彼女を、抱き締めて眠った。週末に泊まりに来る俺の女（人間の方）は、ベッドに猫の毛が落ちているのを嫌がったが、俺がとてもカワイがっているので、文句を言うのをあきらめた。女も嫉妬はしていたものの、俺たちの間で体を丸めて眠る彼女に、目を細めていた。

しかし、恋の季節は、もう彼女をこの部屋には引き留められなかった。猫特有の盛りの声を上げ、窓ガラスに爪を立てる彼女を、俺は辛い気持ちで眺めた。彼女、大きな目に涙をいっぱい浮かべて、俺を見つめながら、ガラスをかき続ける。窓の向こうから、明らかにオスの、猫の鳴き声がした。お別れか。俺は、彼女を呼ぶ男が、いい男であることを願いながら、鎖につながった首輪を外し（窓や玄関を開けるときに出て行かないようにしていたのだ。可哀想ではあったが）、ベランダの窓を開け放った。彼女、振り向きもせず、鳴き声の元へ飛び出して行った。突然現れて、さんざん甘えて、大人になったらサヨナラも言わずに、俺の元から去ってしまった。

「ねえ、なに考えてる？」

食べる手を止めた俺を、リョウは怪訝な眼差しで見つめる。

「べつに……。俺の考えてること、分からないのか？　神だろ？」

「目の前の人の考えてることが全部頭に入ってくるんじゃ、ノイローゼになるわよ。それに、今は人間に化身してるし」

「そりゃそうだよな。俺、君のこと、もう弁天様なんて呼ばないぜ。俺の女だから」

「嬉しい！　大好きよ、カオル」

リョウは喜色満面でフォークを放り投げ、俺に飛びついた。ワイングラスが倒れ、葡萄色の液体が、静かに床にしたたっていく。彼女、食事中だというのに、ペニスをつかみながら俺の服を剝ぎとり、さらにむしゃぶりつきながら、器用に自分の服も脱ぎ捨てた。俺たちは、食べかけの皿もこぼれた酒もそのままに、キッチンの床に転がり、お互いの体に口づけた。テーブルから流れ落ちる甘い液体が、リョウの体を濡らした。俺は濡れて息づくヴァギナに、液体に湿らせた指を突っ込み、酔わせた。乱暴に爪を立てたい衝動を抑え、指の腹を彼女の中でかき回すと、熱くて柔らかい壁が、心地よく指の腹に吸いついた。

リョウは、セックスをしているときが、いちばん美しい。黙って俺を見つめる顔も、崩れる寸前まで笑う顔も、怒った顔も、すべてきれいだけれど。多分、セックスが好きで好きでたまらないのだろう。それは、ちっとも美しくない俺にしたって同じだ。俺が我を忘れられることなど、セックスのときぐらいだから。欲望だけが脳を支配し、煩わしいことすべてが、そのときだけは彼方へと去る。

リョウは、俺の心を読んだのか、それとも俺と同じ気持ちに揺れているのか、官能に濡れた瞳を宙に泳がせ、このまま人間でいようかな、と呟いた。

朝が来ればはじまる、厄介な現実。

俺は、多目的ホールの広報、という仕事に就いていた。好きでやっているわけではない。企画の仕事を希望し、就職当初は、念願の部署で働いていた。ところが、同僚の男と馬が合わず、確執は日々深まっていった。そこで要領のいい同僚は、俺のあることないことをオーナーに耳打ちして、いかに自分が優秀かをアピールし、邪魔者を同じ部署から追い出すよう、仕向けたのだった。異動の話が来たとき、俺は頭に血が上った。奴と同じように、奴の欠点をあらいざらいぶちまけてもよかった。が、なんというか、俺は日和見主義なので、結局は黙って指示に従った。奴、かなり喜んでいるに違いない。俺が部署を離れてからは、意気揚々としていたから。

タイムカードを押す。誰かに使われる限り永遠に繰り返される、つまらない日常への刻印。けれどどんな気持ちを抱くなんて、俺はあまりにも餓鬼だ。仕事なんて、つまらないのが相場、割り切らねばならない。代償は、毎月きっちりと支払われているのだから。

「ずいぶん憂鬱そうじゃない」

俺は飛び上がった。リョウが、弁財天の装束で、俺のデスクの上に浮いていた。

「どうして来たりしたんだよ？　もうすぐ、他の奴も来るんだぜ。君の姿を見られでもしたら」

「大丈夫、姿消すことなんか、わけないから。それに、出勤してくる人って、あたしとカオルが出会った晩、いっしょにいた男でしょ」

そのとおりだった。この部屋は、俺と、あの晩同行していた新入りと、たまに本社から出張して来る役員の三人部屋で、今日は役員の出社がない日だった。

「彼のこと、知ってるの？」

「あたしが弁財天だってこと、ホントに忘れてくれてるみたいね。まあ、嬉しいけど」

「へ？」

「あの新入社員はね、童子なの。あたしの部下。先にカオルの近くへ寄越しておいたの。気がつかなかったの？　あの子、かなり浮世離れしてるのに」

「いや、ちょっと変な奴だな、とは思ってたけど……。なに考えてんだか分からないし。でも、とにかく俺に従ってくれるし、仕事が早いから、世間知らずなことなんかどうでもよかったんだ。じゃあ、あの晩、俺と君が出会うことも、当然知ってたわけだよな？」

「そんなの当たり前じゃない。あの子さー、あんまり人間のフリするの上手じゃないから、ちょっと心配なんだけど、いちばんあたしに忠実で、カワイイのよ。カオルも、好きなように使ったらいいわ」

「はあ……」

俺はもう、ひと仕事終えたような疲労感に襲われ、椅子にどすんと座った。

「このままでいいの？」

「なにが」

「仕事、面白くないくせに。あいつにしてやられたんでしょ？　あたしが、恨み晴らしの手助けして差し上げるわ」

「冗談じゃない、やめてくれ。これは俺の問題だ。自力でなんとかする。いや、なんとかできなくても、一応、努力はしてみるし」

「なに言ってんのよ！」

リョウは、琵琶をデスクに叩きつけた。

「あいつが余計なことしなけりゃ、あなたは好きな仕事続けられてたのよ。ああいう性悪に限って世間で大手振ってんだから、終わってるわね。許せないわ、あたしが思い知らせてやる。天罰よ！　あの馬鹿は己れの愚かさを悟ってまっとうな人生、あなたは念願の仕事にカムバック。一石二鳥、イイ感じじゃん！　だいたい、なんであたしがあなたの前に現れたと思ってんの？　このままあなたを、ただの酔っ払いにさせてはおかないわ。あたしはあの馬鹿に制裁を加えるからね。止めたって無駄よ」

リョウは姿を消した。彼女の言葉に恐怖を感じていると、俺たちが会話を終えるのを待っていたのか、新入りが現れた。

「カオルさん、そういうことなんですよ」

「ああ、そう……。君、ずっとリョウにつき合ってんの？」

「そうです。昔、弁天様が、唐の坊さんに嫉妬したときには、参りました。知識深いうえ容姿端麗、今まで弁天様を崇めてた人までもが、その坊さんに夢中になっちゃったことがありましてね。人間の欲望をかなえる神として存在する弁天様にしたら、立場ないじゃないですか。ブッダの道を説いているにせよ、坊さんは人間だし。プライドがエンパイアステイトビルよりも高い弁天様が、坊さんを黙殺するわけないですよね。で、僕に、その坊さんの稚児になれって命令しました。さっそく命令に従って稚児になり、僕が坊さんの信頼を得た途端、弁天様、僕を悩ましい女に変身させちゃいました」

「いかにもリョウならやりそうだ。でも、坊さん、君を追い出したんじゃないの？」

「いいえ。僕は坊さんに向かってしくしく泣きながら、せっかく今まで徳の高いお坊様に仕えてきたというのに、今朝目覚めたらこんな姿になっていた、もう生きる道はない、って嘆いて見せました。弁天様がそうしろ、って言うから。そうしたら坊さん、信じましたよ。お前が女の幸せを選ぶのならここから去るしかないが、私と一緒に仏の道を歩むのなら、尼僧としてずっとここにいるがよい、って。僕、坊さんに親身にされて、さすがに弁天様に対して少し反抗心が芽生えましたけど、結局は命令どおり、頭剃って坊さんのそばにいました。でも、僕の外見は悩ましい女なわけで、つるっぱげでも色香が抑えられなくって……、説法聞きに集まってくる堕落坊主やら見境なしの武士どもに誘われて、迷惑千万でした。男は皆、僕を見てむらむらしてましたね。参りましたよ、女になんかなるもんじゃない。あのときの、僕を見る男のぎらぎらした目つきを思い出すだけで、悪夢にうなされます」

「凄い、っていうか、呆れるね。じゃあリョウは、坊さんに禁を犯すよう、君を女にしたのか？」

「違いますよ、坊さんの地位を失脚させたかっただけです。坊さんだけです、僕を見てむらむらしなかったのは。彼、意志が恐ろしく強くて、僕を、美しいオブジェぐらいにしか思っていませんでした。でも傍から見れば僕は、尼僧とはいえ、坊さんのそばでなにくれとなく世話を焼く女なわけですから、世間の噂になりました。あの坊主は高僧なんかじゃない、我々は騙されている、と。弁天様、それで気がすんだみたいで、皆の目の前で、僕が人間ではない、という証明として、僕を白蛇に化身させました」

「……なんて言うか……、君、大変だね」

新入りは、俺の言葉に微笑んだ。

「たまに人間みたいに嫉妬して、振り回されるほうはいい迷惑ですけど、僕、弁天様の仕事ぶりには惚れてますよ。大事にしてもらってもいますし。だから僕、命令どおり、カオルさんの幸せのために働きます」

返事に窮していると、新入りは、本日のスケジュールを確認した。カオルさん、取り敢えず仕事しましょうか。部下にこんなことを言わせる俺は、相当、駄目な上司に違いない。


「お帰りー!」

玄関のドアを明けた途端、かつての愛猫の如く、リョウが俺に飛びついてきた。

「ごはんできてるよー。早くお風呂入ってぇ」

「うん……、それより、奴を懲らしめるとかってのは」

「任せて。バッチリ計画してるから」

「いや、そうじゃなくって……」

「そんなことより、お風呂」

うら寂しいやもめ部屋が、一晩で新婚家庭と化した。しかし風呂場やトイレや車の中など、ひとりになる場所では、雲の如くさまざまな思いが浮かんでは消え、この幸せも期限つきか、と思うと、無性にせつなくなる。いや、期限つきだからこそ、こんなに気持ちが募るのか？　普通の女と、平凡に、愛と消費の日々をすごしていれば？

リョウは俺の気も知らず、鼻歌を歌いながら食事の支度をしている。風呂から出ると、豪華な料理と美しい愛人が待っている。このまま、これがずっと続いたら。俺は祈った。しかし、俺が祈る神は今、人間の格好で、俺の目の前にいる。神無月にせっせと空の社に通っていた先祖と同じく、百年以上経った子孫にも進歩はない。

「じゃ、出かけようか」

食事がすむなり、リョウは立ち上がった。

「へ？　どこ行くの？　デート？」

彼女、急に変身する。しかも数秒の間なので、ある種ストリップ的な変身シーンを、楽しむ暇もない。

「そんな格好して、なにする気?」

「あたしの力を使うのよ」

リョウに見とれていたら、俺が身につけていたバスローブは、いつの間にか外出着になっていた。

「つかまって」

言葉に従い、抱きついた。次の瞬間、俺たちは、高層ビルの最上階かと思われる、雰囲気のいいバーの天井に、浮いていた。

「なんでこんなところに? なあ、不気味だって。絶対、不審に思われるよ」

俺はリョウに抗議した。

「大丈夫。あたしたちの姿は、誰にも見えないから。それより、ご覧なさいな」

リョウが琵琶で指した先には、オーナーと、元同僚が、グラスを傾けていた。奴、喜色満面で、いかに自分が仕事を上手くさばいているか、それによっていかに会社にメリットをもたらしているか、というようなことを力説していて、オーナーも満足気に頷いている。俺は胸クソ悪くなり、この場からすぐさま立ち去りたい衝動と、ふたりの会話をすべて聞きとりたい欲望とで、気持ちが複雑に揺れた。俺たちは、ふわりと漂いながら、ふたりに近づく。リョウが、意味深長な笑みを頬に浮かべながら、手にした琵琶を奏ではじめると、ビリー・ホリディの「奇妙な果実」は、平家物語の弾き語りに取って代わった。なにするんだよ、俺たちの存在がバレるだろ。気分よく唸っていたリョウは、腰を折られて、むっとした。

「大丈夫だって言ってるでしょ？　あたしたちにしか聴こえてないんだってば。人間の幸せをかなえることばっかしてるから、今日みたいなのは不慣れで、集中力がいるのよ。ああもう、最初っからやり直しだわ」

リョウは蓮華座にあぐらをかき直し、再び、祇園精舎の鐘の声、諸行無常の響きあり、とやりはじめた。なにが起こるのか、ふたりの顔とリョウの顔を交互に眺めていると、次第にオーナーの顔が険しくなり、元同僚が狼狽しだした！　ひとえに風の前の塵に同じ、とリョウが唸り終え、琵琶の音色が厳かに響くのと同時に、オーナーは立ち上がり、元同僚に向かって、君の話は気分が悪いので失礼する、と吐き捨てた。当然、元同僚は焦り、なんとか場をとりつくろうべく努めたが、ついて来るな、と突き放され、うなだれて、ひとり席へと戻った。そして、オーナーとエレベーターに同乗しないようにであろう、残りの酒で時間を潰し、グラスの中身がなくなると、ゼロのアタッシュケースを重そうに持ち上げ、退散した。

リョウは、固唾を飲んで一部始終を見守っていたが、ふたりがいなくなった途端、琵琶を放り投げ、とびきりの笑顔で微笑んだ。

「やったー！　成功したわね」

「なんなんだよ？　なに、今のは」

「まあまあ。乾杯のあと説明するから。カオル、ここで一杯飲《や》って行こ」

「え？　いいけど……」

返事をするなり、俺たちは、バーの入り口に立っていた。リョウは、胸元も眩しいドレスに身を包み、俺を促してウェイターに近づく。窓際の席に案内され、俺とリョウは、輝く夜景を眺めた。

彼女、ウエイターに向かって、メニューも見ずにオーダーした。ヴーヴ・クリコを一本、グラスはふたつね。それと、イチゴはありますか？　俺は眉をひそめた。シャンパンにイチゴとは趣味がいいけれど、そんな金ないぞ。しかし彼女はもうオーダーしてしまった、そして、にっこり笑って、分厚い札入れを広げて見せた。

「心配しないの。ひと仕事のあとは、美味しいお酒、って決めてるのよ。自分へのご褒美。ピンクのドンペリ、って言わないだけ趣味がいいと思わない？」

「まあね」

注文の品を載せたワゴンがやってきた。つやつやと美しい果実が盛られた皿は、ラリックの復刻だ。ぽん、といい音がして、そこらの席の客が、皆こちらを見た。弾ける酒の泡に、リョウは目を細める。乾杯。俺たちはグラスを合わせ、金色に輝く酒を口に含んだ。

「美味しい。ああ、すっとしたわね。見た？　あの馬鹿の間抜け面」

「あれって、どういうこと？」

「どうもこうもないわよ。あたしがさっき歌ったでしょ？　おごれる者も久しからず。あの馬鹿、調子こいてるから、ちょっとお灸すえてやったの」

「……平家物語で懲らしめる、とはねえ。やっぱリョウって、源氏に大切にしてもらったから、平家が憎い？」

「さすがあたしの愛人の子孫、よくご存じね。それにさ、ぴったりじゃない？　あの馬鹿はね、いつまでも栄華が続くと信じて疑わなかった間抜けな平家と同じよ。あたしが祇園精舎って歌えば、風前の塵も同然。カオル、大船に乗ったつもりでいなさいな。じきに好きな仕事に戻れるわ」

「七福神の宝船に同乗した、ってことか。けど、なんか良心が」

「馬鹿ねえ。あなた偽善者？　自分を陥れた相手に、なに同情してんのよ」

「君、凄いね」

「そうよ。凄いでしょ、神だもの」

　俺の言葉をすぐにイヤミと察し、逆手にとってくすくす笑ってみせるリョウ。俺は、怖いながらも、リョウという人間の名前を名乗る弁財天に、心底惚れてしまっていた。元同僚へのちょっとした同情心は、シャンパンの泡といっしょに弾けて飛んだ。


　元同僚の顔色の悪さは、平家物語の威力の成果だ。

　いつもより出社の早い役員から、奴と俺の異動話を聞かされた。奴は営業へ行く。理由は、このご時世、営業をかなり強化せねばならず、他に適任者がいないから、らしい。そして俺は、企画に戻る。理由は、役員が、広報として正式着任するので、現在の広報担当である俺を、どこかに動かさねばならない。それなら、元々企画で採用した人材でもあることだし、という事情なんだそうだ。しかも新入りと、仲よく同部署へ異動となった。

　しかし俺は、素直に喜べなかった。昼飯の店を決めるかの如く、コーヒー片手に冗談でも交わすような口調で辞令を下す役員も気に入らないし、なにより、すべてリョウの力か、と思うと、脱力感に襲われた。カオル、そんなふうだから、あの馬鹿に出し抜かれるハメになるのよ。リョウの声が頭に響く、けれど、どうしても釈然としない。

家に帰ると、リョウは、上機嫌で俺を迎えた。おめでとう、企画に戻れるんでしょ？あたしがいてよかったって、カオルにやっと思ってもらえるときがきたわ。しかし俺は、かぶりを振った。俺、あんまり嬉しくないよ。この言葉に、彼女、驚いた。

「どうして？　好きな仕事に戻れるんじゃない。あたしは大して仕事してないのにさ。あの馬鹿に、天罰が下ったのよ」

リョウは笑顔で、ビールの缶を差し出す。

「こんなの、自然じゃないよ！」

俺は、リョウの手を振り払った。彼女は、俺の剣幕に驚き、その場に固まった。缶が音を立てて転がり、中身が床に流れ出た。

「……迷惑だった？」

俺は黙っていた。

「あたし、カオルが、毎日楽しく仕事ができればいいな、って思って……」

「お節介だよ」

「だって」

「リョウには、俺の気持ちなんか分からないよ。不可能って文字を知らない、弁財天様にはな」

普段の彼女なら、自分以外の人となにもかも分かり合うなんて無理に決まってるでしょ、などと言い返しているはずだ。しかしなにも答えなかった。美しい切れ長の目から、ぽろぽろと涙をこぼし、その場から消えた。テーブルにはいつもどおりの、食欲をそそる料理が整然と並び、口に運ばれるのを待っていた。俺はネクタイをゆるめ、大きなため息を吐《つ》いた。ソファーに体を沈めると、すぐに眠りに落ちた。

寒さに瞼が開いた。同時に喉の渇きを覚え、冷蔵庫へ向かう途中、濡れた床に驚き、先程の出来事を思い出した。己れを呪うのはいったい何度目だろう？ 当然リョウは、姿を消したままだった。そんな。こんな別れになるなんて。俺たちまだ、十日といっしょにすごしていないのに！

「戻って来てくれよ」

ひとりきりの部屋で呟いた。返事はなかった。俺は叫んだ。

「悪かったよ。謝る。君を傷つけた。全部俺が悪い。俺、リョウがいないと」

言い終わらないうちに、リョウは現れた。俺は夢中で彼女に抱きつき、伝わる体温を確認して安堵する。ひたすら謝る俺を、リョウは泣き腫らした目で、優しく見つめた。

「いいのよ。あたし、ちょっと悪ノリがすぎたわ」

「違う、そんなんじゃない。俺、自分自身の力では、リョウみたいには絶対できっこないから、拗ねてたんだ。あいつが気の毒だってことより、ずっとそれが気になってたんだ」

「もういいってば。分かってるわ」

「……このまま、君がいなくなってしまったら、どうしようかって思った……」

「馬鹿ね。あたしがいなくなるときは、カオルの記憶ごと消えてるのよ。あたしが恋しいってことは、まだあなたのそばにいる証拠よ」

リョウは俺の髪を撫で、餓鬼を扱うかのようにあやした。俺は、人間に化身した女神に抱かれ、いつまでも彼女の豊かな胸に、顔をうずめていた。

遊びに行きたい。リョウの言葉に、俺は、いつものクラブへ彼女を連れて行った。バーカウンターで酒を求めると、バーテン役のスタッフが、こんばんは、と声をかけてくる。オープン以来の酔っ払いの俺を覚えているのだろう、彼、たまに、俺の馬鹿話につき合ってくれていた。バーテンは、横にいるリョウにとびきりの笑顔を向け、己れの魅力を、グラスを渡すまでの短い時間で精一杯誇示した。が、俺が突然キレた日から、心ここにあらず、のリョウは、にこりともせずグラスを受けとり、彼をがっかりさせた。あの、どうかしたんですか、彼女？　顔立ちのはっきりした、女の客に人気のあるバーテンは、自分にまったく興味を示さないリョウに、驚いていた。ごめん、ちょっと虫のいどころが悪いんだ。俺はカウンターを離れ、人気のないダンスフロアを眺めるリョウの元へと急いだ。

横に来た俺を、笑顔で見上げるリョウ。けれど、いつもの口達者ぶりは、なりをひそめていた。そして、ふいに俺の手をとり、ＤＪブースをとり囲む螺旋階段を上った。階段の先は、ビルの屋上に続いていて、夜風に当たりに来た客が、何組か群れていた。俺たちは、フェンスに手をかけ、眼下に広がる、よどんだ空気が充満した夜の街を眺めた。

なんだかあなたって、分からない人ね。昔あたしが愛した男の子孫だから、単純に似る、ってわけでもないのは承知のうえだけど。彼女の言葉は、俺の胸の奥を冷やした。いく度体を重ねたところで、どんなに優しくくし合ったところで、完全に満たされはしない気持ちのやり場に、俺たちは困惑していた。リョウが相手ならなおさらだ、彼女は神なのだから。神だから、俺の理想であって当然で、神だから、決して人間の男のものにはならない。第一、俺は、たまたま彼女が昔愛した男の子孫である、という理由だけで、いい思いをすることができるのだ。期限つきではあるけれど。頭に「フリー」の歌詞が回る。だって私はいつまでもここにいるわけじゃないの、私は自由でなくてはならないから……。

急に笑いだした俺に、リョウはおずおずと声をかける。ねえ大丈夫？　ああ、全然平気。結局、なにか話があって、わざわざ屋上まで俺を連れだした彼女の気持ちに応えることなく、いつの間にか集合した客たちで熱気を帯びる階下へと戻った。文句があるならぶちまけりゃいいものを、壊れかけた俺に、恐らく追い打ちをかけられなかったに違いないリョウは、あきらめて、二杯目の酒に口をつける。陳腐な言葉しか見当たらないが、俺は彼女が好きだ。多分、これ以上誰かを好きになったことがない、というぐらい、好きだ。そして、彼女だって、俺を好きなはずだ。互いの体温が伝わるほどそばにいるのに、一億光年も離れているような気にさせるこの空気はなんだ？　男の客は、リョウを見て、一瞬心を動かされた表情になるけれど、彼女の腰に腕を回す俺を同時に見つけて、つまらなそうに目をそらす。

「いい気になってたら、お前もあいつと同じ目に遭うぞ」

驚いた。酔客の中に、元同僚と新入りが混ざっていた。新入りは、なにも知らない素振りで、元同僚の言葉を牽制する。

「あいつって、誰ですか?」

「お前の上司だよ。女たらしの、どうしようもない奴さ」

「へえ、僕の上司は女たらしだったんですか。で、どんな目に遭ったんですか?」

「天罰だよ。希望の部署から外された」

「そうだったんですか。知りませんでした。でも、どうして僕が、そんな目に遭うんですか?」

「だってお前、奴の部下だろ。あいつを見習ってたらろくなことないぜ。そのうち、お前にも天罰が下る」

奴の、「天罰」という言葉が気に入らなかったのであろう、リョウの眉が、ぴくっと動いた。放っておけよと言うつもりで横を見ると、すでに彼女は消えていた。新入りは俺を見た、そして、両手を広げて、苦笑しながら肩をすくめた。元同僚も、新入りの素振りに俺の姿を認めたが、フロア一面に広がる眩しい光に、たまらず目をつぶる。新入りの視線の先には、床を蹴って宙に舞い、裸体から瞬時に弁財天の姿に変化するリョウがいた。これで三度目だ。またしても急に変身されたという悔しさを噛み締める間もなく、客が一斉にざわめきはじめた。

「そこの馬鹿、こっちを見な」

リョウのハスキーヴォイスがハコ中に響き渡った途端、辺りは水を打ったかの如く、しんとした。

「あんたよ。遊び場に、ゼロのアタッシュケースでやってくる間抜け野郎」

リョウは、左手に琵琶を握り、蓮華座に仁王立ちして、ダンスフロアの中央に浮いていた。元同僚は、慌てて己れの足元の鞄を確認し、リョウを見上げる。つい先程までかかっていたクレモンティーヌの曲は、とっくに止んでいた。超常現象に恐れをなしたDJが、口を開けたままで成り行きを見物していた。

「……俺?」

元同僚は、恐る恐る、リョウに声をかけた。

「そうよ。あんた、よくもあたしの大事な童子を侮辱してくれたわね」

「大事な……ドウジ?」

「あんた、何年日本人やってんの? 童子っていうのはね、童の子供って書くのよ。歴史の勉強してないの? その子はね、あたしの部下」

「部下? こいつの上司は、あの男じゃ」

元同僚が、俺を指さす。

「その人はね、あたしの恋人よ。あんた、あたしの大事な人をひどい目に遭わせただけじゃ足りないの? あたしの童子まで侮辱するとは、許せない」

「なんのことだか。俺には、あんたがなに言ってんだか、さっぱり分からない。だいたい、あんた何者?」

同僚の言動は、リョウの怒りに油を注いだ。

「弁財天の力を見せてくれるわ。覚悟しな」

元同僚、すっかり狼狽して、俺と新入りの顔を交互に見た。俺は、テーブルに強く肘をつけ、他の客と同様、間抜け面で彼を見つめ返すのが精一杯だった。リョウはといえば、あっという間に、身の丈十尺は優にある竜に化身し、元同僚に巻きついた。静まり返ったフロアは、恐怖の雄叫びに包まれた。お前ら、なに見てる? この馬鹿と同じ目に遭いたいか？　竜の言葉に、粋なクラブは、一転して修羅場と化した。間もなく、俺と新入りと元同僚、そして竜に化身したリョウ以外、誰もいなくなった。

気の毒なことに、元同僚、恐怖のあまり声も出ず、ふたりの見物人に、涙目で救いを求めてくる。

「私の童子になんと言った？　天罰だと？　私が、貴様に天罰を下してくれる」

竜は、きりきりと奴の体を締め上げた。

「助けてくれーっ。殺さないでくれ」

奴は声をふりしぼり、巨大な竜に哀願した。俺は呑気にも、恐怖に歪む奴の顔に、ムンクの「叫び」を見出していた。

「殺さないでくれだと？　私の男を陥れておきながら、虫のいい。胸に手を当てて、己れの悪事を振り返れ」

こんな状態で、どうやって手を当てるんだよ。奴は憎まれ口を叩いて竜を睨んだが、すぐに自分の力でかなう相手ではない、と我に返り、今現在の状況から逃れるべく、敵の機嫌をとる作戦に出た。太鼓もちに相応しいやり方だ。

「……俺が悪かった」

「なら、私ではなく、あの人に謝れ」

竜は、奴を、俺の前に叩きつけた。奴は、ぐえっ、と喉を鳴らし、床に伸びた。

「早く謝れ」

元同僚は、体を起こし、魂を抜かれたかの如く血の気の失せた面で、すみませんでした、と、小さく頭を下げた。

「足りない！」

竜の尾が、したたか奴の体を打ちつけ、再び奴は、だらしなく倒れた。

「土下座して、心から謝れ」

奴、きっと自棄糞《やけくそ》だったに違いない。しかしそれを表に出すと、命を落とすかもしれない、という恐怖からか、真剣な眼差しで俺を見た。そして、唇を噛み、かぶりを振って、両手両足を床についた。申しわけありませんでした。許してください。俺は、奴が気の毒だと思う反面、この数ヵ月間心に溜まっていた汚物が、バスタブから抜ける汚れた湯の如く、すーっと流れ出て行くような爽快感を味わった。

リョウは弁財天の姿に戻り、琵琶で出口の方向を指した。

「もういい。出て行け」

ところが、元同僚は、すっかり腰が抜けていて、立ち上がることがままならなかった。

「しょうがないわね」

リョウがひらりと蓮華座から降りると、蓮華座は奴を乗せ、猛スピードでこの場から消え去った。

俺は、ひと仕事終えたリョウを責めた。こんなことして、事後処理をどうする気でいるんだよ?

「そうなのよね。後先考えないで、キレちゃった。どうしよう」

戻ってきた蓮華座にあぐらをかいて、リョウはため息を吐《つ》く。

「どうしようって、弁天様、考えなしにやらかしちゃったんですか？　即刻、居合わせた全員の記憶を消さないと」

リョウの呟きに、これまでは半ば面白がっていた新入りにも、俺たちの不安が伝染した。

「んー、でもさ、どうせこの場に居合わせてた連中なんて、酔っ払いばっかじゃない？　そんな奴らをまともに相手にするなんて、馬鹿らしいっちゃ馬鹿らしいわよね。でもまあ、なんとかするわよ」

新入りは、なにか言いたそうな素振りだったけれど、僕は失礼します、と言い残し、すっと消えた。

「ねえカオル、帰って、いっぱいセックスしよ」

「は？　こんなときに、なにを呑気な」

「いいからいいから、今夜のことなら心配しないの。あたし、カオルに抱かれたい」

リョウは、俺に抱きついた。次の瞬間、俺たちは、家のベッドの上で、すでに裸だった。彼女、大仕事の疲れも見せず、俺のペニスにしゃぶりつく。正直俺は疲れていた、けれど、彼女の舌の温かさが嬉しくその気になり、腹の下にある彼女の髪をつかんで、嬉しそうに俺のモノをなめる女の顔を眺めた。リョウは俺に抱きついて離れず、俺の体中に口づける。

体だけだっていいんだ。だいたい、酒抜きの俺なんか、女と抱き合うことぐらいしか、命を賭けることなんてないじゃないか？

立ち込めるリョウの匂い、ジャズにむせ、気持ちばかり焦って、早いうちに射精してしまった俺を、リョウは責めなかった。好きよカオル、なにも言わなくていい、もっともっと頂戴。

ふたりはろくに睡眠もとらず、シーツを互いの体液で濡らしながら、繰り返し抱き合った。

あの人、急に辞めたみたいです。ま、自分の蒔いた種、ですからね。新入りは、コーヒーを差し出しながら、俺に報告した。うん、でも君、せっかく仕事覚えたところなのに、また一からやり直しだよ。君もいっしょに異動なんだから。俺の言葉に、新入りは表情を強ばらせた。

「はあ……。それが、その」

歯切れの悪い新入りを怪訝に思い、なんかあったの？　と訊ねると、彼はますます口ごもる。

「どうしたんだよ？」

「あの……。カオルさん、楽しかったです。今回は、短かったですけど」

「今回？　短かった？」

新入りの言葉が解せずに考えるうち、ある考えに思い当たり、俺は青くなった。

「まさか」

「はい。あの、僕たちそろそろ、カオルさんの前から失礼します」

俺は、紙コップを握り潰していた。大変だ、染みになりますよ。新入りは、ポケットからハンカチを取り出し、俺のジャケットについたコーヒーを拭う。

「ひどいじゃないか。勝手に現れて、勝手に消えるなんて」

「お気持ちは分かりますけど……。あなたがリョウと呼んでいる女は、人間ではなく、神ですから」

冷静な新入りの言葉は、俺の苛立ちを募らせるばかりだった。

「嫌だ。俺、リョウがいなきゃ駄目なんだ。仕事があるのなら、俺のそばですればいいじゃないか」

「そんなこと言われても……。昨夜の騒ぎが大きくならないうちに、僕たち、消えないと。弁天様、後先考えずにあんなことしちゃったから、期間が思いのほか短くなってしまって……、せめてカオルさんには、ひとこと言っておきたい気持ちになりました」

「だけど、それはなんとかするって、リョウは言ってたぜ」

「はい。だから僕ら、昨夜居合わせた全員の記憶から、消えます。カオルさんを陥れた奴も辞めたことだし、こうするのがいちばんいい方法かと」

俺は、昨夜のリョウが、いつもに増して情熱的だったことを思い返し、真心あるヴァギナをもつ美しい愛人に捨てられることに、胸が痛んだ。

「そんな。俺とリョウがずっといっしょにいられて、昨夜のこともなんとかなる方法は?」

「カオルさん、弁天様の最初の話、お忘れですか? 弁天様は、もちろんご自身の過去を、慈しんでおられます。けれど、過去のみにご自身の存在理由を求める女、いえ、神ではないのです。決心したら、もう振り返りません」

リョウは決めたのだ、俺だって感じていたじゃないか、ふたりの関係の潮時を。彼女の力なら、昨夜の失敗ぐらい、難なく片づけられるであろう。しかし、もうリョウの気持ちは、本来の仕事と、次に出会う俺の子孫へと向かっているのだ……。俺は、へたへたと床に座り込んだ。

「俺まだ、一週間もリョウとすごしてないんだぜ。まだ、一週間も」

俺は泣きながら、同じ言葉を繰り返していた。新入りは、困り果てた声で、俺に、すみませんすみません、と謝り続けた。

「本当にすみません。けれど弁天様は、辛い気持ちを抱えたまま、また仕事の日々に戻るんですよ。今こんなこと言うのは酷かも知れませんが、カオルさんは、弁天様のことはきれいさっぱり忘れられるし、希望に満ちた将来が待ってるんですから」

「嫌だ。忘れるなんて、もっと嫌だ。頼むよ、せめてリョウとの楽しかった記憶だけでも残してくれ」

「それは無理です」

俺は職場を飛び出した。今さら、仕事に救いは求められない。この世で俺を裏切らないものは、酒だけなのか？　リョウがくれた愛のヤりまくりの日々に酔わされ、激減した酒量は、いずれ戻る運命だったのだ。聖なる酔っ払いは、それらしく生きるしかない。頭は、それほど遠くはない過去、路上へと逃避した。冷たいアスファルトと、酒にほてる体と、頬を撫でる明け方の空気と、気力だけで弾けることのできた若さと。

「やっぱりあの子、言っちゃったのね」

リョウが目の前にいた。彼女の心を動かしたかった。しかし俺が逆上しても、行かないでくれ、と泣きすがっても、気持ちが変わることなどないのは分かっていた。俺、君の変身シーン、三回しか拝んでないよ。好きだったのにな。俺の精一杯の冗談にも、気を張っているリョウは、微笑みを返すことすらしない。

「頼む、少しだけつき合ってくれ」

「仕事、いいの？」

「いいんだ」

どうせあのまま職場にいたところで、まともに仕事が続けられるわけがない。俺は、戸惑うリョウの腕をつかみ、海へ向かった。水の女神に人工の海岸、というのもお粗末だけれど。

気持ちいいわね。潮風が本能をくすぐるのか、リョウは少し元気になった。無理に彼女を連れて来ておきながら、俺は、暗い気分のまま押し黙って固まる。あの猫といっしょだ。好きでたまらなくなった途端、離れていってしまう。

「忘れないで、って言いたいところだけれど」

歪んだ笑顔でリョウは言う、あなたのことは、あたしが必ず幸せにするし。

「幸せになんかなれなくたって、いいんだ」

「どうして?」

「リョウのいない生活なんて、どうせ酔っ払いに戻るだけだよ。俺は運命に従うまでさ」

「……あたしには、これまでも、そしてこれからも、永遠にあなたの子孫を幸せにする義務があるの。それだけじゃないわ。あたしを崇拝してくれる、他の人間たちもね。あなたはラッキーよ。絶対幸せになれる約束を、この弁財天と交わしたのよ。酔っ払いなんかにさせやしないわ」

本当に罪な女だ。しかもこの女は、いつか甘美な酒の肴になるはずの、思い出すら俺に残してはくれない……。

「違う、リョウがそばにいなけりゃ、俺、生きていけないんだよ！」

目の前の海に飛び込んだ。意外に水面までが遠かった。水しぶきが派手に立つ頃には、リョウも、汚れた海水にまみれていた。沖へ向かってあがく俺に、彼女はすぐに追いついた。頭上で、俺たちのことを助けようと騒ぎ立てる奴らの声が響く。

「大丈夫よ、すぐ助けが来るから」

「リョウ、あっちへ行くの、やめようよ」

「え？」

「あんなさ、噂で生計立ててるような奴らのところへ戻るの、やめようよ。皆が噂しなけりゃ、昨日のことだって、なんでもないさ。俺とリョウは、ずっといっしょだ」

都合よく解釈したかった。リョウが、俺との関係をあきらめたとは思いたくなかった。濡れた髪を額に張りつけ、俺とリョウはしばらく見つめ合っていたが、彼女、すぐに地球に戻ってきた。やはり女の方が断然、地に足着いている。

「……なに言ってんの。あたしとカオルがずっといっしょにいられない理由は、そんなことじゃ……」

「そんなの分かってるさ。好きなんだ。俺、リョウが好きなんだ。どうして誰も放っておいてくれないんだよ！」

リョウは、俺の支離滅裂な言葉に返事をしなかった。俺は、意識を失った。

久しぶりに、実家へ戻ることにした。

俺の横には、長い道程にうんざりした妻がいる。自然豊かな車窓の景色に、妻は毒突く。カオルの実家って、ホント山奥よね。街中で生まれ育った彼女は、馴染みの薄い景色に、美しい横顔でため息を吐《つ》いた。俺の妻は本当にきれいだ。なにゆえ俺みたいな酒飲みで女好き、しかもウエットな性格の男と人生を共にしてくれているのか、未だ不思議でしかたがない。けれど妻は、俺のウエットなところに、本気で惚れているようだ。唯一の理解者と出会った俺は、狂ったように彼女と抱き合ったあげく、永遠の愛を誓った。

途中、弁財天社に立ち寄ることにした。どうしていっしょに来てるのに、別々にお参りしなきゃいけないの？　拗ねる妻を、俺と別れたくなかったら残ってろ、となだめる。どういうこと？　あのね、弁天様は嫉妬深いの。愛し合う男と女が、連れ立ってお参りしちゃ駄目なんだよ。

俺は、木々のざわめきに耳を傾けながら、社の敷地を散策する。べつに、昔の言い伝えを鵜呑みにしているわけではない。ただ餓鬼の頃から、ここへはひとりで来ることに、なぜだか心に決めていた。尻ポケットから財布を探り、札を賽銭箱に押し込む。自分で稼ぐようになってからは、音が鳴る金ではなく、紙の金を入れ続けている。俺は、静かに手を合わせた。弁天様、俺を守ってください。ついでに、俺のカワイイ女も。祈りながら、目線よりはるか高い場所に祀られ、固く閉ざされた扉の向こうの、女神の姿を想像してみる。

馬鹿ねえ、また酔っ払ってんの？　いま神無月だって。まったく、あたしが愛した男って、百年経っても間抜けが治らないんだから。

出雲でカオルの気配を察した弁財天は、福禄寿に琵琶の音色を聞かせながら、くすっと笑った。

初出

This Charming Man　『リトルモア』VOL.6秋の号
ウインザー・ノット　『リトルモア』VOL.7冬の号
キンキィ・ベイベェ　『リトルモア』VOL.11冬の号
バティ・ライダ　『リトルモア』VOL.8春の号
shit-ass　『リトルモア』VOL.9夏の号
BAD GODDESS　第一回ストリートノベル大賞佳作受賞作（未発表）

ウエモトメグミプロフィール

1967年、東京生まれ。神戸市在住。大阪モード学園卒業後、タワーレコード勤務。1998年、季刊文芸『リトルモア』第一回ストリートノベル大賞佳作入選後、1998年、『リトルモア』VOL.6秋の号でデビュー。

キンキィ・ベイベェ

発行日　二〇〇〇年七月一日初版第一刷発行

著　者　ウエモトメグミ
発行者　竹井正和
発行所　株式会社リトル・モア
〒一〇七-〇〇六二東京都港区南青山三-三-二四
電話〇三（三四〇一）一〇四二
印刷所
製本所　凸版印刷株式会社

ISBN4-89815-026-8 C0093
定価はカバーに表示してあります。
乱丁・落丁本は送料小社負担にてお取り換えいたします。